浪花朵朵

Seawalkers

海行者

巨浪狂涛来袭

[德]卡蒂亚·布兰迪斯 著

[德]克劳迪亚·卡尔斯 绘

马亚雯 译

海峡出版发行集团

海峡文艺出版社

故事主要人物

蒂亚戈	虎鲨变形人
约翰尼	石斑鱼变形人
米萨奇	海鳗变形人
杰克·克利尔沃特	白头海雕变形人
阿丽莎·怀特	虎鲸变形人
艾拉	蟒蛇变形人
托克	短吻鳄变形人
贝瑞	梭鱼变形人
贾斯帕	犰狳变形人
芬妮	蝠鲼变形人
莎丽	宽吻海豚变形人
布璐	海豚变形人
诺亚	黑海豚变形人
法林·加西亚	海豚变形人
拉尔夫	礁鲨变形人
诺克斯	鹦鹉鱼变形人
克里斯	海狮变形人

雷奥诺娜	电鳗变形人
奥利维娅	刺尾鱼变形人
佩拉吉乌斯	海龟变形人
朱娜	蝶鱼变形人
达芙妮	红嘴鸥变形人
莉迪亚·雷诺克斯	蟒蛇变形人
火箭	老鼠变形人
卡拉格	美洲狮变形人
诺艾米	佛罗里达黑豹变形人
蒂卡妮	北极狼变形人
霍莉	松鼠变形人
伊兹	飞鱼变形人
露西	章鱼变形人
里昂	喙鲸变形人
内斯特	短吻鳄变形人
史蒂夫	虎鲨变形人
利努斯	海马变形人
玛拉	海牛变形人
卡门	锤头鲨变形人

目　录

如果有人通过社交媒体邀请了一千名朋友来参加聚会，会发生什么？

你们可以猜猜看。类似的事情也发生在蓝礁中学。

在蓝礁中学，蟒蛇变形人艾拉，邀请了她所有的朋友和亲戚从沼泽地来到这所学校，加入了我们。

昨天，也就是星期天晚上，一大群人出现了。

对此我觉得无所谓，反正我自己的麻烦也已经够多了——

同学们害怕我的虎鲨之身，父母不想知道我的事，还有一个麻烦，那就是我惹那位海豚女孩生气了。

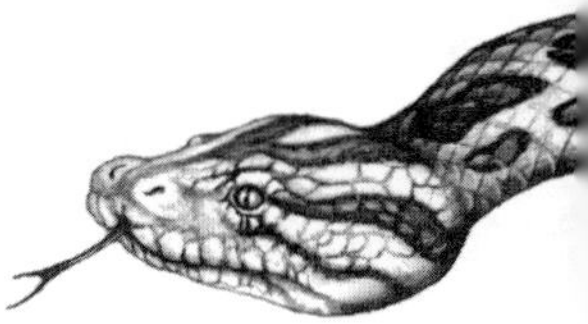

甜甜圈里的蟒蛇

想要叫醒一个人，你可以用他喜欢的方式，也可以用他讨厌的方式。想要叫醒我的朋友，同时也是我室友的贾斯帕，好的方式就是：给他的肚子挠痒痒，或者拿一个新鲜的小面包放在他的鼻子下面，或者大声地唱他最喜欢的歌——这些方法我都已经试过了。所以，现在我要试试坏的方式了，因为我不想让他因迟到而受到责罚。我蹲下身子，目不转睛地盯着床下这只安详地打着盹儿的棕色犰狳，然后用最大的音量喊道："巨浪来啦！快跑呀！快！"

海浪？贾斯帕猛然睁开那双炯炯有神的眼睛，蹦起来撞到了床板，然后从我的双腿间穿过，疯狂地奔向半掩的房门。

我目瞪口呆地望着他的背影——哇哦，这招还真管用。

"嗨，刚才那只是预警演练。"我安慰他说，"我们要去吃早餐，你来吗？"

幸好没有人听到我的假警报，其他同学早就去餐厅了——不，不是全部，前面的棕榈林里还有一条蟒蛇在滑行，一定是一名新生。

贾斯帕看也不看他一眼，在我面前盘腿坐了下来，疑惑地瞪着我。“所以绝对不会有巨浪来袭？”

“据我所知，绝对不会。”我向我的朋友保证道。

“你们鲨鱼太坏了！我好害怕！想摸摸我的脉搏吗？还在狂跳！”

“不必了，谢谢。”我说，“明天你还要睡懒觉吗？”

好了好了，别磨磨蹭蹭了。犰狳变形人贾斯帕抖了抖他甲背上的土屑，用前爪抓起一条泳裤，蹒跚着去了洗手间。当他从洗手间出来时，已经变成了一位个子不高的男孩，有着圆圆的脸，真诚的棕色眼睛，蓬松的头发。他从床头柜上拿起眼镜，端端正正地戴到了鼻梁上。“嗯，走吧，蒂亚戈。我饿了！”

当然，我也饿了——即使是人形，虎鲨的饭量也很大。但其实对我来说，我更关心会在餐厅遇到谁。每当我想到生日派对上

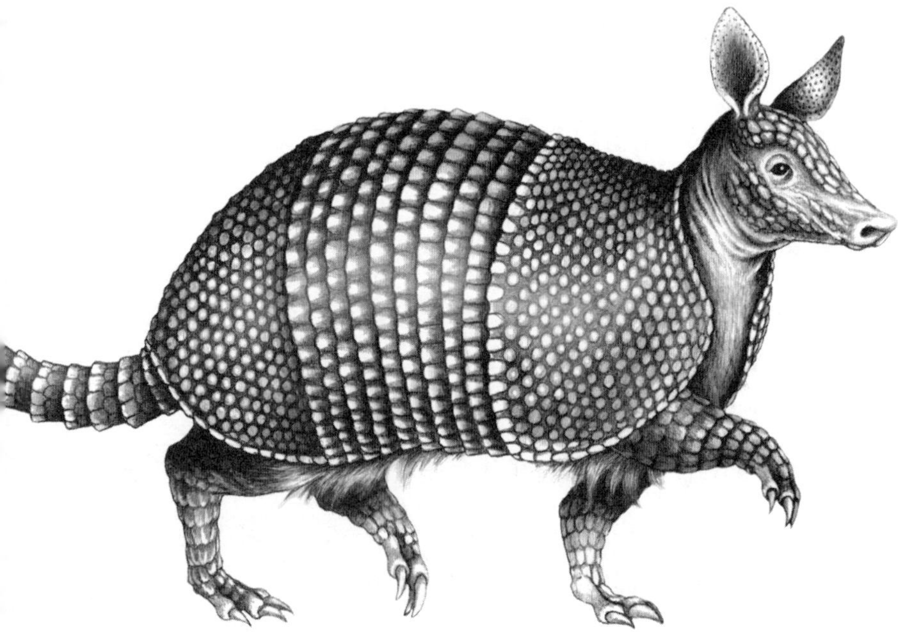

说完那些蠢话后莎丽看我的眼神，我的心就会在胸腔里扑通扑通地跳个不停。我怎么会用这么蠢的话来回答海豚变形人诺亚呢？我耳朵里还回响着当时说的话——很不幸——真是字字诛心。“你也喜欢上她了吗？”“胡说八道，你在想什么啊？”我还用了残忍而高傲的口气，好像这个问题很荒谬，好像她配不上我似的。在我意识到莎丽听到了这一切时，为时已晚。现在我更不能跟她表白，告诉她其实她不仅是我最好的朋友，而且她对我而言还有更重要的意义。如果这个美好的海豚女孩不想再理我了可怎么办？

莎丽还是不见踪影……我和贾斯帕注意到，餐厅里有很多噪声。接着，我甚至听到了一声尖叫、“哐当”一声还有“砰”的一声。我们疑惑地看了看对方，然后透过餐厅的玻璃侧门往里张望。“啊，你这条大蚯蚓！”贾斯帕脱口而出。

我们小心翼翼地推开门，蹚着齐膝深的水向自助餐区走去。我们连靠近食物的机会都没有，因为我们必须像走平衡木一样跨过六只鳄鱼的背，他们正在争夺火腿片和奶酪块，把食物撕得粉碎。与此同时，一个蟒蛇变形人正在早餐中扭动着她的身体。“嗯，一切看起来都很美味，我该从哪里下口呢？”我听到她张开大嘴吞下一块黄油时这么说着，“想尝点儿甜头吗，伙计们？”她熟练地扭动身体，将菠萝果酱的罐子翻了过来，里面的东西进了其中一只鳄鱼张开的嘴里。

一个小蟒蛇变形人把自己卡在了桂花甜甜圈中间的洞里，他一边喊着“快把我弄出来”，一边撕咬着甜甜圈，试图自救。这么一来导致其他的甜甜圈开始朝四面八方乱滚。

一只棕灰色的圆形爬行动物用前肢靠在自助餐台上，抢着吃滚过来的甜甜圈。“谢谢你，迪诺。哇哦，这里真是凉快！”鳄鱼女孩波丽大喜过望，自助餐台因为她的体重摇摇晃晃。

我们的厨师约书亚已经局部变形，他英勇地用几条手臂挣扎着，至少保住了几个小面包和肉片拼盘。他手里的一玻璃罐巧克力撒了一地，一个人形的新生——一个体形健壮的黑头发男孩，名叫凯戈尔——伸手想把所有的小面包都抢去。约书亚给了我一个绝望的眼神。很明显我们必须尽快去帮他。

“嘿，你，人类可不这么做。”我一边对凯戈尔说着，一边拉开了他。

同时约书亚也试着把卡在甜甜圈里的小蟒蛇迪诺解救出来。

“我们不是人类，我们是林行者！”那男孩瞪了我一眼，想挣脱我的胳膊逃走。没等我反应过来，我们已经扭打在了一起。可惜的是，该死，他怎么这么强壮？可以看出他一直生活在沼泽里，是一只野生的大型食肉动物。我们失去了平衡，“扑通”一声落进了水里，水面漂着早餐麦片、奶酪丝和切成片的甜瓜。我们的战斗继续着。一罐橙汁落在我们身边，绕着我们铺开了一大片黄云。哦，好喝。

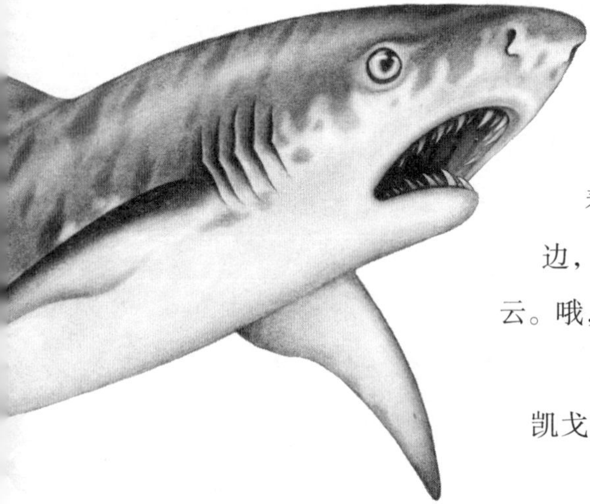

当我们还在缠斗的时候，凯戈尔变形成了一只鳄鱼，当

我试图抱住他时，他用尽全身力气扭动着身体。在这个过程中，我的头撞到了餐厅的一艘餐桌船。我吓得呛水了，并且发现自己快没气了。

我必须要呼吸，并且是在水下！所幸之前我们练习过局部变形，但只练习了两次，我还没真正熟练掌握。总之，现在必须要硬着头皮上了。我把自己想象成一个带鲨鱼鳃的人类……在水下把嘴张开……我吞下了微咸的水和橙汁恶心的混合物。这是没有鳃的迹象，糟糕！

鳄鱼同学趁我被呛着的时候挣脱了我，还用他硬邦邦的鼻子打我，把我摁到了水底。他要做什么，淹死一个海行者吗？！

“喂，我说，你可是一个天生的变形人。”我半哽咽着对自己说，然后继续挣扎。难道要我变成虎鲨才能扛过去？但那样我肯定会有麻烦！

突然间一切都变得顺利了。我保持着人类的身体，却感觉到水在腮帮子里流淌——忽然间，呼吸急促的感觉消失了。

我突然停止了挣扎……凯戈尔很是恼火，我立刻抓住这个机会翻了个身，来到他身旁，然后像骑马一样跳到他的背上。现在我可以手脚并用地夹住他，根本不给他逃脱的机会。这个新来的家伙又挣扎了一番才消停。“有人跟你说过你很烦吗？”他吼道。

“你更烦！”我回击道，并直起身子，从头发里面清理出来一些麦片，“你敢保证不再惹事？”

“为什么要惹事？”凯戈尔听起来很惊讶的样子，“我们只是在吃早餐，你总不想叫我们挨饿吧？嗯？”

“没错！吃东西就是先到先得！你能不能放开我？”年轻的蟒蛇变形人抱怨着，还张大嘴威胁惊魂未定的贾斯帕，“否则我就咬你！”

“可是……我……我只是想帮你呀！”贾斯帕结结巴巴地说。

“各位新生请注意，到了我们的餐厅，就得按我们的规矩吃饭，不然就不许吃！”一个清脆又刺耳的声音说。我转过身，终于看到有老师来维持秩序了。为什么现在才来？更准确地说，是一位女老师，也就是怀特小姐，她给我们上“战斗与生存”课，教我们动物形态的保持以及特殊情况下的行为等。

虎鲸变形人叉开双腿站在门口，双手撑在入口的两边，用一种即使是最凶猛的爬行动物也会害怕的目光看着新来的学生。再没有人敢动了，他们都盯着她。每一个人都能感觉到，第二形态的她是一头强大的野兽。

“你们的早餐到此为止，”怀特小姐脸色阴沉地继续说道，

“让约书亚给你们清洁用品，把这里收拾干净，明白了吗？包括餐饮区需要部分换水！”

“没错。”我们的厨师欣慰地说。

我把腮帮子变了回来，摸了摸脸颊，确保它们真的消退了。我和贾斯帕呼吸急促地并肩站在一起，扫视着这片混乱的场景。住在餐厅里的一群小鱼儿已经开始精力充沛地帮着打扫卫生了，对他们来说，这简直是一场早餐麦片的盛宴。但除此之外，餐厅里空无一人。

“我们班其他的人呢……还有二年级的同学呢？”贾斯帕问道。对呀，眼前除了梭鱼贝瑞和鳄鱼托克几乎没有我认识的人，他们现在都是人形，对新生的所作所为很感兴趣。就在这时，我刚才的对手凯戈尔把我对他做的事告诉了他们，于是三个人都试图用眼神刺穿我。

“真的很奇怪，他们不会就这么简单地逃走了吧？”我对我的朋友说道，怀特小姐训斥着个别犯事儿的人，同时也详细地向他们解释了一下，来到这里要守些什么规矩。

“至少芬妮、克里斯和其他海豚应该来帮忙制服来自沼泽地的新生。”

因为实在也没什么胃口，我们就去找其他同学了——很可惜我们还没有把与每个人的远程联系接通。我知道他们已经不在自己的宿舍里了，但我们在教室里也没有找到他们。真是怪了。

最后，我和贾斯帕在入口大厅找到了他们。他们都围在蒙克夫人住的大水族箱周围。这只海葵平时很无聊，但如果有游客来了，她会用人类听不到的声音告诉我们。啊，那是莎丽。她就站在另外两个海豚变形人旁边！可惜的是，我只能看到她的背影和她金色的鬈发，因为她也在专心地看着珊瑚礁。“哦，真可爱！”她喃喃自语。

“太可爱了！”染着霓虹蓝头发的蝠鲼女孩芬妮感叹道。

“是啊，可爱得不可思议。”诺亚说，他是我们学校的三个海豚学生之一，“但他并不想停下来，我是说，他到底在帮谁的忙？”

嘿，等一下，这是怎么回事？

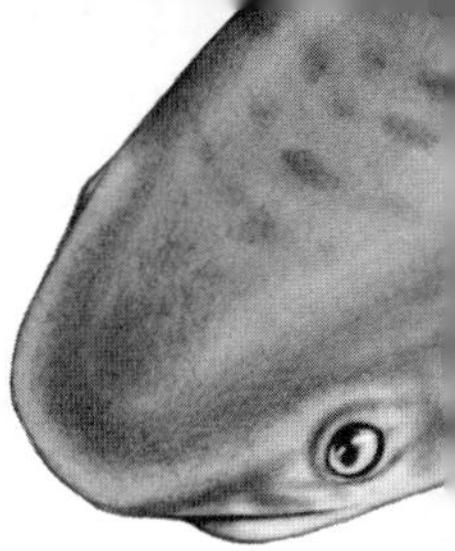

谁要是碰了鲨鱼

希望水族箱里没有人遇险，我想不出大家都站在它周围的其他原因。贾斯帕和我推门走进去，我们才注意到大家都在看着利努斯，他的第二形态是黄海马。这种动物是由雄性孕育后代的，经过两周的孕期，现在显然已经到了生产的时间。我看到利努斯的身体正在抽搐收缩，一只小海马从他的腹袋中弹了出来。他摆动着纤细的鳍跌跌撞撞地游到三个刚出生的兄弟姐妹身边。

“哇！”我说，“恭喜你，利努斯！孩子们的妈妈呢？”

“哦，谢谢你，他们的妈妈是我新认识的一只黄海马，”利努斯说，他听起来有些疲惫，“我要跟所有的小家伙们说：你们可以在这里想待多久就待多久，也可以自由地游向大海，好吗？”

“利努斯，你这也太自私了！”鹦鹉鱼诺克斯骂道，刚刚有两只刚出生的小海马像苍蝇一样在他的头上嗡嗡乱游。他只是动了一下他的鳍，小家伙们就像遭遇了一场大风暴一样被水流卷走了。

“你现在有几个孩子？这一切还不是因为你在怀孕期间可以不去上变形课和格斗课！”

“当然不是这样，”利努斯连忙说道，“我只是喜欢繁衍后代。

我现在应该有十个孩子了，或者差不多这些吧。”

“难道你一点儿都不关心他们吗？”莎丽也是一副怀疑的口气，“如果他们中的一些是海行者，不知道什么时候就会在水下变成人形，你就放任他们以人类的形态被淹死吗？”

“如果有小家伙被吃掉了，你能受得了吗？”克里斯问道。他是我们健壮的金发冲浪者，第二形态是加利福尼亚海狮。

“好吧，海里的情况就是这样，反正我也看不到了。”利努斯表示反对，听到这话的人发出一阵哀叹。

我的心却被揪了起来。不关心自己孩子的父母……很不幸，这话我听着并不陌生。

“利努斯，如果你一直这样生下去，你就会像一只糟糕的老鼠一样。”艾拉说，她是我们学校里可以完美变形的蟒蛇变形人。她今天穿了一件覆盆子颜色的露脐上衣和白色迷你裙。

我心里一阵颤抖。“糟糕的老鼠……”我敢肯定之前什么时候我也说过这样的话。

但那发生在我知道我的老同学火箭是个老鼠变形人之前。他凶起来可以很凶，但平时很守规矩。他曾帮我对付过投毒的黑帮和莉迪亚·雷诺克斯，如果没有他，我肯定会被搞得很惨。虽然他想留在普通的学校，但我已经答应帮他问问，看能不能让他在我们这里接受变形相关的辅导。

“老鼠也没那么差劲吧。”我插了一句，同时我看到托克在艾拉的耳边一脸狰狞地小声说了什么。艾拉的眼睛里充满了冷漠的愤怒。啊，一定有人听说了我早餐时打架的事，她当然站在她的亲戚那边。

但我关注的不是艾拉，而是莎丽。她已经注意到了我，对我点了点头，但比较随意。是她还喜欢我，还是我的蠢话已经毁掉了我们之间的关系？我不知道。

我受不了这种百思不得其解的感觉，为了分散自己的注意力，我决定向老师打听能不能辅导火箭这件事。贾斯帕留在入口大厅，但我上了一楼[①]，我们校长克利尔沃特先生的办公室就在那儿。

我经过秘书办公室的时候，艾拉和托克、贝瑞追上了我。我本能地站在走廊里，背靠着墙，这样他们就不能从后面攻击我了。“你们现在还想干吗？”

他们三人走近了些。“刚刚听说你打伤了托克的表弟凯戈尔……你还不明白吗？”艾拉嘶吼道，“学校里的每一只爬行动物都在我妈妈的保护之下！”

“但贾斯帕是受我保护的。”我提醒他们三人。

脸色苍白的红发托克把嘴凑近我的耳边说：“你就是一坨大便，臭气熏天，无人垂怜，你究竟什么时候才能明白？”

---

① 在德国，地面上的第一层被称为底楼或门厅，往上的一层（也就是通常意义的二楼）被视作一楼。

“都闭嘴吧，你们这群蠢货——能不能来点新鲜的？”我回击道。

也许我不该这么说。他们三个人虽然离开了，但当托克从我身边走过时，他将手指部分变形成爪子，从我的手臂上划过。

虎鲨的速度真的很快，该死的快。我迅速地往旁边一躲闪……结果就撞上了艾拉，她一定是想把我拦下来。直到艾拉哭出声来，我才发现自己也部分变形了。我的手臂不是平时的棕色，而是变成了浅灰色。

“他伤到我了！”艾拉震惊地向她的伙伴们展示自己露脐上衣下的肚子。看到那里有一大片在流血的擦伤，我吓了一大跳。直到摸到自己手臂上粗糙得像砂纸一样的鲨鱼皮，我才意识到发生了什么。如果你被鲨鱼撞到，肯定会流血。

“你死定了，伙计！”贝瑞信誓旦旦地说，而托克的眼神简直要把我干掉。他大概只敢在秘书办公室门口这么做。

艾拉抽泣着，她的声音听起来很尖，而且吱吱作响。

“天啊，好痛……我得找米萨奇小姐消毒！快！万一留下了疤痕可怎么办？”

三道仇恨的目光对上了我的眼睛。然后，两个男生把他们的心之所爱送到了学校医务室，交给了负责管理校医和医疗设备的米萨奇小姐。

我背靠着墙，试着平复自己飞快的心跳。这就像厄运一般——我从来没有想过要伤害艾拉，却一次又一次地无意中伤到了她，或者让她被人笑话！我现在能慢慢理解为什么她越来越讨厌我了。

现在怎么办？“你死定了，伙计。”这句话还在我耳边回响，我也知道艾拉的母亲莉迪亚·雷诺克斯有多狠……以及她作为一个有钱的律师有多大的影响力。不仅是她，她的老虎双胞胎保镖也是个噩梦般的存在。对莉迪亚·雷诺克斯来说，从我入学起就一直是她女儿的敌人，也是一个可以任她踩在脚下的低等生命体。

我试着把恐惧塞回它来的地方。事情发展至此，我只能尽我所能地还击。但现在我不是主角，火箭才是。我不再犹豫，敲响了校长办公室的门，里面传来一声“请进”。

我惊讶地环视着校长杰克·克利尔沃特的办公室，发现我们所有的老师都在。我好奇地看着一个弯着腰的满脸皱纹、银发披肩的女人。这一定是佩拉吉乌斯夫人，我们的历史和水文学老师——我从来没有见过她的人形，她通常都以海龟形态在一楼或者海水里游来游去。我们相视一笑。

我们的数学、物理和变形老师法林·加西亚漫不经心地看着我，好像他已经忘记了我是谁，杰克·克利尔沃特似乎也有些心不在焉。更奇怪的是，电视是开着的，但加西亚先生在我看见他们在看什么节目之前就把电视关了。

“你有什么事，蒂亚戈？”年轻的校长问我。

“我……我发现，我在迈阿密的那个班上有一个男生是林行者。”我怯生生地向他汇报。

“真的？什么动物？”加西亚先生问。

“一只……呃……老鼠。”我不清楚发生了什么，但是大家都面无表情，“他……他想让我问问，能不能让他在这里学习一下，关于变形什么的……或许他可以偶尔下午来基拉戈这里。”

“现在恐怕还不行。”杰克·克利尔沃特说道。他是一个高大的金发年轻人，总让我想起他的第二形态白头海雕。“恐怕我们没有时间做这些，因为来自沼泽地的新生太多了。”

“幸运的是，你的同学不是海行者，这意味着他的变形不会有生命危险。”加西亚先生补充道，“我相信他不会有事的。”

“那好吧。”我说。今天开了个好头，不过火箭可能会失望。而由于艾拉的受伤，我铁定也会遭到一些怨恨。

我身上突然一激灵，最好能把这事搞定。

“呃，还有一件事……刚才艾拉、托克和贝瑞想在走廊上袭击我……”我报告了事情的经过，可老师们似乎没一个表现出关心。

“我不是跟你说过吗？作为一个危险的变形人，你需要特别谨慎。”加西亚先生提醒我，“我们近期会加强对局部变形的控制学习，你尽量多练习，好吗？即使在你的课余时间！”

“是，先生。”我说，我很高兴没有被训斥。

“我最好还是去看看艾拉怎么样了。”克利尔沃特先生起身说道。

我赶紧溜掉了。

的确，由于艾拉向她的亲友发出的邀请，我最爱的学校一切都变得不太正常了。但刚发生的显然还不是全部。否则，餐厅里应该会有老师监督。我忽然觉得，有什么事情正在酝酿当中。唯一的问题是，到底是什么？这和艾拉的母亲莉迪亚·雷诺克斯有关吗？不，不会，她不可能这么快就发现自助餐区的事。

因为早餐时间一片混乱，我和贾斯帕的肚子还是空空的，所以我们就溜到恰好没有人的厨房里做了三明治。接着就到第一节课的上课时间了。“去吧。”我对贾斯帕说。他把防水笔和代替课本的结实平板电脑夹在胳膊下，游进了教室，教室里的水也有到膝盖那么深。

而我去找怀特小姐。在过去的几个星期里，她一直信守承诺在暗中帮助我。现在我正好需要一些建议。她亲切地看着我问：“怎么了，蒂亚戈？”

“我们能不能找个没人的地方谈谈？”我问。我们来到了一楼的一个项目室。然后我很害羞地说：“今天我和艾拉的表哥打了一架……我又发怒了。”

我们的作战老师若有所思地看了看我，说：“嗯，我也一样会生气。但如果你发现自己的情绪真的失控了……你需要找机会转身离开，试着用一些积极的想法来分散注意力，让自己走出那个死胡同。其间你还要注意呼吸，深呼吸。我们试一下，好吗？”

我深深地呼吸，感觉到自己变得平静多了。

“但你要知道，有时候你最不需要的，就是让自己冷静下来。”怀特小姐说。

我瞪大了眼睛，看她走向门口，锁上了门。

“我们学校里现在真的有很多鳄鱼，”她继续说，“‘战斗与生存’这门课我不能上了，我不能再教你们怎么击败敌人了，不然托克、内斯特、艾拉和她的父母会

找我麻烦的。但有一个小妙招，或许你什么时候用得上。”

“好吧。”我说，尽量不表现出兴奋。

“你能在凯戈尔的背上摆出这样的姿势已经很不错了，”怀特小姐匆匆看了一眼手表，对我说，“下次你也可以这样，用两只手握住鳄鱼的下巴，把他拉起来。他不得已会把头靠在脖子上，然后就会僵住。接着，在绝对紧急的情况下，你可以用胶带把他的嘴封住。”

她用一个懒人沙发给我示范，让我学着做一下。好在没有人看到，我们是怎么制服一个懒人沙发的。

“这招很妙，”我说，“谢谢。不幸的是，如果我在海行者身上使用胶带，我会被学校开除的。”

我最喜欢的老师扬起了眉毛说：“不过，总好过手臂被咬伤，或者少一条腿嘛。”

“说得有道理。”我表示赞同。我们相视一笑。

“你可不许告诉别人是我教你的！现在去上课吧，我也要走了。”

稀 客 到 访

我是最后一个到教室的。

莎丽的金黄色鬈发还是湿漉漉的。“嗨！”她友好地跟我打招呼。

只是友好，不像她之前那么热情，这让我如芒在背。

“嗯，你昨晚又变成海豚去游了一圈吗？”我问她，假装一切都很好的样子。

“是啊，你看。”说完她给我看她找到的两个贝壳，“为了我的收藏。不知怎的，我喜欢收集东西，尽管海豚并不真的会做那种事。”

“你不只是一只海豚。”我回答说，并且暗暗决定下次有机会一定要给她找一个更漂亮的贝壳。当我环顾四周寻找空位时，我注意到莎丽旁边的椅子已经被她的海豚朋友诺亚和布璐占据了。我和贾斯帕把一张桌子搬到了诺艾米的面前，这只佛罗里达黑豹曾被当作宠物饲养，后来被主人遗弃在了沼泽地。我们在一次搜索中发现了她，当时她饿得半死，我们就把她带回了学校。这里对她来说显然太潮湿了，所以她蹲在一张桌子上跟我打招呼，然后她饶有兴趣地听着加西亚先生给我们传授数学知识。克里斯像往常一样迟到了，我们的老师狠狠地瞪了他一眼。但他也像往常一样并不介意。

“其他的新生到底在哪儿，你见过吗？”我正在琢磨一道难解的方程式，贾斯帕小声地问我。

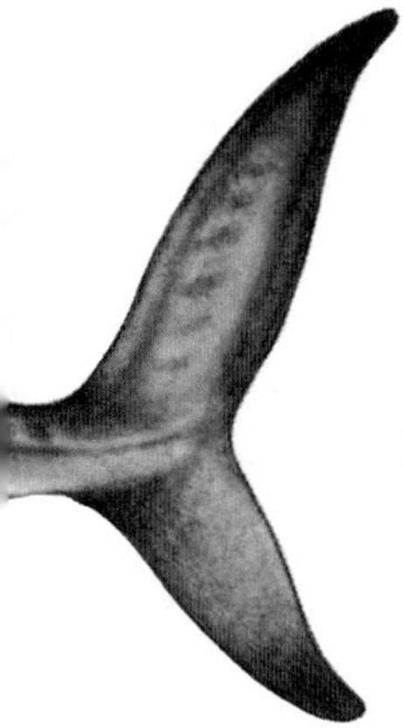

“学校专门为爬行动物开了一个一年级的新班。”我低声回道。从声音判断，他们正在隔壁的教室里上课。我很庆幸学校没有把难缠的新生插进我们班。

只可惜艾拉、托克和贝瑞还在。艾拉两眼通红，肚子上贴着一大块创可贴，静静地坐在座位上，没有理会我。托克忽然伸出腿想绊倒去上卫生间的芬妮，但芬妮只是从他的脚上踩了过去，压根儿没看他一眼，托克、艾拉和贝瑞他们三个便失望地在平板电脑上敲打着。艾拉是不是已经告诉她妈妈我这次对她做了什么？

下一节课是怀特小姐的主题课——“做你的动物”。今天怀特小姐又一次穿着黑色的运动泳装来上课，因为空气无比湿热，现在温度肯定已经超过 30℃了。

“我们今天要学习鲨鱼，”她宣布，“所以，我们要请一位同学变形……”

大家都愣住了，用眼角的余光看着我。

“……拉尔夫。”

同学们都松了一口气。

“明白！”拉尔夫说，几秒钟后，一个背鳍就在水中划动了起来，水面下可以看到一条 2 米长的礁鲨，轮廓清晰可见，在讲台之间游弋。我有些羡慕地看着拉尔夫——毕竟没有人怕他，与我不同的是，他属于一个相当无害的鲨鱼种类。

拉尔夫刚要列举自己各种鳍的名字，就有人来敲门。

“请问有什么事吗？”怀特小姐生气地问。我们也疑惑地看向教室门口，因为其他老师都在上课，我们课上也从来没有来过访客。没有人知道这所学校的真实状况。

一个挺着啤酒肚的男人迈步走进了教室，他留着灰色的小胡子，头发偏分。他用凌厉的目光巡视着全班。我们都盯着他看。等等，难道这是一个人类？

我试着去感应，但周围有太多的变形人。

“拉尔夫，到教室那边去！”怀特小姐吩咐道。我隐约看到她墨镜后面的眼睛已经部分变形了。这并不明显，但她可以和我们用意念交谈了：“快潜下去，快！蒂亚戈、贾斯帕、莎丽，你们几个坐在桌子上，这样诺艾米就可以躲到你们后面。”

我们立刻反应过来，一脸无辜地在桌子上坐成一排，晃荡着腿。

“我叫钱德勒，是学校的督察，”那人用低沉的声音说，同时给了我们一个怀疑的眼神，“我注意到，今天早上这里发生了骚乱，我必须跟进调查，相信你们能理解。”

哦，该死！那些该死的新生！我惊恐地与贾斯帕交换了一个眼神。看来我们惊动了上层。

“哦，只是学生之间的小争执而已。”怀特小姐将自己的魅力发挥到了极致，她的笑容简直是好莱坞明星级别的，“这样的事时不时发生，我们会妥善处理的。”

“处理？呵呵。”督察员皱着眉头四处张望着，西装裤腿在水中鼓起，“你就这身打扮来教书吗？你觉得这对一个教育从业者来说合适吗？”

就这样，他抓住了怀特小姐的把柄。“我……嗯，在这种气温下，您知道……”我第一次看到她如此窘迫的样子。

但更糟糕的事情还在后面。

“怀特小姐，我得动一动，不然我的鳃里就没水了。”拉尔夫报告说。他开始沿着教室的后墙游动。但这么做好不到哪里去，我们身后伸出了一条大黑尾巴，紧张地来回摆动。

钱德勒先生不可能没看见——遗憾的是他真的没有错过。他的食指往前一指，问道：“那是一只猫科动物吗？”

怀特小姐的笑容现在看起来已经非常扭曲了。“哦，是的，嗯……那可能是……这是我们目前照顾的一只猫科动物……不过不用担心，它是完全被驯服的，而且……”

“需要我帮你们处理他吗？”诺艾米急切地问。

“住手！”怀特小姐大吼一声，但为时已晚。诺艾米一跃而起，像一道黑色的闪电一样在空中飞过，全力落在了督察员的肩膀上。他摇摇晃晃地倒了下去，被摁到了水底，他的尖叫声瞬间被水淹没了。怀特小姐看起来好像随时会心脏病发作的样子，“好吧，差不多驯服了……不过我们正在努力……”她说。

但诺艾米却突然说：“嗯，真奇怪，为什么这家伙的味道和芬妮一样？”

我这才注意到，芬妮上厕所还没回来。同时，我们看到，督察的头发和鼻子似乎有了生命，在水中漂来漂去。班里爆发出一阵哄笑，莎丽、克里斯和朱娜笑得直拍手。怀特小姐的脸色半是恼怒半是好笑，说：“芬妮！这真是个坏把戏。马上换好衣服坐下，不然我就把你削成鱼片！”

“我很快就猜到那个家伙是假冒的……他都没问为什么我们学校有一半在水下。”朱娜说。

芬妮带着灿烂的笑容浮出水面，她现在又是一头蓝发了，猛地拔掉假胡子，整理好湿漉漉的深色外套说：“是的，真的是‘坏把戏’，但只是因为我还没有练好。拜托，请您让克利尔沃特先生尽快和我们再演一出戏吧！”

忽然之间，怀特小姐变得一脸严肃。

“不，芬妮。目前不行。我们很快就会有其他的麻烦。今天下午你会听到所有关于它的内容——在‘应急行为规范课’上，我们再讨论。”

周围有不安的窃窃私语，我和贾斯帕交换了一个眼神。很快？这意味他们说的不是新生的事儿，因为他们已经让我们惹上麻烦了。

“那么，现在课程有一点变化——我们来学学蝠鲼，而不是鲨鱼。”我们的老师宣布。

“你能不能再次变形，芬妮，再给我们演示几个典型的狩猎技巧？”

“我试试。”芬妮听话地说道，她把外套扔到一边，变形成了一个正面黑色的扁平生物，优雅地在中间的过道上翩翩起舞。

接下来的一个小时里我们了解到，蝠鲼在生物学意义上可以称得上是扁平化的鲨鱼，和它们的亲戚一样，身体没有硬的骨骼，而是由柔韧的软骨组成。尽管芬妮对如何追捕螃蟹和海星模型的演示看起来令人印象深刻，却几乎没人真正关注她的狩猎表演。她使自己的身体像一张大毯子一样盖在猎物身上。

“你们有谁知道怀特小姐说的其他麻烦是什么意思吗？”课间休息的时候，莎丽问大家。我们站在餐厅大玻璃窗前的阳台上，阳台稍高一些，因此高于水位，这里总是有一股宜人的凉爽海风吹来。

芬妮现在已经穿回了T恤和短裤，她耸了耸肩，说：“可能又缺钱了吧。我相信这就是为什么克利尔沃特校长还没有把这些新生都踢出去的原因。艾拉的妈妈毕竟为他们所有人交学费，我相信她一定不缺钱。”

“但杰克不是贪财的人。”朱娜反驳说。我们的校长是她心目中的英雄。

“你说得对，他不是。”芬妮停顿了一下，因为几个路过的学生对她喊道：“喂，酷仔！”“不过这所学校只是还没有像克利尔沃特高中那样得到理事会的资助，听说理事会因为杰克太年轻而持怀疑态度，所以想先观望这所学校是否能够运行。这意味着我们蓝礁中学要吸引足够的资金来维持运转。否则，会破产的。”

“你从哪里听来的？”朱娜瞪大眼睛问道。

“嗯……克利尔沃特先生时常和其他学校的学生妈妈通电话，征求她们的意见，有一次我正好经过他的门口……”当然，芬妮说这些的时候一点也不脸红。

我想起了克利尔沃特先生办公室里的会议，不同寻常的是，我进去的时候电视还开着。当我说起这事儿的时候，芬妮说：“那我们还等什么？”她走进餐厅，拿起挂在墙上的遥控器，开始调频道。

一分钟后，我们就知道老师们当时在害怕什么了。

危险步步逼近

电视屏幕上出现了一个巨大的白色旋涡，中间有一个正在旋转的洞，一位天气预报员站在旁边，一脸严肃地解释着什么。

“我的天。”我惊呼。

“这就是你说的麻烦。”芬妮说，她跟我一样，都是以人类形态长大的。但不久前还以海豚形态生活的莎丽和布璐却不解地看着电视问：“那是什么？看起来有点毛茸茸的样子。”

“没错，但这只是在远处从上往下看。”诺亚解释道。

“那是飓风。一种极强的风暴，会把任何地方都夷为平地。”

“我们在它的轨迹上吗？”莎丽皱着眉头问道，“我见过公路上的标志，上面画着飓风的图案，还有一个箭头，上面写着‘这边请’……”

惭愧的是，我和芬妮、诺亚都笑了。“那些是告诉你在飓风中应该逃往何处的标志。”我解释道，“无数气象专家都在关注着风暴要去什么地方，试图预测它下一步的走向。”

电视里也说：“……这场被气象学家命名为阿德丽娜的风暴，如果不转弯的话，可能两天内就会在佛罗里达州南部登陆。”

这个在太空中看起来无害的旋涡状白色怪物，其实横跨几千公里……正向我们走来。

“现在怎么办？逃命？”朱娜脸色苍白地问道。

“我想，得这么计划了。”我说。几年前我曾目睹过飓风艾尔玛，幸运的是它只是与迈阿密擦肩而过。我们当时躲在橙花汽车旅馆，那儿离海边已经很远了。我依然记得我是如何透过厕所的窗户痴痴地盯着外面，那时候正下着暴雨，风把树上粗大的树枝都给扯断了，能见度不到 1 米。大约有 700 万人被疏散，在电视报道里佛罗里达群岛看起来像一片遗世独立的废墟。

即使在那时，我也清楚地知道，这不是我经历的最后一次飓风——佛罗里达州每年夏天和秋天都有被飓风袭击的风险。加利福尼亚有地震，中西部有龙卷风，而我们这里地处南部，属热带气候，有飓风。但我怎么也没想到这么快就发生了。就像你知道你总有一天会死，但你就是不敢相信。

这次我们的“应急行为规范课”在入口大厅进行，这里也是集会大厅。学校里的每个人都来了。

屏幕上又出现了我们刚从电视上看到的卫星图像。“回家吧，阿德丽娜！”一个刚转变成人形的新生号啕大哭，另外一个新生把饮料罐砸向了电视，罐子砸出去刚 10 毫秒，怀特小姐便立马揪出了罪魁祸首，一切又恢复了平静。

“我们很幸运，有足够的预警时间。”杰克·克利尔沃特说，没有理会刚发生的小插曲，“这样的飓风风速可以达到每小时 350 公里。我们还不知道基拉戈这里会不会被波及。如果阿德丽娜不偏离方向，我们就得疏散蓝礁中学的学生。”

“天哪！为什么我们不能留在这里？嘿，这只是风而已。”

拉尔夫开口说道。

“我有没有说过，这样的飓风也会引起大暴风雨，一切都会被淹没？”杰克·克利尔沃特问道。

我们的海狮变形人克里斯笑了起来。“这是最不算问题的问题吧，毕竟，我们是海行者。”

其实，他说得没错，不是吗？但我注意到，很多海行者都没有说什么。就连平时开朗的莎丽也显得十分严肃。

“对于像朱娜、利努斯或者奥利维娅这样的珊瑚礁动物来说，这很可能是个问题。”法林·加西亚插话道，“说实话，对于你们大多数人来说，还是逃往内陆比较安全。不要高估自己的实力。”

贾斯帕在旁边充满责备地看着我。

“干吗？”我对他吼道。

“都怪你。你的愚蠢的巨浪笑话，现在成真了。”

我翻了个白眼说：“如果我真的是巨浪小子，那我可就出名了。”我低声回道，“再说了，来的又不是海啸，是暴风雨，那不一样。”

现在，我们娇小的班长朱娜以蝶鱼的第二形态上场了。“如果飓风袭击佛罗里达群岛……学校会怎样？”她的声音有些颤抖，“有没有可能会被摧毁？”

一片沉默笼罩在入口大厅。我们看到杰克·克利尔沃特深吸了一口气。每个人都知道这所学校是他的伟大梦想，他为了实现这个梦想已经付出了一切，尽管严格来说，他甚至不是一个水生动物。“我们在预算范围内尽可能加固了主楼的防飓风功能。墙不是木头的，是水泥的。我们的门窗用的是厚厚的防爆玻璃，它们有金属框架，而且是用螺丝钉牢的。因为一旦窗玻璃被打碎，比如说被一块飞来的残骸打碎了，风就能灌进楼里，那房子就真的会爆炸，风压会把屋顶掀飞。”

我们不由自主地抬起头来。不，留在这里已经不可能了，那一刻我们都意识到了这一点。

“我们再等一天，看看暴风雨是否真的会来……然后再请你们的父母来接你们。”校长继续说道。

“如果可能的话，你们尽可能不要等到最后一刻。”怀特小姐补充道，“可能现在所有的航班都被订满了，在事态变得严重之前，道路也会变得拥堵，因为大部分人都会想办法开车逃离。”

在尴尬的沉默中，诺克斯有些自责地开口了：“是啊，我想我应该回到牙医诊所，没问题吧？只要把我放在一个桶里，然后送到那里，伙计们。”

“这对你来说可能不是问题，但我要留在这里！年长的我已经扎根了。”海葵蒙克夫人不高兴地挥舞着她众多的触手。

有一只小海马好奇地向她走来，但诺克斯一句“嘿，别乱跑，她会蜇人的”就把他赶回了安全地带。另外两只小海马紧紧地抓住他的背鳍，咯咯地笑着。显然他们并不是普通的动物——利努斯生下了几个海行者宝宝！

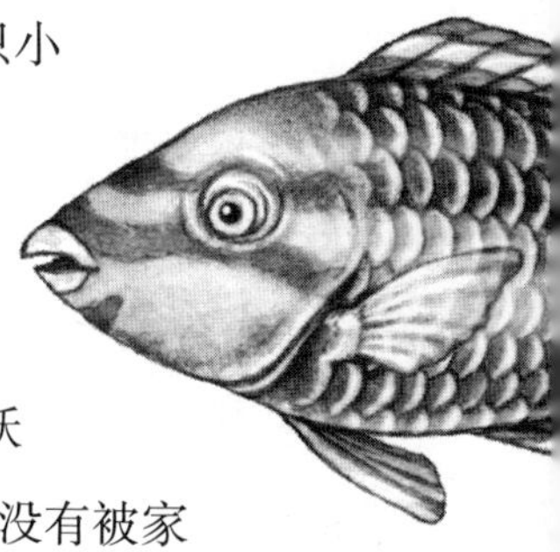

“我们会为大家找到解决办法的。”克利尔沃特先生承诺道，“我们会安排公交车和校车，把没有被家长接走的学生都送到内陆去。”

“是的，我们有充足的补给！”长着一头毛茸茸黑发的新生凯戈尔宣布道，新来的鳄鱼和蟒蛇同学也都笑了起来，并高声叫好。

“那我们就等一切都准备好以后再来好了！毕竟，我们喜欢这里。”

是的，我们已经注意到了。很多学生和老师都面带愁容，但没有人发表意见。

接着，莎丽打破了沉默。“飓风来的时候我不会去陆地，”她坚定地说，“我们要游到深水区去。布璐和我还有诺亚。”

她的朋友们点了点头。克里斯坦然地说：“我也参加。”

莎丽转过身来，棕色眼睛里流露出一种坚持。“蒂亚戈，你呢？”

“我……”我吞吞吐吐的，不知该怎么回复。我知道自己是虎鲨才几个星期，现在却要在极端天气下到海里去？但法林·加西亚和其他老师并没有告诉这个海豚女孩，这种做法简直太疯狂了。他们在等我的答案。

“来吧，伙计，”诺亚叫道，“我们不会把你丢下的。作为一条鲨鱼，你又不用浮出水面来呼吸。可能事后你只是感觉整个过程就像坐了一场很酷的过山车。”

“别劝他了，”一向冷静的布璐突然恼怒地喊道，“我在加勒比海当海豚的时候，经历过一次风暴。真正安全的地方只有远方。”

“没错，我告诉你，你这是在犯错误。”怀特小姐对我最好的朋友说。

“莎丽，你还不知道自然的力量有多大。飓风来临的时候，陆地上的你可以躲在巨大的石头建筑里，但在海洋中，你就会暴露在飓风之下。”

我当时就应该告诉她，这没有任何意义。

如果莎丽钻进了牛角尖，她就会坚持到底，绝不出来。

于是怀特小姐转而求助于我们的校长：“杰克，你真的要让她这么做吗？”

“阿丽莎……你真的认为我可以让海豚不下水吗？”他反问道。

加西亚先生又补充道：“当然，我更希望能问问他们的父母，但我不知道他们现在在哪里旅行。我只联系上了诺亚的父母，他们没法及时赶来接他，托付我们照顾他。”

我最喜欢的老师似乎很纠结。“那我就和那群要去海里经历风雨的人一起去吧。”她终于决定了，我感激地看着她。这是一个明智的决定，让我感到放心。

“芬妮……你呢？”我突然很想知道我们的蝠鲼变形人会怎么做，“陆地还是海洋？”

“陆地，伙计！”芬妮回答，她把手放在我的胳膊上，叹了口气，“我父亲——就是那个警察，你还记得吗？他不知道我和我妈妈是什么人。他会把我们拖到某个地下室去的。如果他不确定我们是否安全，会担心坏的。”

莎丽还是目不转睛地看着我，等着我的回答。我突然不知道自己为何曾经想要留在陆地上。我想和她永远在一起，无论去哪儿。显然，我在她身边对她来说很重要，这多好啊。

“我加入。”我对她说，尽量让自己听起来很随意。

纯粹的分心

第二天早餐时，我们热情高涨地讨论着可能会遇到的问题。

“大概海浪会很大……希望不会把整个学校的人都卷走。”贾斯帕皱着眉头说。

芬妮敲了敲墙，说：“胡说八道。这是不是混凝土的？”

“真是过硬的人造质量！ 他们是这么说的吧？”莎丽也拍了拍那面墙，然后目不转睛地看着面向大海的大玻璃窗，“但是这些玻璃，我不知道……我第一天上岸的时候弄掉了一个玻璃杯，因为它和地板合不来，所以摔成了很多碎片。”

“你也真好意思这样找借口，”我评价道，“不过不用担心，这里有很多……”

我们都吓了一跳，因为有东西从外面拍打着玻璃，一个银色的东西。

“哎哟！妈呀！嘿，你们看，我是不是迟到了？我希望我没有迟到啊，”那东西说，“开始上课了吗？我赶时间！”

我们惊讶得说不出话来，都盯着那条和鲱鱼差不多大的银鱼看，她正从窗口缓缓滑下来，看起来像个海行者。

“嗨，”我说着，焦急地望着外面，“你还好吗？有没有受伤啊？”

贾斯帕什么也没问，他和莎丽跑到外面把那个海行者带了进来。她有大大的银色胸鳍，可以像翅膀一样展开，现在看起来有些皱巴巴的。啊，我以前见过这样的动物。不过，只是在电视上。

“我很好，伙计们。我只是有点晕，”飞鱼对我们说，然后她就开始在餐厅齐膝深的水里游来游去，“我真没看到那些玻璃窗，你们应该别擦这么干净。”

奥利维娅拿着急救箱赶了过来，芬妮拿着学校储备箱里的一大堆衣服。我们礼貌地把视线移开，陌生的海行者于是变为人形，翻了翻那堆衣服，选了一套穿上。莎丽扶着这个陌生的女孩，虽然她还有些摇晃，但还是对我们笑了笑。她有一双绿色的眼睛，棕色的中长发，变形后的头发还湿漉漉的，动作像时不时地在跳芭蕾一样。

“对了，我是来自加州的伊兹。”她抚摸着自己选的那件宽松的黄绿花纹连衣裙，有些害羞地说道，“全名叫伊莎贝尔，但只有我爸爸这么叫我。那么，现在上课怎么办？”

“等一下才开始——你还没有错过什么。”莎丽安慰她说。

“但是课程有可能会被取消，因为现在有一个飓风预警。”我说。

“什么？”伊兹盯着我们，“看来我还是没赶上。一切都有点慌乱。我先是飞到了迈阿密，然后搭车去了佛罗里达群岛。在那里我迷路了，因为我把写有学校地址的纸条弄丢了，还把行李落在酒店了，酒店的名字我也忘了。酷，还好我最终找到了你们！”

我们不得不笑了。

“是啊，非常酷。”芬妮笑着对她说，“我们会找到你的行李的。现在，我们去电视机前坐坐吧，糊涂虫伊兹，看看这股飓风在搞什么鬼，好吗？”

“好吧。”伊兹同意了，从莎丽的盘子里偷拿了一块三文鱼。她似乎并不介意她的新外号“糊涂虫”。

“还是先带她去找克利尔沃特先生吧，有新生来的话，应该立即向他报告。”我说完就带着伊兹上了楼。原来，她已经在加州注册了，会在我们一年级的班里学习。

这一天，我们一有空余时间就去电视机前守着，认真地看着屏幕上快速旋转的旋涡。阿德丽娜向南偏了一点，这给了我们希望。也许它终究还是会放过我们，漂洋过海，然后在那里击沉几艘轮船就满足了？

加西亚老师和其他老师很勇敢，他们仍然照常上课（虽然我怀疑在有来自沼泽地新生的班级里是行不通的）。在最后的几个小时里，我们在脑海里好好想了一遍如何做到远程联系，以最远一公里的距离与其他林行者或海行者进行正确的远距呼唤。不过，这一次，还是与我们的形态有关。

“塞尔达，轮到你在压力下变形了。”加西亚老师说，“达芙妮，请你从正面攻击她，最好是能抓住她的胳膊。”

这下可不好办了，教室里立刻开始议论纷纷——“我们的压力已经很大了。”“我没这个心情。”“我们要看新闻。”

而达芙妮以她的第二形态红嘴鸥说：“不过加西亚先生，如果塞尔达能做到这一点，我的手上就会粘上一些冰冷的黏液吧？我可不干！”她一向快人快语，尽管她和艾拉做了朋友，大部分时候她人还是不错的。但此刻我们的神经并不在最佳状态，所以保持友好并不容易。

塞尔达一副快哭了的样子，说：“我知道我是水母，但你觉得我会因此占什么便宜吗？你这个神经错乱的禽类！”

老师给了她俩激光般的目光，她们喃喃地说着抱歉，却没有看着对方。

“我来吧。”善良的海牛变形人玛拉说，老师对她点了点头。但玛拉做任何事情都要花很长的时间——比如考试的时候，她总是那个要求延长时间的人（而她由于自己的第二形态也确实得到了延时）。等她叠好写作材料，笨拙地把圆滚滚的身体从书桌后慢慢地挪出来，蹒跚地向前走时，达芙妮和塞尔达大概已经做完三遍了。

她们继续着。在慢动作中，玛拉扑向了塞尔达。塞尔达不等海牛女生来到她身边，就已经冷静地变了形。结果，这场较量终究还是变得危险了，因为玛拉几乎用自己全部的重量压在了塞尔达身上。

“加西亚先生，老实说……我并不是因为变形而紧张，而是因为地上的水母。”

“我能理解。”加西亚先生说。老师叹着气给我们分配了练习搭档。得到了老师的允许后，我找来了露西。我最喜欢的章鱼没有给我带来太大压力，但她却经常以人类的形态观察芬妮。

“怎么了？”我终于忍不住问她，“你和芬妮还有没算完的账吗？”

“你送她的鬼网手链真漂亮，”露西叹了口气，听起来有些羡慕，“你觉得我什么时候也能拥有一个这样的东西？”

“或者一下子拥有八条，每条手臂都戴一条手链。”我打趣道。可惜，我不得不让她失望。那张夺命的破渔网所剩无几，早已和其他垃圾一起被收走了。

新同学伊兹在变形方面还练习得很少，但她勇敢地尝试和她的伙伴布璐一起做。然而她无法正常集中精力，她一直在往露西的方向看。我顺着她的目光看去，她在观察克里斯和内斯特。她当他们是好榜样呢，还是喜欢其中的一个？

“专心一点！不然我一不小心就把你吃掉了！”布璐训斥着她的练习搭档。伊兹差一点就做到了，她尴尬地看着布璐，虽然她现在已经是飞鱼的形态了。

与此同时，隔壁的2号变形练习场里也很热闹，从传来的嘈杂声就可以听出来。当我和贾斯帕下课离开时，看到克利尔沃特先生疲惫不堪地从另一个正在给爬行动物上课的教室里摇摇晃晃地走出来。铅笔、椅子的零件和饮料瓶子在他身后飞来飞去。一架纸飞机从后面撞上了他的头，但他没有反应过来。我和贾斯帕交换了一下眼神。这些新生消耗了老师们大量的精力，其实老师们此刻需要操心的是其他事情！

在老师们的监督下，午休时间稍微安静了一些，被调到气象频道的电视机又一次被团团围住了。通过人群散发出来的严肃气息，我猜测又有坏消息。

“飓风又在向佛罗里达群岛移动了。”在我和贾斯帕等人加入观众行列后，莎丽告诉我，“现在已经能确定了，阿德丽娜要来我们这儿了！”

“什么时候？我们还有多少时间？”我战战兢兢地问。

“他们说还有10个小时，也许是12个小时。”克里斯报告说，他紧张地拉着自己的黑色T恤，胸前有一幅死神的画像，还写着一句话——“我一直想做关于人类的工作”。

再过10个小时，飓风就会把这里吹散了！我感觉到自己的神经紧绷了起来。

“再怎么说也只是个三级飓风。”我们班的学霸内斯特说，“五级会更糟糕。”

朱娜一拍额头说：“只有三级？那也是时速185公里的风啊！”

广播嗞嗞响了起来：“现在开始停课，请同学们去收拾东西，通知家长。”

当大多数人都匆匆离去的时候，莎丽却停了下来，用她那双温暖的棕色眼睛看着我。“我的东西就放在这里吧，反正也不多。但你给我画的画不能有事。芬妮，你能把我的照片和蒂亚戈的其他照片都带上吗？它们太珍贵了，千万不能弄湿。”

“我会照看好的——还有你的其他东西，如果你愿意交给我的话，蒂亚戈。”芬妮说完，快速碰了碰我的胳膊。

我默默地点了点头，一句话也说不出来。如果没有这些好同学，我怎么能走到今天？

不一会儿，大厅和停车场就涌进了很多学生，他们疯狂地打着电话，互相呼唤，有的拖着行李箱到处跑。泪水顺着朱娜的脸庞流下，玛拉试图安慰她，直到一个鳄鱼变形人粗暴地将她从出口的路上推开。学生们在克利尔沃特先生的周围挤成一团，他们急切地询问着什么。“我爸妈说今天最后一班飞机下午三点起飞，您能不能帮我留个座位？”我听到谭力催促道，他是一名二年级的学生，第二形态是水龟。

“风比之前更强劲了……我要趁着天气变得更糟糕之前起飞。”说着，身材娇小的谢尔比就在入口大厅处变了形，化作一只白色的燕鸥飞上了天空。我目不转睛地看着她，直到她消失在北方。天空还是很蓝……但不会蓝太久了。

收回目光后，我打了个寒战。莉迪娅·雷诺克斯的全新白色 SUV 出现了……我看到了驾驶座和副驾驶座上的老虎保镖姐妹。哦，不！她们和校长简单地交谈了一下——幸好没有注意到我——然后他们四个人直接走进了克利尔沃特先生的办公室。

我的肚子咕咕叫着。雷诺克斯夫人是来再次要求开除我的吗？是的，我早该注意一点，但其实，这并不是我的错！

整件事情让我不得安宁。于是，我学着芬妮的样子，蹑手蹑脚地跟在那群人身后去门口偷听。结果不错，我听到了大部分……但也很疑惑。

“你现在难道没有意识到，把蓝礁中学打造成一个吸引游客的地方，对你来说是最有利的吗？”我听到雷诺克斯夫人问道，“你其实是个讲道理的人，杰克。让我们来计划一下……”

原来是这样！艾拉的母亲仍然没有忘记她在投票中失败的事

实，可我们不打算把学校变成一个主题公园。

“不，我不打算计划这样的事情，虽然投票是很片面的，但现在我也没时间和你争论了。”杰克的声音听起来很沙哑，“你知道一场飓风就要来了，对不对？”

我松了一口气，溜回底楼去了。15 分钟后，白色 SUV 带着嘶吼的轮胎驶回了 1 号公路，希望雷诺克斯再也不要回来了。

我退到入口大厅的一角给约翰尼叔叔打电话，告诉他我打算游到开阔的大海去。“孩子，你真的想去吗？”他问，“我现在就可以去接你，我们往北走。路上已经很堵了，不过运气好的话，我们还是能通过的！”

“我真的想去。”我确定地说，“莎丽他们也会一起去。”

电话里是短暂的沉默。可能是因为我曾经告诉过他我有多喜欢莎丽。

“可你不就是因为这个才这么做的吗？”他接着吼道，“因为你想和你的朋友在一起，不想在他们面前丢脸？这将是一个非常低劣的找死的理由。”

我不得不笑了。“死？严格来说，你作为代理父亲的工作就是告诉我一切都会好起来的，对吧？”

“也许吧。但我觉得你还没有傻到会相信这些。”

轻轻的“叮”的一声，我听到手机上传来了一条信息。啊，是我父亲发来的，那是一种中等的感知能力，我父母并不经常给我发短信。

“等一下。”我对约翰尼说，浏览了几行字：

你好，蒂亚戈，我们目前在韩国为一家大公司做咨询，但我们听说了你那里的情况。请你及时到安全的地方去，我想你兄弟也会这样做的。祝你好运！斯克特。

不好意思，我有一个兄弟？我感觉有人在我头上打了一拳。

倒计时开始

哇哦，我有一个兄弟。慢慢地，这个念头在脑袋里扎了根。

“蒂亚戈？你没事吧？你可以告诉我卫生间在哪里吗？”新生伊兹问道。

我瞪了她一眼，说：“卫生间。嗯，是的，卫生间，就在那里，在餐厅入口处。”

她走后，我问约翰尼：“你知道我有个兄弟吗？”

“你说‘兄弟’是什么意思？”他的语气和我刚才一样，听起来很困惑。

“亲兄弟啊，还能是什么兄弟？你能大点儿声吗？这里乱糟糟的。”我听起来可能很没有耐心，“我也刚知道我还有个兄弟这回事儿。显然他就住在这附近，不然也不会面临飓风问题。”

厨师约书亚、诺亚、莎丽和布璐从我身边摇摇晃晃地走过，走向待命的校车，车上满载着一箱箱食物、工具和其他东西。法林·加西亚试图安抚那些在入口大厅里散布恐慌情绪的激动的家长。讨论愈发激烈，第一批要乘坐深蓝色校车前往内陆安全地带的学生就聚集在我附近。半打蟒蛇和鳄鱼从我身边爬到了外面，他们还抱怨说，短时间内不会供应自助餐了。

“我得挂电话了，”我说，“照顾好自己，好吗？”

“你也要照顾好自己，”约翰尼回答，“尽量往深处去，远离所有的海岸线和礁石，明白吗？如果你几天都找不到吃的东西，那也没关系，你的鲨鱼身体能撑得住，没问题的。等我们过了阿德丽娜这一关，再谈兄弟的事情。”

是的，我们必须这样做。我气呼呼地给我父亲发短信，对他说我想知道更多，尽管有时差，他还是马上回了一句：“抱歉，这是一个一时很难讲清楚的话题。先把这个关于家庭历史的事情放一放，它会让你分心的。斯克特。”

我的手指紧紧地握着手机，差一点就要把它砸墙上了……我很想拨通我父母的电话，对他们大呼小叫一番。是的，它们让我分心了，这些家庭历史！

这个兄弟比我大还是比我小？长得像不像我？他也是变形人吗？如果是，是哪一类，他是好人还是像艾拉那种人呢？斯克特和伊利丝从来没有告诉我关于他的事，是出于什么原因呢？一个接一个的问题堆积在我的脑海中。

我还是无法面对，但我不得不相信，这个新的家庭成员真的存在。

有人拉了拉我的胳膊。贾斯帕瞪着眼睛担忧地看着我说：“我爸妈来了，我们要走了。”然后他抬头看了看天。等等，蓝天去哪儿了？现在，乌云在上空相

互追逐，阵阵狂风撕扯着棕榈叶，雨也下了起来。当然没有人拿出雨伞，有的人甚至抬头用脸去感受雨滴。

我和贾斯帕拥抱了一下。“我希望你能平安度过，”我对他说，“你会看到，很快我们就会回到这里，在方程、论文和变形练习上挥汗如雨。”

贾斯帕笑了一下：“你真这么想？好，那我也相信。”

芬妮出现在我身边。“喂，虎鲨，你要我在你胡乱扑腾的时候帮你看着这堆东西吗？”

我跑过去拿了我画画的东西，装在一个塑料袋里，这样就可以防水了，然后把它和手机、幸运贝壳以及一些我绝对不想在自然灾害中失去的东西一起塞进背包。

“我会用生命守护它们。”芬妮接过来，夸张地行了个礼。

“千万别啊！”我也拥抱了她，不知道为什么她几乎不愿放开我了。她害怕了吗？这还是那个酷酷的、自信的芬妮吗？我小心翼翼地将自己与她分开。“祝你好运，我们很快就会见面的。”

“再见。好好地保持湿润，好吗？”她像小狗一样把蓝色头发上的水抖落，这动作不禁让我发笑，然后她就消失在了停车场方向。

此时，很多学生已经离开了。只有海豚们、克里斯以及其他几位学生留下了，他们和老师们一起工作着，确保学校有一定的防飓风能力。加西亚先生和两名学生一起拆除了屋顶上的雨水收集器，并对太阳能板进行了加固。二年级的锤头鲨女生卡门也在那里，和拉尔夫、克里斯一起挥舞着电动螺丝刀，在餐厅的橱窗前安装夹板。我想为他们喊加油，但卡门却给了我一个威胁的眼神：“如果你要说的是关于工具和锤头鲨的玩笑，我会让你后悔的，你信不信！”

“不不不，我不会这么说的。”我向她保证说，并帮她把一块特别重的板子安到正确的位置。此时我的衣服已经湿透了，我只是没注意到。我和莎丽帮忙把海葵夫人和海马放在旅行水族箱里，并把他们装上其中一辆车。在这个过程中，我被一条蟒蛇小崽子绊了一下，差点儿就摔倒了。幸好水只漾出了一点点，但这时候一阵轻轻的哭泣声钻进了我的耳朵，肯定是有人受到了惊吓。

“当心脚下那些使绊子的家伙！”诺克斯在另一个鱼缸里对我吼道。也许他还是把小海马放在心上的。

“好，好，冷静点，大嘴巴。”我回答说，“我那么小心地背着他们，就像飘在云上一样，你没发现吗？”

“你真是太贴心了，诺克斯，能这么照顾他们。”利努斯在他的后代中游来游去，拱起他黄色的脖颈，“为了向你致敬，我会给他们起名叫洛克斯、马克斯、托克斯和约克斯。”

“嗯，我可听过一些更好的。”莎丽说着，把所有名字以 X 结尾的变形人都装进了后备厢。

但诺克斯被感动到了。“你真要这么干？”

“是啊，不过在我们知道有多少待在这个简易水族箱里的人能从飓风中幸存下来之前，最好还是等一等，”利努斯说，“也许我们可以先把约克斯排除，反正我不太喜欢这个名字。”

莎丽、诺克斯和我都叹了口气。

“快点吧，我们的时间不多了！”克利尔沃特先生望着天空催促道。我们随即加快了速度。“我们还得把摩托艇和充气艇弄上岸，放到船屋里，然后牢牢地绑住。约书亚，你能把电视拆了吗？”

我们都在努力地工作着，不知道脸上是雨水还是汗水。其间，我们每人大口吞下了一份冷面汤，喝完了一大瓶水——接下来有很长一段时间我们都吃不到东西了。

“还要多久？”莎丽问道。海浪搅动着礁湖，水已不再清澈，变成了浑浊的灰绿色。

“据说还有一两个小时才会真正开始。”我想对她大喊，但风把我嘴里的话扯了出去，吹到海面上去了。

从卫星图像上可以看到，阿德丽娜旋转着的白色手臂几乎快触及我们了。

“我们开始游吧。”诺亚说完，用行家的眼光看着云层说，“波浪越高，就代表越严重。在新西兰经常有极端天气，我了解这种情况。”

“是啊，我们走吧。”克里斯同意了，布璐也点了点头。她的脸色非常苍白。“怀特小姐呢？我以为她会陪我们一起去。”

“她在向杰克告别，杰克正把诺艾米塞进他的车里。怀特小姐把她心爱的宝石戒指托付给了他。”克里斯说，“也许飓风过后，他终于可以幸运地和她约会了？”

原来她在那儿。怀特小姐迈着大大的步子，来到了沙滩上。“都准备好了？我们出发吧，告诉你们，这对我来说也是一次全新的体验。”

她游到礁湖里，潜到水下待了一会儿。她所在的地方，出现了一头巨大的黑白相间的虎鲸，并向空中喷出了水柱。“我们要尽可能地待在一起，这样就不会失散，每个人都要留意自己周围的伙伴，”她向我们强调着，“谁要是感觉到自己有麻烦了，马上告诉我。”

“明白。”莎丽设法对我笑了笑，我也笑了一下。忽然间，我那些蠢话似乎都不重要了，现在的关键是飓风！

诺亚郑重地说：“愿海神坦加罗阿与你们同在。”海豚们把额头和鼻子对着对方，行碰鼻礼。克里斯和我也加入了。后来回想起来，如果当时把怀特小姐也拉进来加入我们就好了，但现在说这些已经太晚了。

莎丽游进了我身边的礁湖里，变成了一只浅灰色的小海豚。布璐跑到餐厅的阳台上，当她优雅地从上面俯冲下来的时候，变成了一只条纹海豚。诺亚作为一只体形稍小的深色海豚加入了他们。忽然间，我又不得不想起我那不知道名字的兄弟。如果他是和我完全不同的动物，甚至是海豚，那岂不是很有趣？又或许，他是一只怕水的猫？

克里斯以加州海狮一贯的优雅姿态在海浪中穿行，轻盈地擒住我的人腿，碰了碰我刚踩进沙子里的脚趾。

“改变主意了吗，蒂亚戈？”他问，“有个坏消息，最后一班飞机已经飞走了，机场关闭了。”

“哦，真的吗？”我说，然后想象着虎鲨形态的自己。这招果然奏效，我翻身而起，用鲨鱼的感官感受着周围的环境。这次的水有着恐惧的味道……

巨 浪 来 袭

我们刚游出礁湖时，我一直紧贴着水面。因为水太浑浊了，一不小心就有被红树林里的根缠住的危险。海豚们潜入水中不深的地方，再上来呼吸，所以我身旁有好几个背鳍上下跃动。克里斯也需要每隔几分钟就呼吸一次空气，毕竟海狮是哺乳动物，用肺呼吸。

“再次游泳的感觉真‘嗨’呀——我的脚已经因为四处奔波而受伤了。”莎丽说，她发出一声悠长的口哨声，用她的回声定位找到了我。

诺亚说：“看大海一会儿冲我们龇牙咧嘴的时候，你还喜不喜欢。”

“关键是，我们还没见到蒂亚戈和怀特小姐龇牙咧嘴过——这种情节我在很多恐怖片里见过。”克里斯开玩笑说。

“哦，原来你们不是我旅行中的干粮？”我假装要咬他，克里斯快速地一个回旋，游出了我的狩猎范围。

“有虎鲸的恐怖片？”怀特小姐很不爽地问道，并哼了一声，她黑白分明的脑袋转向克里斯。

“到目前为止还没有，但如果你在‘做你的动物’课上给我打了低分的话，我就拍一个，然后发到油管（YouTube）网站上，告诉海狮变形人们。”

怀特小姐被逗笑了，说：“我会给你应得的分数，克里斯托弗·雅各布森。要是你真的因为我而成了一个著名的电影人，我希望在致谢里能有一席之地，只要略提一笔就行。”

莎丽、诺亚和我打了个招呼。

“你们能不能别废话了？我们现在正经历一场天灾呢。”布璐抱怨着，我们向她的脑海发出无声的歉意，包括怀特小姐。

朋友们平稳地在水面上滑行，而我却像一艘巡逻的潜艇一样，固执地直往前冲。幸运的是，当我们游出海面时，发现水变清了。礁石上，紫色的扇形珊瑚在10米深的水压下来回摇摆，就像风中摇曳的大树叶。

其间，我注意到了一条牛鲨，它是喜欢待在湾流中的灰色猎手之一。它游得异常缓慢，我惊讶地发现它受伤了。我以前没见过这样的伤势，它的身体侧面好像有一个洞。

“看，”我对其他人说，一边围着牛鲨游了一圈，“我们有什么办法可以帮助它吗？”

“野生鲨鱼恐怕不喜欢被帮助。”怀特小姐说。

这很有可能，总之现在这条鲨鱼变得非常紧张，想要逃跑。难怪我曾经看到过，生活在公海的虎鲸主要以鲨鱼为食。

“往前游吧！这里太浅了，”老师催促我们说，“我们可能会被海浪推到某块礁石上或者岸上。”

我加快了尾鳍扑打的速度，试图跟上大家，而海豚们则像世界级的短跑运动员一样，冲到了前面。克里斯叫了一声，他的第二形态非常敏捷，但并不擅长远距离游泳。海豚们在等待我们的时候，莎丽和诺亚忍不住玩了一会儿水，他们推开海水，在前面冲浪。怀特小姐也没管他们。

然后阿德丽娜就出招了。

不一会儿，风就变成了拳头向我们打来。起初，公海的海浪已经和卡车差不多高了，但现在，海风把浪刮成了两层楼那么高的水墙。我们这个小团体几乎不能前行。我们要么被推到天上，要么被打入谷底。即便我潜入水中，也能感觉到自己被翻腾的水流牢牢抓住，我被折腾得团团转，仿佛我这 3 米长的鲨鱼身体只不过是一个玩具，而飓风是一台能搅动整个海洋的机器。

“往下！”布璐大喊一声，三只海豚并肩作战，克里斯和老师也追到了深处。这里比较凉爽，水流也比较平静。“我们现在处于什么深度？”我问大家。

“五六十米吧。”我脑海中听见怀特小姐的声音说。

“这是个好地方。”诺亚宣布，有一段时间里我们平静地并肩游泳。但没过多久，我的朋友们变得不安分起来。“呼，我需要呼吸。”莎丽说，她用鼻子向上指着，用尾鳍用力地划动来聚集动力。

“当然，我也是。”克里斯跟着她。

我有点失望。这还没有超过 5 分钟呢。我该不该跟着一起游呢？怀特小姐说过，我们应该在一起，所以我们向水面游去。

是的，就像在坐狂野的过山车一样，只是没那么好玩。风不再咆哮，而是尖叫了起来。雨水和雾气把世界染成了灰白色，几米远的地方我都几乎看不清，而且水流很急，我要用很大的力气才能游出去，感觉就像有人卡住我似的。

“蒂亚戈，小心！”一个女孩的声音喊道。

昏昏沉沉中，我看到有什么东西在向我逼近，但我已经来不及下潜了。一股巨浪冲着我浮出水面的地方猛然袭来，将我完全攫住。我感觉像有一堵水泥墙倾倒在了我身上。半麻木半眩晕的我失去了方向。离开这里吧！但我已经分不清楚上下左右了。

“蒂亚戈！”有人喊道，但我没能给出回应。

“放松，有我在。”这是怀特小姐的声音。她用巨大的虎鲸鼻子把我往某个方向推了一下。我知道那里肯定安全。我绷紧了肌肉，用力拍打着尾鳍，我的鲨鱼感官感觉到水越来越冷。我的确在回到平静深处的路上。呼，我只想留在那里。

“你没事吧？”莎丽焦急地问道。

“我没事。”我撒了个谎，虽然我感觉自己的身体就像刚被巨人远远地扔出去过。

“最好暂时留在这里，蒂亚戈，保存你的体力——你会需要它。”怀特小姐说，她在我旁边游了一会儿，这给了我很大的鼓励。我想等我回到宿舍时，我会画一些虎鲸的画。

海豚们的情况并不乐观。“我浮出水面也几乎无法呼吸，到处都是喷出的水沫。”这时我听到了布璐的呻吟。

“在你向上突破之前，你必须要特别用力地吐出气来。”诺亚喊道。

“向上？我几乎分不清哪里是上哪里是下，哪里是空气的源头。”克里斯呻吟着，紧紧地靠在莎丽身边。但我现在并不在意——在这种情况下，谁要是还吃醋，那就太不应该了。

我的朋友们和怀特小姐一起游了过来。怀特小姐说：“我尽量让你们留在背风的地方。跟紧我，好吗？”

没过多久，我听到了莎丽的叫声。“讨厌，我的气孔里进水了！”我马上又担心起她来。

“快换气，快，把水排出来！”布璐说，“我陪着你。”

起初，我的朋友们还能在水中轻松而优雅地滑行，但随着时间一分一秒地过去，我担忧地意识到，剧烈的浪潮消耗了他们太多能量。但大家都没有办法，只能一次次回到这个地狱。我庆幸地感觉到水从我的鳃里流过，为我从海里汲取氧气。我头一回觉得做鲨鱼其实挺好。是的，我曾希望成为海豚中的一员，但现在这肯定不是我的愿望清单的首选了。

每次莎丽回到我身边，看起来都更疲惫了一些。

“你没事吧？”我焦急地问她。

“这一定是衣服在洗衣机里的感觉吧？”她试着虚弱地开了一句玩笑。诺亚和布璐没有再说什么，显然他们也累坏了。哦，天哪……阿德丽娜肯定还要持续发怒几个小时，甚至一整天。

怀特小姐又一次向上滑行而去，这次她带回了一点好消息。“上来吧！我们在风眼里……在飓风的中心。”她呼唤我们。

好奇之下，我们浮了上去……并且惊叹不已。世界已经改头换面了。雨停了，我们又看到了一望无际的海洋景观。虽然天空还有点阴，但蓝天白云却时不时地出现，真是奇观。

“谁把飓风的开关关掉了？”布璐震惊地说，她用气孔深吸了一口气。

莎丽和诺亚也漂浮在水面上贪婪地呼吸着，而克里斯则像一只有些不习惯的牧羊犬一样围着他们游来游去，当然被他围住的是更不习惯的羊群。

“眼睛？这是什么意思？”莎丽一如既往地好奇。

“我们处在风暴的中间，”我解释说，想起了在卫星图像上看到飓风中间有个洞，“那里没有风。怀特小姐，你觉得这还能持续多久？飓风最终会再次启动，然后其他的螺旋臂会从我们头顶经过。”

“半个小时吧，最多一个小时。”怀特小姐说。她似乎也很疲惫，流线型的身体几乎一动不动地躺在水里。我们享受着片刻的休息，并尽量恢复体力。过了大约 10 分钟，莎丽说：“我听到了一些……”

我疑惑地看着她，因为我什么都没发现。

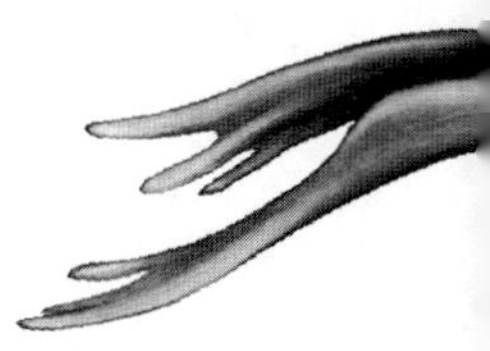

诺亚叫了一声，随即跳了起来。与他的其他杂技相比，虽然跳得不怎么好看，但为了侦察，他跳得很高，高得让人望尘莫及。我们都把头转向诺亚指的方向。

离这里只有 800 米远的地方漂浮着一艘船，可能它没来得及进港口，现在陷入了困境。

海神的帮手

这是一艘白漆帆船，有着蓝色的装饰、木质的甲板，上面画着一个手持三叉戟的大胡子海神。这艘名为“海神二号”的船不够幸运，因为两根桅杆中的一根已经断裂，船帆和缆绳在水里湿漉漉地纠缠在一起，导致船向一边倾斜。巨大的破损物倾倒在“海神二号”的甲板上，使其往下沉。每一次晃动船首又会高高翘起，拨开大量的水流。

“发动机还在运行，这意味着它还有救，”怀特小姐说，“如果能摆脱这些碎片，他们就能更好地驾驶它。”

穿着红色救生衣的人们在剧烈摇晃的甲板上活动，用安全绳将自己拴在栏杆上。有的人正拿刀砍着船帆的绳索，有几个人望着大海，互相喊着、指着什么。一开始我还以为他们注意到了我们，但又有谁会看到一群海豚就惊慌失措呢？

“他们在找人。”莎丽说。几秒钟后，就在我们刚才身处的波涛低谷中，出现了一个人的头。

那个身穿红色救生衣的船员拼命地想要把船划回去。但在巨浪之间这么做根本起不到任何作用，他眼看着自己离那艘无法操控的大船越来越远却无能为力。

这时，6个海行者心中只有一个念头。新的能量似乎在海豚之间涌动。“有些爱好在任何地方都可以追求，”诺亚兴高采烈地说道，“坦加罗阿把我们及时带到了这里。”

“没错！”莎丽补充道，“坚持住啊，陌生人！”

三根背鳍划破水面，我们的朋友瞬间就把怀特小姐、克里斯和我甩在了身后。兴奋的口哨声在水面上回荡，他们用自己的语言商量着谁该做哪项工作。莎丽身长两米半，是三人中最大、最强壮的海豚，她向遇难者伸出背鳍，其他人则在她的左右两侧，协助推动她前进。就这样，他们缓慢而稳定地往前游着。

怀特小姐在我脑海中轻声一笑，我们也游到了船边。“他们三个简直势不可当啊！”她骄傲地说。

而我，现在觉得自己很没用，我当不了拯救者，而只是一个恐惧制造者。

“海神二号”的船员们难以置信，他们双手抓着栏杆看着整个救援过程。“我一直以为海豚会救人于危难之中是个传说。”我听到其中一个人说。

“好吧，那我们就有故事可讲了……如果我们能活下来的话。”第二个高大的红色身影说道，看起来像是个女人。她喊道：“拉里，把船钩准备好！我们等下一个波谷，然后用船钩钩住本的救生衣，把他吊上船。”

最多再过一分钟，他们的队员就要到船旁边了。

“再快一点……再快一点！”我看了看天色，向莎丽他们恳求道。天空的颜色变成了讨厌的岩灰色，看来我们的喘息时间快结束了。

雨下了起来，密密麻麻的，暴风雨之前都有阵雨。有几阵风非常猛烈，“海神二号”的船身被吹得歪到了一边。仅仅几秒钟，船就在一片灰白中变成了一个剪影，我已经看不到海豚和他们的保护对象了。

但我能听到他们的尖叫声。“缆绳，注意缆绳！”诺亚大叫。

然后，我只听到了尖锐的惊呼声。我的鲨鱼身体一阵颤抖，我大概能猜到发生了什么。

我、克里斯和怀特小姐不约而同用尽全力游去救人。

我忽然对这个叫本的人毫无顾念，我不认识他，甚至可能永远也不会知道关于他的任何事情。但我无法接受莎丽因为帮他而有可能死去。

海水太黑了，充满了泡沫，我用眼睛几乎看不清什么，但我的鲨鱼感官却发现了莎丽疯狂运动的肌肉产生的电流。我的三个朋友被缠绕在绳索中间，无法脱身。

布璐和莎丽被卡住了！当船员被救生衣托起时，莎丽的头已经无法探出水面。

“我从这里开始。”克里斯说，他开始用海狮鼻子灵巧地整理绳索，把它们从莎丽和布璐的鳍上拉下来。

我做不来这件事，但我有其他的作用可以发挥。“别动。”我对在绝望中扭动的莎丽说，我现在就在她身边。然后，我张开宽大的口，咬住，直到把一切困住她的东西都咬断。我的牙齿咬断了帆布、绳子、木杆……幸运的是，没有防撕塑料做的东西。我的几颗牙齿被一根粗大的浅褐色绳索缠住了，我被卡了一下，但是我用力把自己拽了出来。牙齿被绳子扯断了，不过没关系，会重新长出来的。反正我不能跟这个像鬼网一样的东西纠缠不清。我抓着它不停地撕咬着。

该死的！一根尖锐的棍子卡在了我的上颚，就像一根竖直的牙签。我伤得很重，但最糟糕的是，我无法闭上嘴巴……而莎丽还没有解脱出来！

克里斯盯着我龇牙咧嘴的嘴巴，他知道我在期待他做什么。“不，我不能，”他结结巴巴地说，“我真的不能，蒂亚戈。”

“来吧，现在就来！”我对他大喊，“把那东西拔出来！”

克里斯鼓起了勇气。“好吧，你别喊。”他回答说，眼睛睁得大大的，勇敢地游到了我牙齿后面，咬住那棍子拔了出来。我在水里尝到了自己血的味道。

“谢谢！”我说完继续疯狂地咬着那些绳子，翻腾的水面上已经满是绳索和木头的碎片。真是一场混战——到处都是鳍、腿，旁边还有翘起的船身，一不小心就会令我们丧命。

解决掉最后一个麻烦，莎丽就自由了。“空气！”她呻吟着，向上伸着头。

那位船员怎么样了？原来，怀特小姐正照看着他。我的作战老师做好“助跑”，随后往那人身下冲过去，接着就用鼻子把他顶了上来。她那黑白相间的巨大身躯在空中盘旋了片刻，然后猛地一转头，就把那个船员扔到了甲板上。

“我真的不敢相信自己的眼睛！”船上的一个人惊呼道。

“是我疯了还是你们也看到了？”又有人迎着风大叫道。

两名船员立即冲向他们的队友，并将他固定住，以免他掉回海里。伴随着巨大的水花，虎鲸又潜入了水中。

“无懈可击！”克里斯称赞道，他似乎恢复了平时潇洒随性的自我。

“撤吧。”怀特小姐命令道，“在这艘该死的船撞到谁的头之前，赶紧离开！”莎丽已经恢复了一些，我的头脑里接收到了她温暖的感激。但当我们刚游远了一点点时，她就哭了起来。“等一下，伙计们——诺亚在哪里？他一分钟前还在那里！”

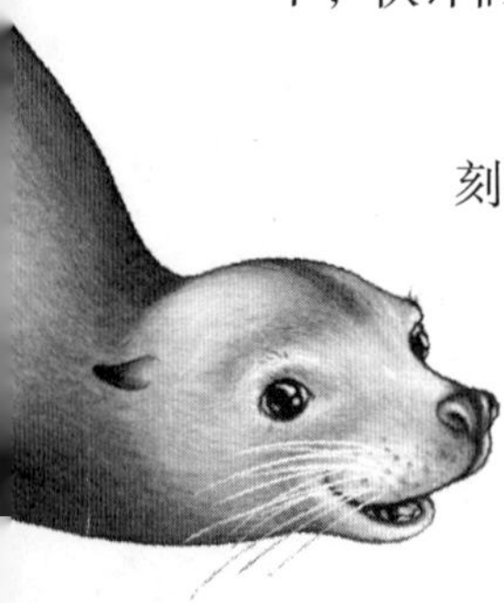

果然，诺亚不见了踪影。莎丽、克里斯和布璐立刻转头去寻找我们的同伴，通过他们的声呐定位，我听到了他们从四面八方传来的吱吱呀呀的声音。什么都没有！什么都没有，还是什么都没有。

怀特小姐用超强的远程呼唤喊了一声，其他人也不停地喊着：“诺亚！诺亚，你在哪里？”但没有人回答。

恐惧又爬进了我的内心。在汹涌的海水中，在高如大厦的巨浪间，整艘船都很可能被吞没，更何况是一只小小的黑海豚。可惜，我什么忙都帮不上，我的带电感官只能感知几米远的距离。

我们找了好一会儿，直到怀特小姐说：“我相信他会自己找到我们的。我们必须重新集合，这样他更容易找到我们。”她的声音听起来有些哽咽，“我不该让你们在飓风期间待在海里的！”

“不，是我的错，这是我的主意——一个可怕的主意！”莎丽的思绪仿佛布满了荆棘，“我们应该留下来，留在陆地上。很抱歉，我提了这样的建议，我不应该这样做！”

“而我应该劝你不要这样做。但如果我们不在这里，就无法救这个遇难的船员了。”怀特小姐说。有那么一瞬间，她暂时忘记了屏蔽自己，我可以感知到她的思维流，就像来自远方的、藏在暗处的悄悄话……“我不应该接受这份教书的工作，我不适合，我的训练方式也和别人不一样，如果这事传出去了怎么办？但不管怎样，现在只有诺亚才是最重要的。如果这孩子真的死了，那……”

她意识到我们能听到她的声音，于是竖起了一道铁门般坚固的思维屏障。

我和莎丽对视了一眼。真奇怪，怀特小姐说的是什么训练，为什么这么保密？

但没有人有精力去问。我们一直郁闷地紧紧相依，在危机四伏的茫茫海洋中，我们只不过是一簇小小的生命火花。阿德丽娜紧紧地包围着我们，击打着我们。几个小时过去了，诺亚还是没有出现。

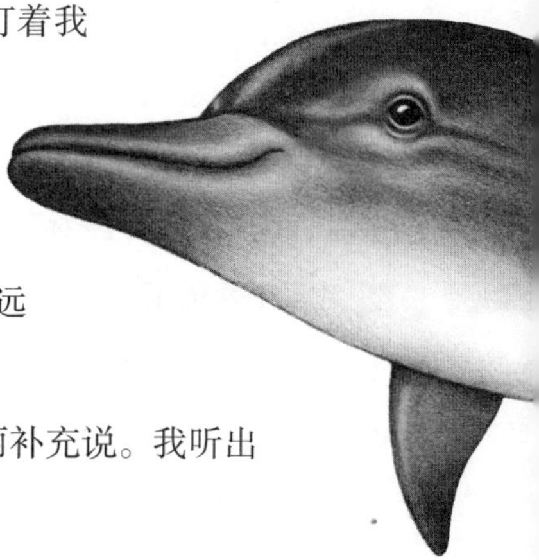

他可能只是迷路了吧，布璐黯然地想，她再次用尽全力进行了一次远程呼唤。然而还是没有人回应。

“他现在可能非常孤单无助。”莎丽补充说。我听出了她声音中的哭腔，她正强忍着泪水。

“海神会保佑他的，”我试图安慰她，“坦加罗阿不会抛弃他的。”但她一定能感觉到，我并不真的相信自己说的话。

用尽最后一丝力量

这次救援行动让莎丽、布璐和克里斯花费了不少力气。对他们来说，更难的是要忍受汹涌的波涛和在水雾中费力地呼吸。诺亚的失踪似乎夺走了他们的忍耐意志力。莎丽只能短暂地进行潜水，布璐也显得疲惫不堪。

“你感觉怎么样？”我担心地问莎丽。

“还好，怎么了？”莎丽回答道，但我能看出她的动作有多么虚弱。

“嗯，你游得像一根解冻的鱼棒。”我说，这引得她一阵傻笑。

“我们要在他们喘息的时候提供支持，不管他们是否提出要求。”怀特小姐低声对我说，我向她发出了无声的赞许。下一次莎丽浮上水面的时候，我就追着她游，让自己位于她的身下，这样我就可以用宽大的头把她托起来。毕竟，我已经可以在深水区休息了，我是我们几个之中最健壮的，力量储备还很充足。我看得出，莎丽急需帮助，因为她没有拒绝，任凭我托着她浮上水面。在我旁边的怀特小姐也是这样托着克里斯和布璐的——一头虎鲸正好可以托起一只海狮和一只海豚。

他们像瘫软的湿抹布一样躺在怀特小姐的上半身上。

夜幕早已降临，我们都知道这将是一个非常漫长而难熬的夜晚。我想象着我那兄弟是一头抹香鲸，他会来救我们，像一座暗灰色的小岛一样让我的朋友们浮在海面上。但无论如何，他怎样才能在这汹涌的水下地狱中找到我们呢？

“莎丽……如果我们没能熬过这一关……我想让你知道……”克里斯说，他听起来非常疲惫，而且渐渐往下沉。

虽然我很关心他，但我这个自私的混蛋当时不知怎么就被吓坏了。他应该不会打算现在对她告白吧？

“……你对我是那么重要。”克里斯居然还在继续说着，我立刻紧张起来。该死的，这都是我想说的！莎丽会有什么反应？

很简单——她一点儿反应都没有。我关切地靠近她和布璐，她刚刚又能自己游了，我发现她们一只眼睛睁着，另一只眼睛闭着。她们两个正在用海豚的方式睡觉……而且她们漂浮得很稳，我们谁都没有发现。

克里斯的动作越来越迟钝。我在旁边推了推他，然后用鼻子把他拱上了水面。“嗯，没什么，伙计。她只是睡着了。”

“你很高兴吧？”克里斯喃喃自语。

“我现在才不管这些呢，你个白痴！等我们回到陆地上你再跟她说一遍就是了——在那之前，你可要坚持下去，明白吗？”

“虎鲨真是严格。”克里斯抱怨道。他居然振作了起来，游得更有力了一些，甚至还捉到了一条路过的鱼作为零食。

我们也不知道是如何在汹涌的海面上熬过了一夜。当太阳升到地平线上时，飓风已经走远了一些。雨已经停了，风也只是呼啸，不再叫嚣。浪花变小了一些，不过海风还是可以随便吹飞一棵棕榈树。我们都松了一口气。

怀特小姐说："我们回去吧。"我根本不知道海岸在哪里，幸好她认得路，转身指出了一个确定的方向。我们非常缓慢地游回了佛罗里达群岛，失去诺亚的我们完全崩溃了，害怕在陆地上会发现什么。

海岸看起来很脏。我们在浑浊的海水中小心翼翼地靠岸，棕榈叶、木板条、拖鞋，还有很多其他的残骸四处乱漂。"慢慢地游，小心不要伤到自己。"老师提醒我们说，在过去的几个小时里，老师一直很沉默。

"我们在哪里？"我问怀特小姐。

"大礁岛，就在学校的西边。"她回答说。

哦，我喘了口气。我已经在这里住了几个星期，却没有认出这个地方，因为它看起来面目全非了。一块酒店的招牌倒在地上，霓虹灯只剩了一根电线，一家潜水店的屋顶不见了，旁边的水果市场除了两三块乱七八糟的木板和香蕉，什么都没了。

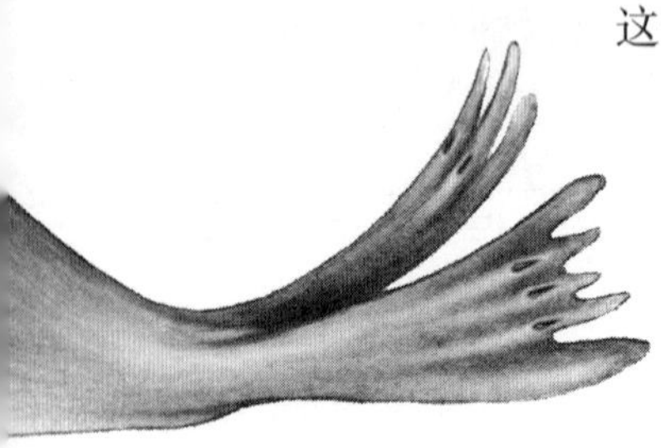

许多棕榈树已经倒下或被折断。在颓败的海岸小树林里，一艘机动游艇侧躺在那里，仿佛在这里小憩。另一艘船的龙骨漂浮在一个几乎完全被损毁的码头旁，一辆自行车出现在超市半塌的屋顶上。有人把车留在了一家餐馆的停车场——糟糕的是，旁边树上的一根粗大的树枝断了，压坏了车顶。到处都是残骸，马路上，沙滩上。

“到处都很泥泞，可能是风暴潮刚来过，”克里斯大受震撼地说，“我敢打赌，这里的水曾有一米多高。”

“这一切看起来真可怕。”莎丽说，但她听起来无精打采的，可能她又想到我们失踪的朋友了。

随着离学校越来越近，我的内心越发紧张。但当蓝礁中学的教学楼映入眼帘时，我松了一口气。

“还没倒，”克里斯注意到，“只不过两个码头的情况很糟糕。”

当我们游进礁湖时，看到红树林像是被一个巨人拔掉了一样，一些棕榈树也被击中了，等一下，我宿舍的屋顶呢？在被摧毁的船屋里，学校的快艇已经沉没，只有船头还露在水面上。

主楼看起来情况比较好——我们钉在窗前的木板撑住了！但我再一看，发现餐厅阳台的栏杆已经弯曲，屋顶上太阳能的加固装置已经被扯掉了，飞来的碎片把外墙撞得凹凸不平。

“哦，不，你看，通往变形练习场的玻璃隧道已经坍塌了，”布璐喊道，“你觉得还能修吗？”

“我相信一定可以的，”怀特小姐说，“但这恐怕要花很多钱……而且太阳能装置可能也不便宜。”

在礁湖的浅滩上，我们把头探出水面。整个校园沉浸在一片诡异的寂静中。除了我们再没有其他人，就好像在这世界末日只剩下我们几个了。幸存的树丛中没有一只鸟儿的叫声，也没有鬣狗发出的沙沙声。

半个小时后，飞行中队的两名成员到了——燕鸥谢尔比和胆小的信天翁马里斯。“嘿，你们已经回来了，”他们高兴地说，“相当猛烈，不是吗？好在我们是以人类的形态进城的。要是以飞鸟的形态，阿德丽娜肯定会把我们从天上扫下来，把我们的羽毛撕得粉碎！”

我的脑海里出现了两只被拔掉毛的鸟。

“是的，非常猛烈，”克里斯很快回答道，“游去海里恐怕也不是个好主意。”

不一会儿，我们听到有车驶入停车场的声音。“有人在吗？”杰克·克利尔沃特洪亮而清晰的远程呼声响起。

我们疯狂地回应他，也许我们年轻的校长差点没经受得住这混乱的思维流。“谢天谢地，你们回来了。都没事吧？”克利尔沃特先生蹒跚地走到海边，胳膊上搭着给我们的衣服。他不耐烦地用脚踢开一把翻倒的破藤椅和一块屋顶毡。“你们没事吧？”

“诺亚不见了！”莎丽喊道。我们快速把自己胡乱塞进衣服里，因为我们都想报告发生了什么。

两个女孩一化作人形，就哭了起来。我忍不住把莎丽抱在怀里，想静静地安慰她。她也紧紧地抱着我，对着我身上那件有夕阳和棕榈树的俗气夏威夷衬衫，泣不成声。

“诺亚失踪了？哦，老天，不。”校长的脸上写满了震惊。

“我们不应该让他们在飓风期间留在海里，杰克。”怀特小姐的脸色非常苍白，眼睛湿漉漉地闪着光。杰克·克利尔沃特用一条厚厚的毛巾裹住了她，然后抱着她说：“你已经尽力了。等等吧，我们会找到他的。”他抬头看了看屋顶上的两个鸟类变形人说，“谢尔比，马里斯，我们现在就走！阿丽莎，请你维持这里的秩序。只要再有几个人回来，我们就组建一支合适的搜索队伍。”我松了一口气，看到怀特小姐脸上的失魂落魄消失了，她似乎重新坚定了自己的决心。

“好。”她说，一只白头海雕已经在她身边展翅起飞，“祝你好运，杰克，再见。”

破碎的小屋

我们从克利尔沃特先生没锁的车里拿出手电筒，打开前门——门有些卡住了——然后我们步履蹒跚地穿过学校，那里仍是一片黑暗，因为我们之前关闭了所有的窗户，而且这时还没有电。我们靠着手电筒的光亮往里走去，这里看起来和以前截然不同了。我悲伤地环顾了一下学校：空空的水族箱，满地的泥巴，散落在各处的家具碎片。

“你觉得我们能恢复这一切吗？”我用手抚摸着一面墙壁问怀特小姐。在我脖子左右的高度，一条黑线显示出蓝礁中学曾被淹没的高度。地上有很多水坑，我们走过时踩溅出很多水，到处都在滴水，散发着咸咸的海水味。

“是的，我很有把握。”怀特小姐坚定地说。

莎丽的脚在泥泞中发出轻轻的吧唧声，她走到公告栏前，上面还写着上次班级出游的通告，但那似乎已经是很久远的事了。“我相信只要大家齐心协力，就能做到。”

“那钱呢？”克里斯捡起地上躺着的几支笔，“单是这玻璃隧道……”

“我们能做到，我知道。”怀特小姐看着餐厅里横七竖八搁浅的船只，叹了口气，“能不能付得起钱，恐怕是另一回事。但现在，让我们开始努力让这里恢复到以前的模样，好吗？”

“好吧。”克里斯说。我们就开始收拾了。

风雨过后，当我再次见到玛拉时，她的脸上挂着泪水，但不是因为被毁掉的学校。“有一只小海马死了，”她哭着说，“都是飓风惹的祸，这对它们来说，太强烈了。”果然，只剩下三个小家伙了。诺克斯当场伤心地走开了。我也不知该怎么安慰他和利努斯。

玛拉知道怎么做。她在我们的临时水族箱里撒了一些小鱼，倒进去一桶水。“给，这样至少你不会既伤心又饿肚子。”

“好主意，”利努斯说完就吸食了一条小鱼，“你们真的很勇敢，孩子们！”

一股无言的自豪感涌上心头，我松了口气——海行者宝宝，不管哪一个，都还活着。三个小家伙都开始争抢食物。这时越来越多的学生回来了，他们分享了自己经历飓风和帮助清理的故事。我们在餐厅里大扫除，擦洗墙壁，清理杂物，将它们堆在一起。加西亚先生拿着一张需要修复的物品清单跑来跑去。然后，他用绳索和滑轮组装了一个绞盘，在几个二年级学生的帮助下，将学校的快艇吊出了这湿漉漉的水下坟墓。

在棕榈树林里，我心不在焉地收集着被吹落的树叶——我们需要用它们来做新的屋顶。我时不时地看一眼莎丽，她和布璐坐在沙滩上，两人的豚鳍紧紧地牵在一起，等待着我们的飞行小队带回新消息。我会时不时地过去，在她们旁边默不作声地坐一会儿，直到再被叫去干活（叫我的一般都是老师）。不知诺亚怎么样了。他必须活着！但是我知道海豚很可能会遭遇不测。有没有人把他失踪的事告诉他父母和霍莉？

到了中午，一个有着亮蓝色头发的变形人也回来了，她向我飞奔过来。“你没事吧？”芬妮抱着我，像我之前抱着莎丽那样紧。

“我没事。”我说，并把诺亚失踪和学校受损的情况告诉了她。风太大了，我发现本来挂在我宿舍门上的鲨鱼牙项链，被刮到了棕榈树顶上。“你那儿怎么样？”

“非常可怕——虽然我们住在坚固的房子里，但风似乎随时会把窗户推倒。我真的很害怕。”芬妮把装有东西的背包递给我，“给，你的东西。你手机忘关机了……反正昨天网络也断了，但今天响了两次。”

我谢过她，退到一个安静的角落查看信息。

有一条我父母发来的短信。约翰尼曾打电话问我是否安全，我马上回电话告诉他发生了什么。然后我盯着第二个来电的号码，有些疑惑不解。火箭，我以前在自由城的学校里的那个老鼠变形人，那是迈阿密城内最烂的社区。我跟他说过，他没法来我们这里接受变形辅导，难道他要向我抱怨吗？叫我再问一次？或者想让我感到内疚？毕竟，多亏了他奶奶，约翰尼和我才能住进新公寓。

锤头鲨女孩卡门大喊：“蒂亚戈！抓紧了，免得这垃圾掉在我的鳍上！”我又开始干活了。我想，卡门也不坏。平时她总看一些健身杂志，要么就是锻炼这块或那块肌肉。但我现在看到她微笑着帮加西亚先生一起维修。她很擅长使用工具，即使她自己不这么认为。

当我终于拨通火箭的电话时，已经是下午了。有趣的是，附近某处的手机在同一时刻响起。随后，火箭接起了电话。“我看到你了。”他说。

“呃，什么？”

“我现在就在你们那乱七八糟的停车场里。这到底是哪条路？哦，在前面。”

火箭怎么会在这里？我有点疑惑，拔腿就跑。

老 鼠 火 箭

我刚刚瞥见这位老同学——一个中等个子的男孩，泥土色的头发，长着龅牙，正慢慢走进主楼。“这个地方看起来就像狗屎。”这位未来的火箭工程师一边说一边抬起眉毛环顾四周，“不过也难怪，那真是一场大风暴。”

我还没来得及开口，他就已经放下并打开了背包，里面露出一把电动螺丝刀。

“我想来看看你们有没有什么需要帮忙的。看来我做了正确的事。那边的展示柜快要倒了。”他把一个装着螺丝钉的纸盒塞到我手里，说，“挑出一些可能用得上的东西。”

“好。”我有点蒙。在我还没有真正弄清楚是怎么回事时，我们已经把柜子重新装好了。

随后，火箭打算来对付卡住的前门。

“哎哟，阿德丽娜在铰链上糊满了泥巴。我们来处理一下。这附近哪里有干净的水？润滑油我带来了。”

在飓风前老师们储备的应急物资中我找了一瓶饮用水递给他。

“你总是在背包里带着润滑油？”

“当然。”他笑了笑，“配午饭一起吃特别好，让食物滑入喉咙，完美！”

在我以前的学校里，火箭总是和他的暴徒哥们罗根在一起，所以他一直显得闷闷不乐、咄咄逼人。但在这里，他看起来很专注。

至少他一直专注到托克和贝瑞过来之前，那两个家伙一个是红头发的胖子，一个是时常锻炼的冷眼大高个儿。哦，对了，他俩一有机会就想对我动粗，不管有没有原因。而现在，他们还真有了借口。“喂，你把谁带进来了，脏虎鲨？这里不允许陌生人进入！”

“哦，难道你那些沼泽地的鳄鱼朋友就可以吗？”我愤怒地回道。颇为尴尬的是，我之前向火箭大肆宣传过蓝礁中学有多好，却让他在这里遇到了这样的事情。托克和贝瑞就像没听见一样，一唱一和地对我们进行嘲讽。好吧。我试着像怀特小姐教我的那样，有意识地进行缓慢地深呼吸，把怒气吐出来。但是，当你朋友的脸上马上要挨一拳的时候，你试试这招还行不行。“够了，”我坚定地说，“别惹火箭，他只是来帮忙的。你们的沼泽朋友在哪里？不想干活是吧？”

“别瞎掺和，蒂亚戈。”贝瑞说。

火箭直起身子，把工具收了起来。他丝毫不怕这两个家伙，双手叉腰打量着他们。

两个敌人更加靠近了。“嗯，这小子的第二形态是什么？”托克咕哝道。还没等我开口回答，火箭就一下子滑到了前面，抓住了托克的T恤，猛地把他拉近，使他那张满布雀斑的脸正对着自己。“我是一只老鼠，伙计——所以在你有任何愚蠢动作之前，请三思，好吗？”火箭冲着他的脸嘶吼着，口水四溅，托克瞪大眼睛看着他。

贝瑞本能地想向前移动，却被火箭用手肘牢牢抵住了胸口。惊讶之余，贝瑞踉踉跄跄地后退了。

“清楚了吗？”火箭冲着托克的脸又凑近了些。他的俘虏微微点了点头。

“现在，你们两个废物赶紧滚蛋，不要再来打扰我们。”火箭命令道，他放开了那个大个子男孩，厌恶地在裤子上擦了擦手，转身回去继续工作。

学校里最坏的两个恶霸故作轻松地走开了，好像他们本来就在散步一样，他们肯定希望没有人看到这一切。

我看着他们的样子，只觉得好笑。“你早习惯这样的家伙了吧？”我对我的新朋友说。

“当然。”火箭一边抱怨着，一边用钳子把前门的一个弯曲的角拉直，“罗根就是这种人。你跟他们有过节儿？”

“是有点儿。”我坦白道。

“在哪儿都一样。这是个乱糟糟的世界，对吧？”

我冷笑了一声。在我以前的学校里，罗根和火箭一起把我折磨得够呛。“唉，也就那样。”我说着，从他的背包里拿起一把螺丝刀，想给他帮忙。

不知什么时候，我看到克利尔沃特先生从入口大厅走过，我立刻直起身子。“有诺亚的消息吗？你找到他了吗？”我叫住他问。

“很遗憾还没有，”校长说，“目前还没有线索。但我们不会放弃的。一支包括海豚在内的新搜索队刚刚出发。我还向海岸警卫队申请了一架带热像仪的直升机。”

“好主意，”我欣慰地说，“你怎么让他们知道，他们要找的是一只海豚？他们会管这样的事吗？”

“当然不会。我告诉他们，我在找一个男孩，他和一只温顺的黑海豚在一起。这里其实并没有黑海豚——如果他们找到一只，那一定是诺亚。”克利尔沃特先生向火箭投去询问的目光，而火箭只是继续埋头工作。“有客人？”

“嗯，是的，这是火箭……呃，爱德华·阿尔布莱特。你还记得吗？我曾经问过您，能不能让他在这里接受培训。”我很高兴克利尔沃特先生这个时候出现在这里，正好能看看我的朋友有多能干。

火箭刚才还在给门铰链上油，现在却直起腰来和杰克·克利尔沃特握手。

“很高兴见到您，先生！”

哟，看来只要他愿意，他真的可以彬彬有礼。

“你能来帮我们，真是太好了。”校长友好地说，“如果你愿意的话，要不今晚就留下来——既然厨房还没开工，我们就在沙滩上烧烤吧。”

火箭的脸色立马就明亮了起来，但只是短短一瞬。

“太可惜了，我奶奶一个小时后就来接我了。不过，也许我可以明天再来？”

“你看那个展示柜他修得多好。”我指着我们的手工作品插了一句。

杰克·克利尔沃特感动地点了点头说：“是呢，看起来是个高级货。继续努力吧，孩子们。明天见，爱德华。”

“谢谢，祝您今天过得愉快！”火箭说。

直到克利尔沃特先生离开，我才和这个老鼠变形人击了击掌。“明天我把我的钻头也带来，”火箭承诺道，“我爸搬走的时候就放在那里了，可能是因为坏了吧。但我把它修好了。”贾斯帕在后面满怀赞许地听着……火箭显然有了新的崇拜者。

那天晚上，当我们的海豚同学完成搜索任务空手而归的时候，杰克·克利尔沃特兑现了他的承诺，在海边组织了一次篝火烧烤活动。但这并没有点燃大家的热情。

“一定要这样吗？”芬妮抱怨道，“难道这里只有我一个人怕火吗？”

“不是。”奥利维娅、朱娜和拉尔夫几乎同时嘀咕道。

“就得现在吗？我以为只有我一个人有这该死的恐惧。”我也附和道。

“这不是该死的恐惧，蒂亚戈！千万别碰那些毛茸茸的东西，它会咬人的。”莎丽对我说。她和布璐一起游在浅滩上，离岸边很近，两只海豚差点搁浅。“我们更喜欢吃生鱼，克利尔沃特先生。”

“这样更好，”章鱼露西说，“我不明白人类为什么要吃烧焦的东西，太难吃了吧。”她用有力的手臂敲碎了一个海螺，掏出了里面的肉。

“是啊是啊，好吧，我就是恶魔，我逼你们吃不自然的东西。”杰克·克利尔沃特说着，又把一份鱼排放到了烤架上，其他老师则给大家分发土豆沙拉。“你们得知道，这就是我作为老师的职责。”

尽管大家怨声载道，但当夜幕开始降临，依旧没有电的学校被笼罩在一片黑暗中时，我们都很庆幸沙滩这里有光、有集体、有温热的食物。到现在为止大概回来了 20 个同学，大家一起坐在这里感觉很好。这种美好的氛围一直维持到晚饭后杰克·克利尔沃特开口说话之前……艾拉和她的母亲莉迪亚·雷诺克斯从小路上走了过来。

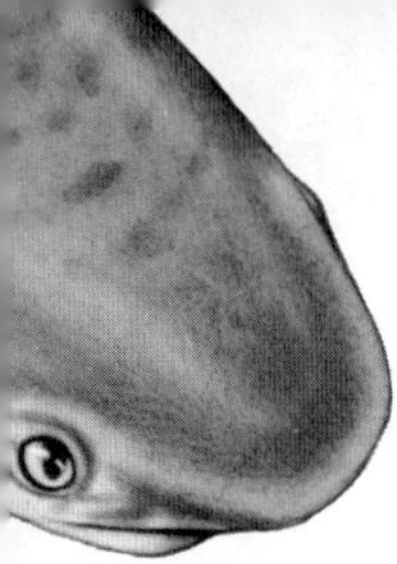

总 是 谈 钱

“我们还没有找到诺亚，但海岸警卫队正在用几架直升机通宵达旦地搜索。”校长告诉我们，“我们的工作是要让学校恢复运转。可惜的是，要想把所有的东西都修好，大概需要3万块钱，毕竟我们需要买材料，而且有些活儿我们自己还干不了，得请人干。尤其是修玻璃隧道，得花不少钱。”

我和贾斯帕对视一眼，心里都被这么大数目的钱吓了一跳！

这时，艾拉他们出现了。她和她母亲的服装很搭，穿的是一模一样的衣服——黄白相间的夏装，上面套着一件开衫，下面穿着白色的 Gucci[1] 凉鞋。两人搂在一起，有说有笑。有着模特身材的老虎双胞胎保镖一直跟在她们身后，面无表情地看着我们。在雷诺克斯一家的背后，几名蟒蛇学生从沼泽中溜了出来，后面还跟着几个鳄鱼变形人。

莉迪亚·雷诺克斯离我不到 5 米远！ 这次我可没有机会逃跑了，而且这样的举动会让我在所有朋友面前丢脸。于是我仍然坐在贾斯帕、克里斯和芬妮之间。

① 一个奢侈品牌，中文译为古驰。

艾拉恨恨地看了我一眼，可能因为她的伤口还在疼。看到我没有被飓风变成鲨鱼酱，她深感失望。

莉迪亚·雷诺克斯听到了杰克的话，唇边露出了高傲的笑容。“啊哈，3 万块钱是个大数目吧，克利尔沃特？我相信银行一定会拒绝的，尤其是你还没有偿还原来建校时贷的款。”

学生们哄的一声开始议论纷纷。

“我很清楚这一点，”克利尔沃特抽动了下嘴唇，“我还真的不知道我们该如何为修缮工作筹到款项。”他来回走动着，问，“有什么办法吗？”

艾拉和她的母亲让保镖递给她们一张崭新的野餐毯，然后她们非常优雅地坐了下来。艾拉的笑容更灿烂了，显然这两人早就有所计划，我恍然大悟。我几乎能猜出来是什么，这就是她们等待的时机。我们的蝶鱼班长朱娜站了起来。“我们是海行者，”她说，同时给了雷诺克斯夫人一个敌视的眼神，“我们的选择与人类截然不同。要不我们去水下收集值钱的珊瑚和贝壳，然后卖出去，怎么样？”

“不行，”佩拉吉乌斯夫人还没等校长说话就提出了反对，“珊瑚和贝壳属于大海。我们没有权利掠夺。”

“确实。”朱娜承认并叹了口气。

“里昂和我在深海站搜索并发现了一些别的东西。”章鱼女孩露西报告说，“很多有价值的矿石。”

我好奇地看着她。哇，她曾和伙伴一起在深海站工作吗？我现在才发现，其实我对露西几乎一无所知。

“我知道——它们是锰结壳和锰结核[①],”杰克好心地解释道,“它们含有许多有价值的金属,但不幸的是,它们只存在于深海。我们谁也不能潜到1000米深的地方去啊。”

“诺亚告诉我,他在新西兰有一个朋友可以做到……一头抹香鲸。”莎丽说,我从她身上感受到了无限的悲伤。没有人知道,我们或者在世界另一端的诺亚的朋友会不会再次见到他。汹涌的悲伤又一次占据了我的心。

“也许我们可以从沉船上打捞宝藏。”雷奥诺娜用电鳗的形态建议道。

“想法很酷啊!”布璐大喊一声,我看到其他人的眼睛也亮了起来。

“以前有很多西班牙船只在加勒比海沉没,船上都有黄金。”红嘴鸥姑娘达芙妮说,“而且加勒比海离我们只有几百海里的距离,我们可以去那里旅行!”

“我来查查黄金的价格。”芬妮说着掏出了手机。

“没必要了,因为这恐怕是一个过于天真的想法。”艾拉说。有点意外的是,她也有些黯然神伤的样子,也许她真的很关心学校。

“那些船是木头做的,早就腐烂了,货物也被珊瑚淹没了。你需要特殊的设备才能找到那些遗物。”

“别紧张,伙计们,我知道了!”诺克斯兴奋地在礁湖里说着,“在牙医诊所的水族箱里,就是我住的水族箱里有一个宝箱。

---

① 蕴藏在海底的多金属结核,是一种独特的海洋资源。

我们去拿吧，谁和我一起去？”

“对了，说不定牙医在里面放了一些老金牙呢，他总是从人们嘴里拔牙下来。”贾斯帕带着我们不大能理解的热情说。

“47.9 美元一克……也就是说，我们要找到大约 650 克黄金才能支付维修费用。”芬妮说着说着表情就黯淡了下去。

“我和布璐可以用我们的回声定位在海滩上搜索金属，”莎丽说，“人们经常丢东西，戒指啊项链之类的。”

“就这么办。”杰克·克利尔沃特说着给了海豚一个鼓励的微笑，“也许能筹到几个钱。”

大家陷入了沉默，就连随时都有话说的克里斯也沉默了。我们都知道，那几块钱还远远不够。现在大家都没辙了。从上次莉迪亚·雷诺克斯来访时我无意中听到的对话来看，我知道现在会发生什么，我没有搞错。

莉迪亚·雷诺克斯站起身来，有点戏剧性地张开双臂说：“还有一个办法，也是最好的办法。开放日！ 游客们购买门票以后，就可以和海豚一起游泳，拍拍海牛，感受一下被鲨鱼吓到的刺激感，和一条鳄鱼……”

“请不要有鳄鱼套圈项目。”她的随从们恳请道。

“可以……喂喂鳄鱼。”莉迪亚·雷诺克斯继续说道，然后她听到了一片宽慰的叹息声。

“这正是我妈妈多次建议过的。”艾拉得意地环顾四周，“我知道你们投票反对，但现在你们没有别的选择。对吧，妈妈？”

这一次莉迪亚·雷诺克斯很聪明，没有直接回答。气氛本来就够紧张的了。怀特小姐恨得咬牙切齿，加西亚先生烦躁地交叉着手臂，约书亚照看着冒烟的烤架，不愿意抬头。

“看起来，艾拉说对了。”杰克·克利尔沃特说。

“可是……”朱娜惊慌失措地说，“我不想在主题公园表演，只想好好上学，我想在这里学到东西！”

“你会学到东西的，”怀特小姐向她保证，“学校正常授课额外加上开放日，如果只在周末的某一天让游客进来，是可行的。”她看了看我们这些学生，“你们觉得呢？这样只会用到你们的课余时间。”

“只有一天？”莉迪亚·雷诺克斯抗议道，“你想想，到时候我们会错过多少钱！ 每天，我说，你们应该每天都开放，听明白了吗？”

我们都没有发表任何意见，只是多看了几眼被损坏的主楼，和被修补得还算好的宿舍。好吧，我默默地决定。那我就偶尔以虎鲨的身份露露牙吧。这所学校对我来说是值得为它付出的。

“不，妈妈，每天的话太频繁了。”艾拉说。她真的很勇敢，敢于顶撞她的母亲，但这样做有什么好处吗？

“哦，你真的这么认为吗，我的宝贝？”她的母亲语气比较温和。

我们看了看礁湖里的海豚，她们正兴奋地吹着口哨聊天。我默默地站起身来，游到她们身边，把手放在莎丽光滑湿润的背上。“你们……可以接受每周一次的开放日吗？”我问她们。我和其他人都知道，海豚一直反对主题公园的建议。

“如果一定要这样做的话。”莎丽勇敢地说道。

“好吧，一周一天总比没有好。我们会因此赚得盆满钵满的，你们会慢慢明白的。”莉迪亚·雷诺克斯高兴地说。也难怪，现在我知道了，她是学校的股东之一——从建校初期她就出了不少钱，所以蓝礁中学才得以建立，她的女儿才能在这里上学。所以，如果学校开始盈利，她就会分到一部分利润，这就是之前投票的结果。

“哦，是吗，你还差钱吗？”我不小心脱口而出，“为什么不让克利尔沃特先生安安心心做他的工作呢？”

莉迪亚·雷诺克斯做了一个小小的手势，老虎双胞胎保镖就走了过来。同时，雷诺克斯也变形了。当火光落在一条身后拖着一只 Gucci 凉鞋的巨大白化蟒蛇身上时，周围响起了兴奋的欢呼声。她的身体有男人的大腿那么粗，而且不是纯白色的，是很淡的黄色，皮肤上面深黄色的经典花纹显得很突出。相比之下，她抬起的头显得很小，棱角分明，和我的手差不多大。

“哇，好酷的动物。”我心想着。此时这条蟒蛇正无声无息地平稳移动着。我被迷得神魂颠倒，好一会儿才意识到自己可能有危险。

我发现，这条巨蟒并没有往别处去，她直接向我滑了过来！“有几件事我想和这个年轻人重新定定规矩，”我听到了莉迪亚·雷诺克斯思维流的声音，“你们都给我好好看着，如果你们也敢伤害我的女儿，对我不敬不恭，会有什么样的下场。因为这小子就是个例子！”

黄白之仇

这一切都发生得非常快。白化蟒蛇加速越过沙滩向前冲了过来。转眼她就已经在我面前了。她开始像一条巨大的奶油色爬山虎一样盘踞在我的周围。很遗憾，我一直在发呆，没来得及逃跑。我想把她从我身上推开，可是因为太过紧张我开始打嗝。莉迪亚·雷诺克斯收缩着她那长长的钢索般的肌肉，缠绕在我身上，越缠越紧，我的腿已经被束缚住了。

“停下来——你在做什么？”杰克·克利尔沃特喊道。当我惊慌失措地想把蟒蛇从我身上拉下来的时候，莎丽也气急败坏地用尾巴拍打着水面，芬妮、克里斯和贾斯帕也跳起来想要帮我。

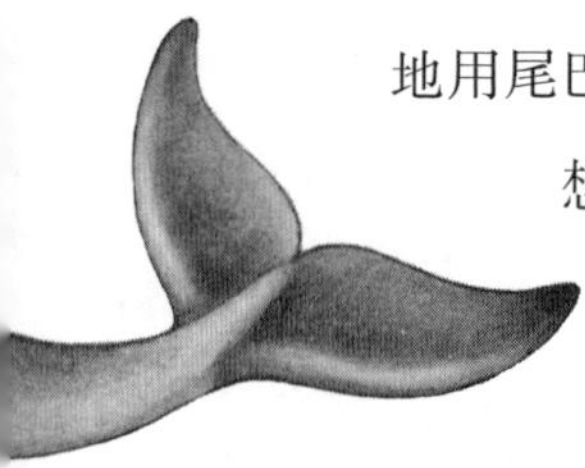

幸运的是，加西亚先生显然已经预料到了即将发生的事情，他提前朝我的方向移动了一些，比怀特小姐还要快地来到了我身边。

“好吧，我也有事情要和蒂亚戈商量，雷诺克斯夫人。”我的变形老师阴沉着脸说，“你看，他得给我们画开放日的海报。这叫市场营销，你懂吗？”说话间，他就抓住了白化蟒蛇的尾巴，想把我从中解救出来。

怀特小姐帮他补充道："正是。如果你放了这小子，他会给你带来很大的用处，而且你也会看起来更有面子！"

快点吧，我默默地请求他们俩。这感觉真让人毛骨悚然，光滑而干燥的蛇身滑过我的皮肤，紧紧地包裹着我。

"我……呃……对的，海报，我马上就能做一些设计方案。"我结结巴巴地说，一边用尽全身力气想把这蛇环从身上弄下来。只要我还是人类少年的形态，我的挣扎就是白费功夫——蟒蛇比我强大太多了。而在沙滩上，我无法变形，觉得自己快窒息了。

两名保镖迈着大步向我们走来，想要阻止我的老师解救我。但一只黑豹顺势一跃，坐在了我和她们之间，露出了她的獠牙。篝火将橘黄色的光投射在她那黑亮的皮毛上。"不要再靠近一步！这里不是你们的地盘。"诺艾米对着她们嘶吼着……接着她的鼻子上就挨了一记空手道。

诺艾米叫了一声，后退了一步，但随后她又找回了勇气，再次面对着老虎双胞胎。幸运的是，两个保镖还在犹豫要不要变形为老虎——她们的第二形态可比诺艾米强多了。

我大口大口地喘着气，但什么也进不了肺里。我感觉到头晕目眩，然后慢慢地感觉眼前一黑。

"停下！放开我的学生，现在！"杰克·克利尔沃特已经变了形，一只成年的白头海雕飞到了年轻美女的脸上，她们正试图低头躲避，但他的翅膀拍打着她们的耳朵，像对待不听话的女学生一样用有力的爪子抓着她们的衣领。"立即离开学校，别再来了，听明白了吗？"

与此同时，加西亚先生和怀特小姐已经把我解救了出来，没有理会莉迪亚·雷诺克斯的反对。我深深地吸了一口气，弯着腰喘着粗气。我几乎无法直立，感觉天旋地转。与此同时，那条巨大的白化蟒还想爬回我身上，但无法越过眼前的障碍——班上大部分同学挡住了她的去路。

“放开他，他从来没有故意对艾拉做过什么。”莎丽在礁湖里吼道，她现在是只强壮的海豚，在水里疯狂地扑腾。

雷诺克斯夫人用她那双爬行动物的眼睛冷冷地看了莎丽一眼。“我一点也不在乎他是什么该死的动物。他应该离我女儿远一点！”

“快走，快。”怀特小姐悄悄地命令我，她和加西亚先生匆匆地把我从沙滩上护送进了楼下的教师休息室。那儿已经收拾得和以前差不多了：大桌子立在房间中央，每个老师的办公隔间里的架子都是刚刚打扫过的。只有海洋生物的海报、告示和规划板沦为了洪水的牺牲品。

“那个雷诺克斯夫人还真是厉害！”怀特小姐说，“但是，你的反应很棒，法林。”

“力所能及而已。”加西亚先生耸耸肩回答，“你感觉怎么样，蒂亚戈？”

“哦，还行。”我嘟囔着，“你怎么知道雷诺克斯夫人企图做些什么……你看透她的心思了吗？”我知道我们的变形老师是学校里最厉害的读心术大师……当其他人还在惊讶地看着大蟒蛇的时候，他已经采取行动了。

“不一定懂读心术才能做到这一点，”他扭着脸回答说，“她太明显了，能看出来。”

怀特小姐点了点头说：“恐怕因为我站得太远了，不然我该更快地帮到你，蒂亚戈。”

“好了，已经没事儿了。”我说，并由衷地加了一句“谢谢”。

“那就好，”怀特小姐给了我一个安心的微笑，“我敢肯定，杰克刚清楚地向你们展示了，妈妈们在校园里应该守规矩，不能胡来。”

这时，加西亚先生已经拿出纸和笔摊在桌子上。我目瞪口呆地盯着这些东西。“走吧，走吧，去干活儿吧，蒂亚戈。”我的变形老师说，“如果我们真的要举办开放日，那我们确实需要海报。我知道你的画技有多好。”

“好吧……不过还有一件事，”我继续害羞地说道，“我们需要多一些帮手来重建学校，不是吗？你说我再邀请我们克利尔沃特高中的朋友过来怎么样？”

怀特小姐犹豫了一下，问：“你真的认为莉萨·克利尔沃特会让他们来吗？卡拉格、霍莉和蒂卡妮前几天才刚回到那儿吧？”

“莉萨现在像母亲一样关心我们，如果我们需要的话，她甚至会给杰克派来一支国民警卫队。”法林·加西亚说，“对了，阿丽莎，你呢？你以虎鲸形态会成为开放日的明星吗？”

怀特小姐翻了个白眼：“天哪，你们是认真的吗？”

“嗯，当然——如果没有别的情况的话。”我说，怀特小姐给了我一个故作犀利的眼神。

我画出五六个草图之后，有人敲开了教师休息室的门，是杰克·克利尔沃特和莎丽。我最好的朋友直接抱住我的脖子问：“你没事吧？我该直接勒死那条该死的蟒蛇！”

“最好别，蟒蛇更擅长让人窒息。”我抱着她的后背说。哦，天哪，这又是一句蠢话。其实，我真的很高兴，我们之间似乎又回到了正轨。这几天我们经历了巨大的危险，在早就过去了的聚会上说过的一句蠢话算得了什么？也许这就是因祸得福吧。它会让你意识到，你以前遇到的问题其实就像空中客车边上的一只瓢虫一样微不足道。

我们从餐厅拿了一些燕麦棒，然后注意到头顶的灯亮了。“哦，又有电了！”莎丽欣喜若狂，“对你们人类来说，没有电简直寸步难行，对吧？”

“是啊。我需要给手机充电，尽快给我父母打电话，”我回答道，“他们告诉我，我还有个兄弟，你能想象吗？”

莎丽惊叹道：“是海行者吗？你什么时候能见到他？”

“见面？我倒是想知道他叫什么名字，”我沮丧地说，“或者他的第二形态是什么，如果他是海行者的话。”

“这么等可不行，何况现在风暴还没完全过去！要不要我给你爸妈打个电话，帮你吹吹哨探探口风？”

我不得不笑了。吹哨，这确实是海豚的强项。

“让我考虑一下，好吗？也许还是我自己先试试吧。”

“对了，今天我和布璐给诺亚的父母打了电话。”莎丽继续说道，我看到她的眼睛湿润了，“他们在海里找了一天，但什么也没找到。不过，他们还是说我们不应该放弃。”

我点了点头，心头一紧。有没有人告诉霍莉诺亚失踪了呢？想保守这个秘密已经没有意义了。于是我马上写了邮件，写完就把这事儿放下。

嗨，卡拉格！

我有一个不情之请，你能回来帮助我们吗？

飓风给这里造成了巨大的损失。这场风暴超级可怕，因为当时我们在海里，诺亚不知怎的就和我们失散了，到现在还没有回来。我们还没有放弃希望，但我们要做最坏的打算。你有什么办法可以告诉霍莉这个消息而不至于让她发疯吗？

致以亲切的问候，也问候蒂卡妮。

蒂亚戈

我似乎可以听到霍莉的尖叫声。我不禁把头埋进了双手里。是的，我也很想念诺亚。宇宙中有一条裂缝，命运把他拦在了那里。

因为我感觉怎么着都很不舒服，所以紧接着就给我父母发了消息，想从他们那里知道更多关于我兄弟的事情。他们会不会告诉我呢？

不妙的怀疑

晚上，当我打算回宿舍时——一位清理人员给它盖了一个临时的塑料篷布屋顶——我让诺艾米陪我一起去。走过停车场时我特别小心翼翼。谢天谢地，莉迪亚·雷诺克斯的白色越野车不见了。但我知道她不会这么快忘记或原谅我再次伤害艾拉的事。而且，我当着大家的面指责了她的贪婪，她一定会动用她的势力让我付出代价。

我惊讶地看到有人在船屋里徘徊……是那个新来的女生，叫伊莎贝尔的，大家只叫她伊兹或糊涂虫伊兹。黑暗使她那双绿色的眼睛也暗淡了一些。我正奇怪她为什么向我走来，却又停下了。诺艾米发出了警告性的咆哮。

“别担心，她只是一条飞鱼。我觉得飞鱼连牙齿都没有。”我安慰黑豹说。发现伊兹似乎想和我单独谈谈，于是我又说：“明天我们再见面，好吗？”

“好吧，如果你确定……那就晚安吧！”诺艾米说着走回了主楼。

“呃，你好。”伊兹说。她赤脚踩在沙子里，害羞地拨弄着沙子，向后梳理了一下中长的棕色头发，然后把玩着她编在辫子里的一串五彩珠子。她的衣服更是五颜六色，那橙蓝紫的组合如果看久了绝对能让你得眼癌。“我还有一个想法，能为学校挣钱。不好意思，这是我在晚餐会议之后才想到的。”

“没问题，你说说看。”我好奇地说道。

“好吧，当我在佛罗里达群岛找学校的时候，我在伊斯拉莫拉达迷路了。那是渔民而不是潜水员去的地方。”伊兹开始讲她的想法，而我希望她能尽快进入正题。经历完一场飓风，在工地上做了一整天的苦工，还被巨蟒袭击了一回……我现在满脑子只有一件事，就是床！

“总之，反正不知道怎么的，我误打误撞进了一家酒吧，一家非常恶心的酒吧，你知道吗，里面全是吹嘘自己捕捞了多少剑鱼的人，说鱼有多大什么的。”

“嗯。”我打了个哈欠。伊兹领会了我的意思，加快语速说道：“反正，其中一个人开始问他们有没有钓到过虎鲨，因为它们会很激烈地反抗……”

现在，我一点也不困了！

“……然后另一个人说，这没什么，最近在佛罗里达群岛有潜水员和大鲨鱼之间的格斗赛。这是唯一一种能和危险的野兽进行一对一的格斗比赛，每个观看的人都会参与赌钱，赌谁赢。当然，大部分是人类赢。就像斗牛一样，你知道吗？”

“我听说过这个，”我哽咽着说，“我只是不知道是和鲨鱼搏斗。但是，非法搏斗，就像斗狗或斗鸡，恐怕全世界都存在。”

“我觉得这太卑鄙了！ 人类居然可以眼看着动物受伤甚至死亡，还为此赌上一把。”

“太变态了。这就是为什么它是非法的。”我记得我在电视上看过一则报道。

“好吧，刚才在篝火旁我不想说这些，因为在你身上下注，并不是什么高尚的赚钱方式。而且，这对你来说相当危险。但我还是想告诉你，可以吗？”

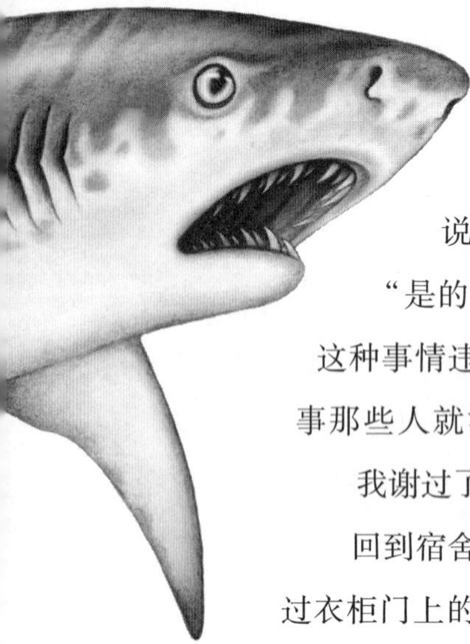

“当然可以。谢谢你。”因为伊兹疑惑地看着我，我试着冲她笑了一下，“你确定他们说比赛在佛罗里达群岛举行的？怎么我从来没有听说过这样的事情。”

“是的，是那儿。但显然是秘密进行的，因为这种事情违法，你得凭邀请函才能观看。其他的事那些人就没多说什么了。”

我谢过了她，然后拖着脚步回去了。

回到宿舍，我看到贾斯帕躺在幸存的衣柜里。透过衣柜门上的洞，我可以听到他那轻柔的犰狳鼾声。我也很想赶紧睡着，但在伊兹告诉我那些事之后，我就无法入眠了。整件事让我想起了开放日计划……一个肮脏的黑暗版本。是谁想出了这样的主意？

最后，我放弃了。因为我听到礁湖里传来海豚的口哨和鼻息声，我把睡裤换成了泳裤，滑入水中。“你还没睡啊。”莎丽兴奋地说，她依偎着我，伸出背鳍把我拉到更远的地方。然后，我游了一小段，告诉了莎丽和布璐之前伊兹跟我说的事儿。

“人们为什么要这样做？有人在他们面前受伤甚至被杀掉，

他们会觉得很刺激？”莎丽惊恐地问道。我经常为人类感到羞耻。

“也许整个过程能给他们带来刺激吧，我猜。”

我得去看看，这事儿是不是真的。自从知道自己是虎鲨后，我就觉得自己对所有的鲨鱼都负有责任……因为它们和我一样，或者说我和它们一样。我们是相似的。

第二天是星期四，早上加西亚先生宣布：“对了，各位——今天复课，时间安排略有不同。”

我们呆呆地看着他。他是认真的吗？校园还处在一团糟的状态中，就更别提我们的正常生活了。

“加西亚先生，你真狠心！”芬妮有点戏谑地拨了拨蓝色的头发，“我不得不睡在图书馆的一个气垫上——确切地说，是睡在一只充气独角兽上！”

“听起来很不错。”我们的老师毫不避讳地说，还拿出了手套，“我们今天要清理变形场馆，同时练习意念交流。我会在一张纸上写一句话，然后把这张纸给到一位同学，拿到的人请在脑海里将纸上的信息悄悄告诉右边的同学，而且要以别人无法听到的方式，接着下一位同学再悄悄地告诉他旁边的同学，以此类推，直到信息回到我这里……然后让我们看看它是否还是我在纸条上写下的那句话。”

我笑了。思维流中的无声邮件，真是无声胜有声！ 我们一边捡起地上的碎玻璃，捞起撕碎的海草，清理椅子，一边无声无息地传递着信息。终于，信息在班级里传了一轮。“这句话是‘如果你相亲大海，大海就会傻死你’[1]？”信息传递链末端的托克有些疑惑地说。

我们哄堂大笑。

“我的天！这听起来很酷，但我的消息不是这样的。”拉尔夫评论道。

加西亚先生眉毛一挑把纸条递给班长朱娜，她大声念道：“如果你相信大海，大海就会杀死你。”

“没错。”我们的变形老师宣布，“那么，下一轮让我们看看会出现什么。希望能稍微好点儿。”

其他老师也在想办法上课。杰克·克利尔沃特在人类学课程中介绍了各种工具的名称和功能，当然，在我们正使用它们的时候。

在水文学课上，我们给学校被淹的部分换了水，了解了过滤器、净化细菌和水检测的所有知识。在怀特小姐的指导下，我们收集了礁湖中的残骸和其他各种垃圾，同时讨论了飓风对我们的影响，以及下一次如何更好地应对。

“风小一点。”芬妮建议。

“去去去。”诺克斯说着。

“住在地下。”贾斯帕喊道。

“严肃些，各位，这是灾后讨论。”怀特小姐批评道。

“也许克利尔沃特先生应该多买些必需品，”奥利维娅说，“谁也不知道超市什么时候才能再开。”

---

① 这里表现信息传递过程中因传错而闹出的笑话。

“他试过了，但货架在飓风前几天就被买空了，”怀特小姐说，“瓶装水、罐头食品、电池、手电筒等被大量消耗。”

“我可以想象，如果我们都早点回家就好了。”雷奥诺娜评论道，“尤其是我！我总是害怕自己电着别人，因为我太紧张了。”

“嗯，我们当中还有些同学没有一个真正的家。”克里斯说。我猜他是指他自己，虽然他正盯着被放生的黑豹诺艾米。“或者让他们住在海里……海里，嗯，不过飓风期间也不是很安全。”

“说出来吧！”莎丽哽咽着说。她现在是人形，眼泪顺着脸颊流下来。她的手紧紧握住了自己的项链，上面挂着三个鳍。“是我提议去海里的……所以诺亚不在了，都是我的责任！如果他死了，我这辈子都不会快乐了。那我就一直游到北极去，因为那里的水和现在我心里的感觉一样冰冷。”

一阵尴尬的沉默，班上大部分人都走去湖边帮忙，装作什么都没听到。但我的心却像一张湿透的纸一样，快要破裂。我和布璐不约而同地抱住了莎丽，朱娜一遍遍地说：“不是你的错，不是你的错，你以为你能躲得过天灾吗？”

在我的怀里，美妙的海豚女孩脆弱又难过。“非常抱歉……如果到今晚还没有找到诺亚，海岸警卫队就得取消搜索了。”怀特小姐说道，她似乎对这么多的情绪感到不安。

“那我们明天就给他办个葬礼，跟他告别。”

“葬礼？你一定是脑子里进了海胆了吧！”莎丽猛然挣脱我们的怀抱，握着拳头向怀特小姐走去，“在还没搞清楚诺亚在哪里、发生了什么之前，你怎么能计划这样的事情？”

怀特小姐对于莎丽的爆发显得并不意外。

“你最好回你的宿舍去，莎丽，直到你冷静下来。”

“你或许可以忘记，但我们要去找诺亚！他一定就在某个地方。”她已经踏入浅水中，以惊人的速度变成了一只海豚，用鼻子把她的衣服推到了岸上。

我看了一眼，跟怀特小姐说了声抱歉。然后我也脱下 T 恤，甩到岸上，接着我闭上眼睛，认真地想象着虎鲨形态的自己。几秒钟后，水从我的鳃里流过，我感觉到水在我的身体两侧流动。

全宇宙最棒的葬礼

我们去找诺亚一直到傍晚才回来。贾斯帕已经在等我了，他满怀希望地看着我，但我只对他摇了摇头。布璐和莎丽悄无声息地消失在她们那间几乎没有损坏的宿舍里。我看到邻近的宿舍小木屋里，艾拉和拉尔夫正在忙着修补墙和屋顶。没有人可以指责艾拉懒惰……自从她回来后，她已经帮了很多忙。

我累得筋疲力尽，艰难地走上沙滩，发现火箭带着他的钻头又来了。

“哇，你看起来糟透了。”火箭放下机器、摘下耳机说，“做鲨鱼是不是很好玩？你实际上是个超级英雄吧？”

“哈？”

“你非常强壮，还能感应到电场，在黑暗中也能看得一清二楚，在巨大的游泳池里哪怕闻到一滴血的味道……”

“啊，你是不是给自己买了一本关于鲨鱼的科普书啊，”我说，现在我感觉糟透了，“如果说我是超级英雄，显然是他们看错了人。”

我不想让他看到我哭，所以转身走了。或者说，我正想转身离开。

一开始我只听到奔跑的声音，然后听到有人叫道："嘿，蒂亚戈！"

我疑惑地转过身，因为我知道这个声音是谁，却不太敢相信是他。是的，确实是卡拉格，克利尔沃特高中的金发美洲狮男孩，他还带着自己的同伴，和那个面色阴沉的因纽特女孩蒂卡妮手拉着手。霍莉跑在最前面，赤褐色的鬈发被撩了起来，见到她真好。他们怎么这么快就到了这里？难道蒂卡妮的父亲又开着他的小螺旋桨飞机把他们送过来了？

"请告诉我这不是真的！请你告诉我，你现在已经找到诺亚了！"霍莉抱着我，在我耳边拼命地喊着。悲痛的心情立刻又涌上了我的心头——难道诺亚真的死了吗？

"霍莉，请不要伤害蒂亚戈，我们还需要他。"卡拉格叮嘱道。

"我们这里经历了一场飓风，只剩下一部分幸存者，"我对他们三人说，"松鼠变形人不会对我做什么的。走吧，我们先去餐厅，好吗？"

"好的。"卡拉格也同意，"对了，我的朋友布兰登也想加入你们，但是老师不允许，因为他现在要学习两门专业。或许下次可以吧。"

不幸的是，给客人住的宿舍在飓风中受到了严重的破坏，但卡拉格向我保证："这没关系，我们就以第二形态躺在地上，行不，伙计们？"

"当然可以。"蒂卡妮立刻说道，"作为一匹狼，我甚至可以在暴风雪中打盹儿，所以不用担心，蒂亚戈。"

"谁要一张床！"霍莉沮丧地喊道，"我要的是诺亚！"

可惜的是，现在只有这一点我们不能满足她。

学校里几乎没有人认为诺亚会再次出现。最后克利尔沃特先生宣布：“如果他到现在还没有回来，那么恐怕是没有希望了。因此，我提议，我们为他举行葬礼和追悼会。”

第二天就是举行仪式的这一天。我很想哭，因为这个“仪式”意味着我可能再也见不到诺亚了。我非常想他——每次想到他，就感觉有人把我的心扔进了开水里一样饱受煎熬。我在网上看过毛利人的哀悼仪式——叫作 Tangihanga，通常会持续三天，我不确定自己是否能坚持到最后，如果杰克·克利尔沃特打算这么办的话。

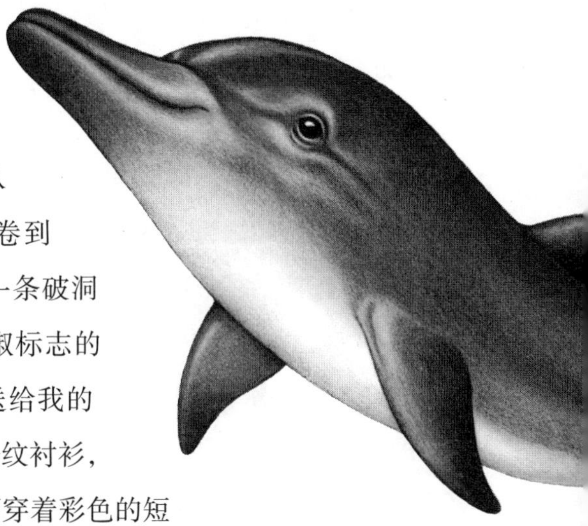

蓝礁中学的所有师生都站在沙滩上，每个人都穿着自己最好的衣服。对我来说，自从飓风把我最喜欢的东西卷到海里后，剩下的就只有一条破洞牛仔裤和一件印有红辣椒标志的黑色 T 恤，这是约翰尼送给我的生日礼物。贾斯帕身穿条纹衬衫，打了个黑色的领结，下面穿着彩色的短裤；莎丽穿了一套好看的泳装，黄色上衣和紫白短裤。我们看起来可能更像一支搞笑游行队伍，每个人都拿着一朵木槿花。今天的大海是一片美丽的碧绿，近处，鹈鹕张开宽大的翅膀滑过水面，像箭一样俯冲下来，抢夺一条条鱼。

杰克·克利尔沃特说：“他是战士，也是绅士，我们都爱他。我会记得他是一个聪明开朗、心胸宽广的男孩。”校长弯下腰，把一朵白花放在水面上，凝视着它荡漾出海。

“他绝不会让我们中的任何一个人失望，在七大洋的任何地方，你都找不到比他更好的朋友。”莎丽将一朵紫花托付给海浪，补充说道，“没有海豚能像他游得那么快，也没有海豚能像他跳得那么高，世界上从来没有这样美妙的翻转！”

显然，她已经忘了自己曾多少次用那些夸张的跳跃来戏弄他。但友情是真的，对我而言，他一直都是非常友善的。

“他是个优秀的学生。”怀特小姐继续说道，“是大家的榜样。”

我很好奇地看着她。据我所知，诺亚有时候也挺懒的，经常在考试前忘记复习。

“他给我们讲的毛利文化，对我们所有人都很有启发。”常常一脸高兴的红嘴鸥达芙妮说。我清楚地记得她是如何取笑海豚的碰鼻礼的，她称之为“鼻子体操”。

“他是个很好的孩子，海神坦加罗阿肯定把他带进了神的大独木舟。”佩拉吉乌斯夫人说，她张开龟嘴，一朵白花随风飘走。我很惊讶，因为迄今为止她一直强调说，据她所知世界上不存在什么海神。

几乎所有的人都说了一些关于诺亚的事情，就连我也结结巴巴地说了几句好话。但真正牵动我们心弦的是霍莉和诺亚父母此时的悲痛。

“他是世界上最棒的男孩，我非常想念他。”霍莉没想忍住眼泪，“我要好好珍藏他给我的那棵真正的核桃树……他将与我同在，直到永远！”

诺亚的母亲雷拉尼·特·拉塔纳轻轻捏着霍莉的肩膀，她是毛利人，有一头乌黑的波浪鬈发，那双黑色的眼睛，你仿佛可以在其中看到整个世界。她充满怨恨地望着海浪：“海洋之主，你为什么要这样对我们？诺亚以他的祖先是兰格蒂勒[①]而感到自豪，一个和你有特殊关系的酋长。他雕刻了一个瓦卡[②]的模型——一艘悬臂独木舟——想要献给你。他梦想有一天能在一所学校里，和成千上万的黑海豚一起游泳，是不是很勇敢？你为什么不能实现他的愿望，至少让他去看看新西兰，去品尝下红薯，或者去看一场‘毛利战舞’的表演？请告诉我，现在我们该怎么活下去呀，坦加罗阿！”

我们都流下了眼泪。即使是像艾拉或托克这样强悍的人也没能忍住。我能感觉到咸咸的泪水顺着脸颊流下来，痒痒的。

忽然，我们听到船屋方向传来一阵声响。“你说得太感人了。”一个熟悉的声音响起，“我都差点被你说哭了。”

是诺亚！

---

① 意为毛利人的酋长。

② 毛利人的独木舟。

诺亚的故事

当诺亚摇摇晃晃地从船屋后面走出来时，我们像见了鬼一样盯着他。他看起来很糟糕，消瘦的身体，头上有一个结痂的伤口，身上也没穿什么衣服，只是身体中间用一块破塑料布遮挡着。一缕缕的黑发垂在额前，上面挂着已经结晶的盐。

霍莉是第一个反应过来的。她疯了一般奔向诺亚，手脚并用地拥抱着他，亲吻着他的脸。他们俩紧紧相拥，脸上露出幸福的笑容。

接着我们剩下的人也都跑了过去，把花朵扔向空中，也都想抱住诺亚，可那么多人拥在一起，就没那么容易了。莎丽和布璐笑得满脸通红，围着同伴自发地跳起了舞，花朵雨则像坠落的蝴蝶一样打在诺亚的头上。老师们都显得无比高兴和欣慰，尤其是怀特小姐和我们的校长。

几分钟后，我们围坐在沙滩上，诺亚在中间，旁边是他那满脸笑容的父母，大家一起听他说话。同时，局部变形的厨师约书亚用几条手臂递给他三文鱼饼、凤尾鱼卷和辣鱼丸。

“当我们靠近那艘半倾倒的船时，我本该与它保持更远的距离，”诺亚告诉我们，他的两个腮帮子鼓鼓的，一边咀嚼着食物，一边用一只手搂住依偎着他的霍莉，“那东西疯狂地晃动，船舷就撞到了我的脑袋。有一阵子我一定是被撞晕了。”

“但应该时间不长，不然你早就窒息而死了，”布璐说，“毕竟，我们海豚的身体不像人类那样可以自行呼吸，我们要有意识地呼吸。”

“对，应该没有太久，”诺亚咬了一口三文鱼饼，“但在那之后的相当长一段时间里，我都是迷迷糊糊的，不明白发生了什么。你们肯定呼唤我了，对吧？我听到了什么声音，但很小声，而我的回答大概也只是绵绵细语，你们根本听不到。”

“这个可怜的家伙在头部受到撞击后，可能思维流也失灵了，”艾拉同情地说道，“好吧，反正他从来也不擅长这个。”

“也不是，他还是可以的，”诺克斯在礁湖中说，“想知道他刚才说蟒蛇是什么吗？”

“然后呢？”趁着艾拉还没生气，莎丽急切地问道，“你是想找我们吗，诺亚？我们一直在找你，我们的鳍都差点掉下来了！”

“我当然也找过你们，但海水翻腾得太厉害了，我就这样被折腾来折腾去的，”诺亚皱了皱脸，说，“暴风雨过后天就黑了。只剩下我孤零零的一个人，感觉糟透了。”

霍莉把他抱得更紧了，诺亚温柔地在她的鼻子上蹭了一下，然后又大口吃下一个鱼丸。“我当然想游到岸边，但不知道该往哪个方向游。后来我才知道，我在海上迷路了，游了整整一天。到晚上，又游回原地了。”

怀特小姐叹了口气说：“等有机会，我们上一堂通过太阳和星星的位置来导航的课。”

诺亚点了点头。米萨奇小姐正在为他清理头部的伤口，嘱咐他说：“别动，年轻人！ 你看，现在又流血了，这就是你的下场。”奥利维娅看起来随时都会晕倒。

“当我终于到达海岸的时候，发现自己在西礁岛，离学校挺远的。”诺亚继续说道，他对自己脑袋上的事情一无所知，“我花了一点时间游到佛罗里达群岛，接着才来到这里。真对不起，我来晚了。”

“你居然还活着，真牛啊！”莎丽和布璐把他拽回怀里，紧紧地搂他，一个鱼丸从他的手指上滑落，只被咬了一半就掉在沙滩上，一只饥饿的银鸥立马把它叼走了。

“好了，你现在最重要的事情就是去医务室处理伤口，然后好好休息！”杰克·克利尔沃特宣布，米萨奇小姐陪着这个九死一生的男生去了主楼。当然，还包括他的父母和霍莉。霍莉一直黏在他身边。

校长转身对着满脸笑容的怀特小姐说：“嗯，这次我们该好好庆祝一下了！ 下周有一个乐队在海洋酒吧现场演出，要不要一起去？”

我和其他人都屏住了呼吸，他之前约了她很多次了，而她一直在拒绝。但现在她的心情真的很好……我们听到她犹豫了一下后说：“好啊，为什么不呢？”哇！也许这两个人真的有戏。

克里斯、芬妮和我交换了一个意味深长的眼神。

当老师们把我们赶回学习的地方时，我觉得自己就像一个氢气球一样轻盈，马上就要飘走了。当然，学校的重建仍面临资金问题，但我们现在有办法解决了。最主要的是，诺亚还活着！从今天起，我们可以全力以赴规划那些愚蠢的开放日，为迎接来来往往的人类而做准备。

不久前，我还以为自己是他们中的一员呢。

拥抱一只章鱼

“嘿，你很会用钻头。”隔天我们在餐厅干活时，火箭夸奖卡拉格说，“你以前学过吗？”

“我是作为美洲狮长大的，”卡拉格说着，把耳朵里的棉花拔了出来，“不过，钻洞挺有意思的，就是太吵了。”

“也许你前世是一只啄木鸟。”我夸了一句，卡拉格饶有兴味地看着我，“什么，人有几条命吗？那你可以选择你的形态吗？”

“可惜我不这么认为。”火箭说着，露出了他的鼠牙。自从加西亚先生教他如何在一分钟内安静地完成局部变形的本事后，他就一直在不断地练习。如果他坚持下去，肯定会比我做得更好。

我们看到艾拉也在帮忙重建。她穿着工作服，这一次没有化妆，正在给因水灾而显得脏乱不堪的玄关大厅的墙面重新刷上一层白漆。

“这样一搞又漂亮了起来。”我对她说。

有那么一瞬间，她似乎忘记了我们是敌人。“是的。”艾拉满意地说道。希望有人能告诉她，她的脸上有白色的油漆。

慢慢地，随着开放日的临近，我们的肾上腺素也在不断升高。霍莉爬到棕榈树的顶端，挂上写着“欢迎”的横幅。学校的乐队在全力排练，因为他们每天要为客人表演两次，晚上还要为我们表演一次。

“我已经开始期待跳舞了。”布璐欣喜地说道。我知道这是她最大的爱好之一——她以前做海豚的时候，为了跳舞她和父母还偷偷去参加海滩派对。

约书亚、雷奥诺娜、莎丽、布璐还有我组成了一个宣传团队，我们把我设计的海报贴满了整个大礁岛和上礁岛。

“你们觉得会有人来吗？”我们从这些旅游景点开车回来时，我问道，“这附近的人都还在忙着重建吧？”

“希望不要有人来，”莎丽呻吟着说，“一想到我的海豚表演，我紧张得就像一只发热的灯泡一样！”

我们忍不住笑了。听起来比怯场要好得多，我暗自想道。我拿出一块草莓味的口香糖放进嘴里，这是我目前的最爱。

“克利尔沃特先生在迈阿密也做了很多宣传，”约书亚害羞地对我们说，“而且阿德丽娜没有经过那里。”灰色的长鬈发和五颜六色的衬衫使他看起来就像一个沙滩爱好者。谁也猜不到他的第二形态是什么。更不会有人知道，他在俄勒冈州海岸的一块岩石下度过了他生命中的前 30 年。校长在那里度假的时候发现了他。

“嗯，我比较担心来的人太多。”电鳗变形人、乐队吉他手雷奥诺娜说。当她变成人形时是一个又高又瘦的女孩，黑色的长发，黑色的眼睛，鼻子上有几颗雀斑。她的家人来自亚马孙，在迈阿密做泳池清洁生意。“我曾经犯过这样的错误。一直请人过来，也没算过总共有多少人。结果食物在半个小时内就没有了，大家因为饥饿把厨房翻了个底朝天！”

“如果来客想突袭我们的厨房，我就以第二形态守住门口。”我夸下海口，惹得莎丽咯咯直笑。“你根本就没机会进入餐厅，好吗？开放日的那天你会一直待在礁湖里，好让花了钱的游客可以跟你一起游泳啊。”

“是啊，计划是这么计划的，但你真以为有人敢吗？”我皱着脸说，“他们只想和你、诺亚、布璐一起嬉戏。”

“嗯，这就是为什么跟我们玩要花双倍的钱。”布璐说。

莎丽忍不住笑了。“正是如此。我们可能一整天都没法休息，所以请你开心一点，并且感恩吧，你这个笨蛋大鲨鱼！”

我已经在练习如何让自己看起来开心又感恩。

“最新消息——克利尔沃特先生不知怎的租到了一个笼子。”约书亚通知我们。

“不能这么做，蒂亚戈为什么要进笼子？”莎丽抗议道，“这不公平！”

我们只好笑笑，这确实有点伤人。雷奥诺娜解释道：“不过这东西会沉到湖底，人穿戴着潜水设备和护目镜趴在上面，可以在水下看蒂亚戈在干什么。”

“哦，我明白了，”莎丽舒了一口气说，“那好吧，偶尔露一次牙，让大家有点儿看头。”

好主意，我立刻尝试着对我的牙进行局部变形。三个女孩笑得差点从座位上摔下来。显然，我的样子看起来很愚蠢。我只是看似有变形的天赋。“也许下一次你会长出一些能塞进你嘴里的东西，”莎丽喘着气说，“还有，先把口香糖吐出来吧。”

要想把那东西从我的鲨鱼牙上扯开，可没那么容易，因为它拉出了很长的丝。“至少这东西几乎是血一样的红色，很合适。”我喃喃自语道。

“我想这是你一厢情愿吧。”布璐说。

“血液可以是淡粉色的吗？”莎丽怀疑道。

“当然可以——你最好小心些，别再一不留神做了金发海豚。”

我回过神来，很高兴她们三个人——尤其是布璐——刚刚笑了起来。当你能嘲笑一个人的时候，就说明你不害怕他了。为了这一点，我受点委屈也值了。

学校门口茂密的树林和灌木丛中，也贴了一张海报和挂了一块写着“欢迎”的牌子。我们开车经过停车场，被一幅不常看到的画面惊呆了。贾斯帕站在几乎是悬空着靠近大海的餐厅阳台上，手里举着一只巨大的太平洋章鱼——这当然是露西。她简直太大了，以至于让人忽略了贾斯帕的存在。

“我们在练习拍游客照。”芬妮说着拍了一张照片，“把她举高点，贾斯帕！现在还分不清谁抱着谁呢！”

“她太重了。”贾斯帕呻吟着，膝盖用力支撑着身体。

“多让你的肌肉发力，我超级轻的啊。”露西连忙回答，她的一条带有密密麻麻吸盘的手臂卷住了他的肋骨，贾斯帕显得有些惊慌失措。

“露西，触手最好不要动，更不要用吸盘黏住别人。”芬妮让贾斯帕趴在地上的同时，叮嘱道。她叹了口气说：“我看我们得把露西放在栏杆上拍照，毕竟来的不只是健美运动员啊。我们再试一次，然后露西就可以回到海里去了，好吗？”

“好，但请快一点，要快。”露西说，她爬到栏杆上拍最后一个镜头，就像一个有很多吸盘的爬山运动员。

芬妮向克里斯招了招手，他在几米之外观看。“好了，现在我们来练习拍‘海狮之吻’的照片吧！”

“好嘞。”克里斯答应了一声，脱下衣服，变成了一头有着光滑浅棕色皮毛的海狮。

“我和莎丽一起练习可以吗？”忽然，他显得很害羞。

“别的地方需要莎丽，我们就请艾拉代劳吧。”芬妮毫不客气地说。

现在克里斯显得慌了。

“我们可以走了吗？”艾拉抱怨道，“再这样下去我就要补妆了，这大热天的，妆很快就会糊掉。”

“让我们赶紧把这一切都结束吧。”克里斯喃喃自语。片刻之后，我看到一只有些不甘心的海狮在我们的金发女郎的脸颊上啄了一下。“好的，太好了，继续努力！”芬妮说着，按下了快门。

“不行，一次就够了！他亲吻的时候会吧唧嘴。”艾拉抱怨道。

“那不是真正的亲吻，只是做做样子。”克里斯回道，他有些不服气地翘起了后肢。

“而且，你的口气有鱼腥味！ 芬妮，我们必须在拍照前给他一颗薄荷糖，否则游客会被熏晕的！”

克里斯翻了翻他那褐色的海洋哺乳动物的眼睛。“海狮不吃薄荷糖。你想让别人起疑心吗？我想换个人一起练习，比如说伊兹。伊兹，你在哪里，我们需要你。”

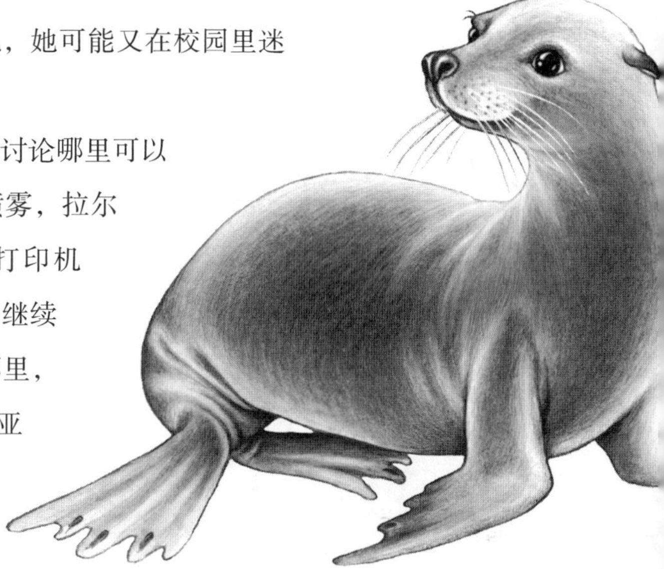

伊兹不在这儿，她可能又在校园里迷路了。

当艾拉和芬妮讨论哪里可以买到中性的口腔喷雾，拉尔夫忙着测试照片打印机的时候，我微笑着继续往礁湖边走。在那里，莎丽、布璐和诺亚正在练习他们要表演的节目。在让人们和他们一起游泳之前，他们会在开放日展示已经深受好评的改编版水上芭蕾。

我的手机响了，但我的眼睛一刻也不想离开我的朋友们。我从口袋里掏出手机，但当我看到屏幕上的号码时，却感到深深的害怕。太丢人了，真的。当你的亲妈给你打电话的时候，你不应该害怕。

“嗨，伊利丝。”我用尽可能不沉重的声音说，同时向残破的船屋走去。在那儿我可以一个人静一静。

“你怎么样？你能承受得住飓风阿德丽娜吗？”她问。

哇，听起来她像一个真正的母亲在关心儿子一样。

“是的，我很好，”我告诉她，“当猛烈的飓风来临以后，我们就游到了海里。”电话另一端有短暂的惊愕和沉默。

“这不算太安全的做法呀，”声音又回来了，“你和谁一起呢，是那个前几天严厉指责我们的海豚姑娘吧？”

“没错，”我说，“但这不是你打电话的原因吧？”

“你父亲说你在问你兄弟的事。”

忽然间，我说不出话来了。最后，我哽咽着说了声“对”。

“如果你愿意，我可以告诉你更多关于他的事情。”我的母亲说，“你父亲认为这么做不太好，但这一次我们意见不统一。”

我的心怦怦直跳，我终于要知道更多关于我兄弟的事了……

想念和甜点

“我兄弟叫什么名字？”在我母亲改变主意之前，我迅速问道，“他有第二形态吗？如果有，是哪一种？”

“他叫史蒂夫，也是一条虎鲨，跟你一样，只是年纪大一点。等等，我发个照片给你。”“叮咚”，我手机上收到了一张图片。我用颤抖的手指点开了它，并把它放大。那是一张孩子的照片，上面的我最多3岁，可能是刚来约翰尼叔叔家不久（当时他还是杰妮姑姑）。我旁边是另一个男孩，比我高出一个头，和我长得很像。但他的皮肤更黑，眼睛是深棕色而不是蓝色。史蒂夫，我的哥哥。

我盯着那张图，根本无法移开视线。这么多年来，我一直以为约翰尼是我唯一的亲人。“他住在哪里？在迈阿密？”我擦了擦眼睛问道，很高兴艾拉和她的亲信们没有在旁边取笑我。也许我很快就能见到史蒂夫了，他知道我的存在吗？他会不会想我呢？

“说实话，我们现在不知道他在哪里。他还在上学的时候就决定只在海里生活。”

这句话对我来说就像一记重击。“什么，在海里，当动物？但是……”

“为什么不呢？”母亲问道，显得无动于衷，就好像我们在讨论我家的新装潢或犰狳的交配习性一样。

是啊，为什么不呢？我的哥哥，是动物。

“听着，我得挂电话了，我们要开个会，关于第二轮融资的事，马上就要开始了。”伊利丝·安德森说。我机械地说了句再见。

咕噜噜，是水被搅动的声音。等一下……这里有人！我和母亲谈论的事情，那个人都听到了吗？

我想知道是谁在船屋的废墟中偷听我打电话。那是一个普通的板仓，只不过是一个带顶盖的码头。飓风过后部分墙体已经破损，透过屋顶可以看到阳光下的蓝天。

环顾四周，我看到三条红褐色的触手，有我上臂那么粗，正从水里摸索出来，抓着各种东西。啊，是露西。伴随着轻轻的刮擦声，她把她的发现——两块木板和一根长钉——整齐地堆放在几乎完好无损的侧面走道上。然后，她用她那双奇怪的异形眼睛看着我。

这位八爪鱼同学说：“这里的水下清理很费劲。”但她的手臂却没有继续清理，而是腼腆地朝我蜷缩着，手臂变了颜色，现在是白白的。现在我知道这是一种代表休息和满足的颜色。我坐在码头上，让双腿悬在水里，抚摸着她柔软的身体，她的吸盘触碰着我的皮肤。我知道露西能闻到我的气味，尝到我的味道，我允许她这样做。

“你都听到了吧？”我问她。

“你心里有很多的思念，”露西说，“我很了解这种感受，很久以来，我一直在想念里昂。”

“谁是里昂？”

“一个只有两只手的家伙，我们是好朋友。我们一起在深海寻找有价值的矿石。”

“在深海站，对吗？”我想知道，因为我想起了她说过的一句话。很显然，她曾在那里工作过，在海里开采矿藏。

“你是怎么从那里来到这儿的？”

“我在海里遇到了一个人，是乌贼海行者，”露西说，“当我告诉他，我可以和一个两只手臂的人类进行脑对脑的对话时，他说我们一定都是海行者，可以变形。但我不想相信这些。”

我认真地听着。“这也令我很震惊。然后呢？”

“在那之前，我在一个叫本托斯二号的站上，也经历过很多麻烦事和伤心事，但在那之后，一切都变了，我们再也没有在一起潜水、玩捉迷藏了。”露西听起来情绪很低落，“里昂到岸上去念书了。”说着她把一张大楼的照片发送到我的脑海里。图片上写着“圣地亚哥海洋学校”几个银色的字。嗯哼，我猜这个神秘的里昂就是在那里毕业的。圣地亚哥，那是在加州。

“那段时间你是怎么度过的呢？”我问道，露西的手臂在我身上摸索着，轻轻地缠住我的腿，这感觉还是挺奇怪的。

“我在海岸边游泳、捕食，里昂经常去看望我，”露西接着说，“但我也想学习，而不仅仅是觅食！那位乌贼变形人就告诉我这儿有所学校。”

“所以你来找我们了。跨越了整个大陆。”

“我是坐在一个飞行物的肚子里来的，”露西自豪地说，“乌贼用他的人形帮助了我，还告诉大家我应该去动物园。”

“里昂呢？你告诉他你要去哪里了吗？他知道你现在在哪里吗？”

“我好想念里昂。”露西的声音很微弱。我好奇地等着看她是否还会回答我的问题，但随后我们听到了从遥远的地方传来的海螺号声，那是通知我们去吃饭的声音。

“希望你游得开心，吃得开心。”露西对我说，接着她爬回了海里，游了出去。她可以把水吸入身体的软腔，再喷出体外，像火箭一样射向前方。

我一路寻思着走到了餐厅，路上还被一块石头绊倒了，因为我一直盯着我和哥哥史蒂夫的照片，而没有看路。

餐厅里很忙碌，原来是沼泽地的新生们回来了。我小心翼翼地在入口处停了下来，想了解一下这里的情况。

“甜点怎么还没来？”一个丰满的鳄鱼女孩抱怨道，我现在知道她叫波丽。她游走在水齐膝深的餐厅里，浑然不觉自己撞上了贾斯帕、芬妮和几个二年级的学生。

我看得出，芬妮的手指很想抓住这只爬行动物的尾巴，但她努力控制住了这个冲动。“难道你不知道这里只有帮助重建的人才有饭吃吗？”她的口气很友好。

“这不公平！”凯戈尔咆哮着，他是一条深灰色的鳄鱼，“我们压根儿不在，怎么帮忙呢？”

“难道你是故意不在的，好逃避帮忙吗？”我问道，这换来了艾拉讨厌的眼神。

她双手叉腰说：“完全不公平！现在马上给他们吃甜点，否则的话……”

“没有任何甜点供应，”约书亚通知我们说，“虽然一些超市已经重新开张，但甜食的货架还是空的。只有面粉、白糖之类的东西。”

波丽看起来很震惊的样子。“你，是厨师？”她想了想，语气变得更为友好，“你能告诉我怎么用这些材料做奶油蛋糕吗？”

约书亚惊讶地打量着她，然后点了点头。

“完全是胡来，居然没有甜点！好吧，那我就吃点别的吧。”迪诺抱怨道，他就是前几天我和贾斯帕从甜甜圈里解救出来的那个小蟒蛇变形人。他又回到了自助餐区，刚准备对奶酪酥饼下口，就被人敏捷地一把抓住了脖子。是卡拉格，那个美洲狮男孩。

“你得先把那些东西放在盘子里，”他对挣扎着的俘虏说，“我只是提个建议。”

嗯，到目前为止，学校里还没有人能够教会沼泽地学生吃饭的规矩。但我不相信这些掠夺成性的家伙能够学会。

焦糖和粉色眼镜

卡拉格抓住迪诺的事显然让爬行动物们很不满意。“放开我表弟！”艾拉嘶吼着，向一些新来的鳄鱼挥了挥手。

他们都张着大嘴去找卡拉格，他边上的人全都跑开了。蒂卡妮迅速变身，龇牙咧嘴地咆哮着，颈部的毛发刷刷作响。这匹白色的母狼看起来并没有打算退让哪怕一寸。

“噢，你这个暴脾气。”卡拉格说。他变形为一只浅棕色猫科动物，跳到了其中一只鳄鱼的背上，从那儿开始，再到跳到下一只，再下一只，直到我们的对手完全失去方向。霍莉也瞬间变形了，现在正嘶叫着蹲在电视上面。我以最快的速度冲过去保护贾斯帕，他的体形大小正好可以被鳄鱼放入口中。但他已经潜入水下了，刚游到了一艘船后面。

卡拉格踩着的鳄鱼被他的体重压沉了，愤愤地叫了起来。卡拉格快速舔了一下他长满鳞片的头，建议道：“所以，伙计们，我们最好别再打架了，免得我们都惹上麻烦。”

沼泽地来的学生们似乎并不在意自己是否惹上了麻烦。随着一声闷响，卡拉格踩着的那条鳄鱼拍打着尾巴来回蠕动，想咬住站在附近的人。在这个过程中，他撞上了迪诺拯救回来的饮料吧台。大约 20 个矿泉水瓶被打得四散飞去，小蟒蛇也在空中飞舞。“救……命……啊……”迪诺在我们头顶尖叫着，这声音让我们的脸都抽搐了起来。

朱娜和诺亚跑去抓那条小蛇，但没有抓到。迪诺结结实实地落在了之前想吃的奶酪酥饼上。他迷迷糊糊地抬起蘸满奶酪酱的蛇头。“我不知道为什么鸟类变形人这么喜欢飞行，”他抱怨道，“我觉得飞行真的很……呃……”

“又出什么事了？”老师们已经注意到了，克利尔沃特先生从教师那桌站起来，向我们的方向踱步过来。但另一位救援老师的速度更快。

“看这里，我总算找到了甜点！”芬妮拿着看起来像拳头大小的团子，兴奋地说道。她立刻被新生们围住了，芬妮开始把甜点分发给他们。大多数鳄鱼都能从空中接住团子，激动地咂着嘴。但不久后，第一条蟒蛇抱怨说：“糟了，我张不开嘴了！”

“我也是！”另一条接着说，“我现在该怎么咬烂这玩意儿？”

“别问我啊，”另一条蟒蛇也抱怨着，“这是什么东西？”

“哈，只是一些很老很黏的焦糖，我在清理一个储藏室时发现的，”芬妮说，“你们慢慢嚼，好吗？”

来自沼泽的学生看起来并不喜欢这个建议。

况且克利尔沃特先生和怀特小姐也走了过来，他们都想知道发生了什么事，所以我们匆匆离开了人群。

芬妮、莎丽、卡拉格、蒂卡妮和我来到外面的海滩。在棕榈树林里，诺亚和霍莉手牵着手在散步。就在他们面前，贾斯帕正以狁猞形态四处乱窜地追逐着一只虫子，但他们没有注意到他，因为他们正忙着互诉衷肠。

“粉色眼镜。”我说。

“什么？”卡拉格问道，这时他已经变回男孩的模样了，“他们俩都没戴眼镜。”

“没关系。”蒂卡妮笑着说，“粉色的模型是建立在你脑海里的，你谈恋爱的时候就会出现。”她搂了搂跑到我们身边的黑豹诺艾米说。

“也许这只是一种愚蠢的偏见。”芬妮用力将一根自制的长矛扔进了灌木丛中，它插在了一块浮木上。

“谁知道呢？”我对着阳光懒洋洋地眨着眼睛说。

“安德森先生不会再犯了。”芬妮冷笑一声，猛地将长矛拔了出来。我看着浮木上灰色的已经风化了的洞，猛然想起了什么。过了几秒钟，我才回过神来。我们在大海中看到过受伤的牛鲨，在飓风期间。它的侧身也有一个类似的洞。我仔细一想，觉得挺奇怪的。什么样的海洋动物能造成这样的伤口？也许是一只长着角的独角鲸。但那些鲸住在几千英里外的北方。我想知道那头陌生的鲨鱼发生了什么事。它还活着吗？可能我永远不会知道了。

“你们激不激动？”莎丽几乎无法安静下来，“后天，也就是星期天，就是第一个开放日了！不过我听说学校的乐队有点问题。”

“什么问题，为什么？”我警惕地问。

“本来是安排克里斯唱歌，我做和声，是叫和声吧？反正就是要跟着哼哼，但我们俩在那一天都是第二形态。”莎丽说，她难过地看着自己剩下的贝壳收藏，这些贝壳在海滩上被渐渐冲刷得支离破碎。

哦。我惊讶地看着她。没有歌手，我们的乐队可能就没法出场了。

“反正我是没法去当替补的，我五音不全。”芬妮拨了拨蓝色的头发，皱着眉头说道，“不信你去问啊，我唱歌的时候，每个人都说这是噪音，听起来根本不是音乐。”卡拉格说：“蒂卡妮，你呢？”

他的女朋友看起来很为难。“哦，老天，我很想去，但我的嗓子因为这个该死的感冒还哑着呢！”

“艾拉已经自荐了，”莎丽报告说，她似乎是我们中间那个一如既往不去担心的人，“但我们还没有同意。”

“我还记得她在我的生日派对上把 Lady Gaga 的那首歌唱得乱七八糟的，”霍莉插话道，有意思的是她和诺亚走得更近了，“一点儿也不夸张，我这么跟你们说吧。松鼠的耳朵也只能承受几毫秒！”

“美洲狮的耳朵也坚持不了多久。”卡拉格向她保证说。

我点了点头，说：“有一点是肯定的，只要艾拉一唱歌，游客们马上就会离开。”

“还有谁能给我们做替补？也许可以找个二年级的学生？”诺亚和我们几个一样，显得很迷茫。

“我想他们都没人申请参加。”莎丽说。

诺艾米已经好奇地抬起了她那黑亮的脑袋。“我喜欢音乐，也许我有时间可以唱歌？当鲍勃——你知道，那个和我一起住的哥们儿——放着音乐的时候，我会偷偷地跟着唱……在脑海里。”

几双眼睛紧紧地盯着她，然后芬妮露出了灿烂的笑容。“我亲爱的诺艾米，如果你要真正学会用声音唱歌，就不单单是时间的问题了。”

“我也是这么认为的，”莎丽说完跳了起来，“来吧！”

“去哪里？”我问。我承认，有时候我反应有点迟钝。

“嗯，去找加西亚先生，他得教诺艾米如何变形——而且是立马变形。”

鬼哭狼嚎

我们在学校的劳作间里找到了加西亚先生，他正在修理损坏的“威力鱼”的舷外发动机，这是学校那艘白色快艇的名字（那艘被称为“星座号”的电动充气船，也是蓝礁中学的）。他满头大汗，嘴里在嘟嘟囔囔的，身上的T恤沾满油污，看起来不像个老师，更不像个理事。

“该死的，我搞不定这东西。”当我们带着诺艾米走进来时，他咆哮着把螺丝刀扔在桌子上。

我很好奇地看着船的外舷。“学校怎么买得起这样的快艇呢？‘威力鱼’至少要花5万美金吧？”

“猜得没错。”加西亚先生说，他擦了擦眉心的几滴汗水，“其实这是我的。有一次打赌我赢来的。但这是另一个话题了。你们有什么事？”

“诺艾米已经准备好变形了，”芬妮说，“是不是很酷？”

虽然加西亚老师在课堂上很严格，但在课余时间，他却很随和。

“非常酷。”他蹲在黑豹女孩的面前，直到他的脸离她的獠牙只有半个小臂的距离为止。“你为什么要现在学？你可以慢慢来，毕竟，你从来没有以人形出现过。”

“她想试试自己的歌声如何。”莎丽兴致勃勃。

“我想亲耳听她说。”加西亚先生说完，又盯着诺艾米。

但黑豹女孩一开始什么也没说。她显得很不安，鼻子敏锐地嗅着，心里想着“这里好臭”，然后就想转身往外走。这是一次短暂的实验！

“对对对，不好意思，我给你换点新鲜的空气。”加西亚先生也奋力向门外走去，“晚些时候我们去入口大厅，好吗？一会儿见。”

如果你打算带黑豹去什么地方，最好立马打消这个念头。我们很快意识到，如果我们想把她引向入口大厅，地上就会有爪痕。于是卡拉格尝试哄哄她，毕竟他几乎是她的同类。

“嘿，诺艾米……我们真的很期待听你唱歌，”他说，“况且，我们很想看看你人形的样子。你自己不也是吗？”

“哦，我并不在意。”诺艾米甩了甩她的胡须说。

“想象一下，如果你是一个特别漂亮的女孩……那么鲍勃肯定会因为把你抛弃在沼泽地而后悔不已。”奥利维娅试图劝说她，“肯定会这样，对吧？”

蒂卡妮和霍莉翻了个白眼说：“她漂不漂亮不重要。”蒂卡妮又说：“况且，他不会这么做，因为他不可能知道她是林行者。”

“没错，”诺艾米说，“说不定我唱得很好，还会出名呢！我敢打赌，出名的感觉一定很好。”

“我相信会的。”我想起卡拉格跟我说过他的蹩脚音乐。如果我们运气不好的话，诺艾米的歌声听起来会像一只刺耳的鸣号浮标。

加西亚先生跑着回来了，他穿着一件没有油渍的干净T恤，手里拿着一条彩色的大毛巾，还有几张我们打印出来塑封了的人类女孩的照片，这是我们在变形课上用的。加西亚先生把这些东西摊在地上，诺艾米还是以黑豹形态趴在入口大厅里，他让诺艾米一个个地看。“摸摸你的身体……有没有感觉到刺痛？”

“是的，有一点。”诺艾米说，她用鼻子靠近其中一张照片。

“很好，那就把注意力放在照片上，试着想象自己是那个女孩。”加西亚先生说。

成功了！我不自觉地吸了一口气，看着诺艾米的身体舒展开来，她的爪子变成了手臂。诺艾米呆呆地看着自己变出了人类的双手，那双手上还覆盖着黑色的毛发，看起来像是戴着厚厚的冬季手套。

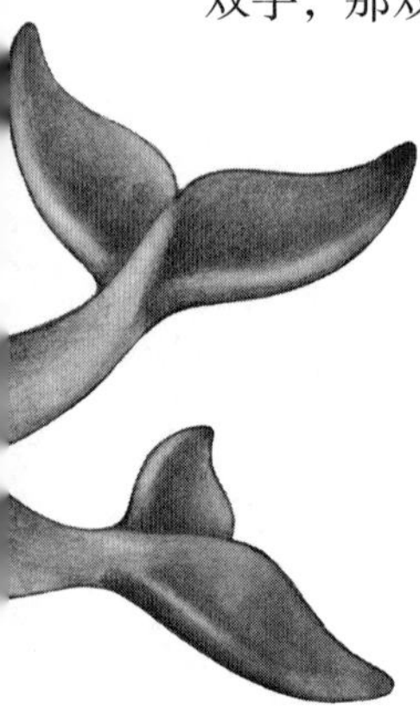

“继续，继续努力，你能行的！”莎丽为她加油，她比我们大多数人更了解中途失败的变形。

“现在别惊讶了，继续看图吧。”我给出了自己的建议，因为我还记得我自己第一次变成鲨鱼时的情景。

诺艾米的头上长出了头发，比任何爬藤植物都长得快，她的黑豹口鼻变成了一张脸。终于，我们的黑豹变形人直起身子，晃动了一下，用芬妮递给她的毛巾裹住了自己。她还没有完全变形成功，但谁会在意手指尖的利爪呢？站在我们面前的是一个纤细的女孩，她有着乳白色的皮肤，黑色的长鬈发，骄傲的绿色眼睛。

“哇，这白雪公主是突然从哪里冒出来的？”穿着连帽衫、戴着耳机的拉尔夫走进了入口大厅。他最近把头发染成了鲜艳的金色，还做了一个朋克风格的尖顶发型。

“那是诺艾米，你这个笨蛋。”芬妮说，拉尔夫惊讶得屏住了呼吸。

莎丽抱着这位我们从沼泽地里救出来的同学说：“你做得很好，诺艾米！”

“是的，非常猫咪。”卡拉格笑着补充道，拉着她的耳朵，那里还有一点黑色的绒毛，“欢迎来到双足动物的世界。”

“我该怎么说话？”诺艾米的发音无可挑剔，她惊讶地摸着嘴巴问，“嘿，我会说人话！”她扭了扭脖子，嗽了一嗓子，结果震动了整个入口大厅。

大家有说有笑地拥抱着我们的黑豹变形人。加西亚先生微笑着对诺艾米点了点头。“很好，很好。我们以后再完善细节。”

与此同时，学校乐队的吉他手兼队长雷奥诺娜和克里斯也已经到了。“现在我敢打赌，你一定想试试自己的歌喉，对不对？”雷奥诺娜满怀希望地问。

诺艾米说：“当然是呀。”克里斯说：“试试跟着我唱，好吗？”

他唱的曲子恰好是约翰尼最喜欢的歌曲，舞韵合唱团[①]的《甜美的梦》。“甜美的梦是这样做的，我有什么资格不同意，我走遍了世界，走遍了七大洋，每个人都在寻找着什么……”

---

① 英国二人流行摇滚乐队，成立于 1980 年。

诺艾米心情愉悦地唱着……但每个音符都没唱准。不，这听起来不像是个刺耳的鸣号浮标，比这还要糟糕得多。同学们大概要上前询问哪里来了个嗡嗡作响的锯子。大家都跟卡拉格一样，恨不得立刻用耳塞堵住自己的耳朵，只有拉尔夫继续一脸好奇地看着。

“好了，好了……呃，如果继续在脑海里唱的话，你们也会很开心的。”我实在受不了，所以不好意思地打断了他们。贾斯帕居然已经跑到楼上去了。

“所以我出不了名了？”诺艾米沮丧地问。当我们摇头时，她耸了耸肩，“也无所谓了。更重要的是，现在我终于可以告诉人类我喜欢吃什么，我讨厌他们给我梳毛。”

拉尔夫点了点头说：“你说得对！”

好吧。但我们还是没有解决学校乐队的问题。

几乎是不经意间，入口大厅里的所有人都看向蒂卡妮。“拜托，你至少来试一试。”雷奥诺娜催促道，“我们需要你，否则整个演出就泡汤了！”

“可是我感冒了。”蒂卡妮说，这倒是真的，她的声音听起来有些嘶哑。

贾斯帕回来了，欣喜地捧着一包润喉糖——不可思议，他的思维和反应如此之快。“感冒不会持续很久的！我从米萨奇小姐那里拿到了一些厉害的东西。这些对消炎杀菌很有效果。”

“我知道奥利维娅有一包鼠尾草茶，可以用来润喉。”芬妮大叫一声，转身跑了。

“另外，你需要穿得更厚实些——我指的不是你的狼毛。”

卡拉格说着用手搂住同伴的肩膀。

没过多久，蒂卡妮蹲坐在海滩的躺椅上，一手拿着鼠尾草茶，一手拿着润喉糖。她穿着一件长袖衣服，脖子上围着一条五颜六色的围巾——整个佛罗里达州可能都没有一条真正的围巾。

“在十多度的阴凉处待着，还穿着毛衣，真是自残。”蒂卡妮抱怨道，“尤其是对我来说。你们难道没有注意过，我是一匹北极狼吗？”

“等你病一好，我就在你的T恤里放一把冰块。”卡拉格温柔地抚摸着她的脸颊，向她保证。

“再来点鼠尾草茶！”奥利维娅赶紧把第二个杯子拿给她，“我在里面放了一勺蜂蜜，对嗓子有好处。真正的有机蜂蜜，从诺亚父母的商店买的。”

“我讨厌蜂蜜。”蒂卡妮一脸埋怨，但卡拉格只是笑盈盈地看着她。接着蒂卡妮吼了一句什么，然后就把杯子里面的东西灌进了喉咙。我忍不住笑了起来。是的，要是换作可爱的莎丽，我也愿意为她做这些事情。

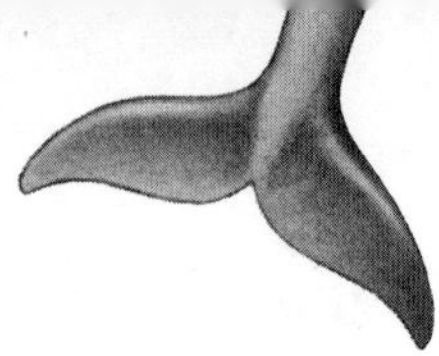

恐惧鲨鱼和娱乐海豚

周六，我们做了最后的准备工作。老师们在礁湖里放了一张大网，划分出鲨鱼和海豚的游泳区。达芙妮和塞尔达想在遭受飓风袭击的大礁岛上收集橙子和柠檬，这样他们就可以向我们的游客出售自制柠檬水。同时，我们的 DJ——礁鲨拉尔夫，正在检查播放系统，以确保一切都和广播同步，最后还与我们的学校乐队做了一个声音测试。

“希望明天来的人足够多。”我焦虑地对芬妮和贾斯帕说，我们仨一起在入口布置售票处，还配了桌子、椅子和遮阳伞。与此同时，便携式扬声器正播放着我最喜欢的歌曲之一——雷斯魔乐队[1]的《在阴影中》。“我们真的很需要钱。太阳能板和变形场馆需要专业人员来修，我听克利尔沃特先生说过。”

“那些专业人员应该先把空调修好！”芬妮拿着一张纸给自己扇风，呻吟着说。我们教学楼里有风扇，但还是热得令人窒息。

“你能想象明天可能会有很多正儿八经的人类在这里走动

① 芬兰的摇滚乐队，成立于 1994 年。

吗？”贾斯帕问芬妮和我。他郑重其事地在收银台上放了一个画着海豚的存钱罐，希望大把的钞票能哗啦啦地投入其中。

“不太可能吧，”我说，雷斯魔乐队开始唱下一首《无畏》，“我只希望我们别搞砸了，千万别不小心就变形了。”当艾拉的母亲莉迪亚·雷诺克斯出现的时候，我也不知道自己能做什么，应该做什么。她肯定会来的，毕竟开放日是她的建议。我不禁打了个冷战。

贾斯帕仰着头说：“如果来的人很少，那怎么办？”

“那学校就没钱赚了呗，”芬妮淡淡地说，“我讨厌没有备用计划。”

我也是，开放日必须成功。就这么简单。

其实，学校里好几个地方都有警报器，以防有人类误入蓝礁中学——每隔几个星期就会发生一次，他们会被老师快速地带走。但这一次，警报器只有在意外变形的情况下才可以被按下，杰克·克利尔沃特是这么规定的。

星期天早上九点，天空中几朵厚厚的云刚刚散去，亮出了澄澈的蓝天。我和海豚们前往礁湖，准备执行任务。

“祝你玩得开心，风平浪顺！”我对莎丽说，并向她和她的朋友们挥手。

她、布璐和诺亚也微笑着向我挥手。事实上，让我感到温暖的，与天气无关。

这一刻他们三个人都喜欢我，这种感觉真的很好。

我的工作很简单。我、拉尔夫和二年级的卡门·阿什伯特会在礁湖中一个单独的区域游圈儿，让观众从水面和笼子里观看我们。

另外两人已经在码头上换衣服了。“我的神呀，真是越来越无聊了。”拉尔夫把T恤衫套在头上，抱怨道，“这些家伙里没一个敢和我们一起下水的。”

“你愿意回去重新粉刷墙壁吗？”卡门问道，她已经穿上比基尼了，“我们仍然需要干活。”

“可以，但不是现在。”我说，因为我真的需要在这些重建工作中休息一下。下周一我可以去刷墙，那天下午火箭也会过来。“那好吧，让我们把鱼鳍挥舞起来。游客们已经在等着我们去啃他们的脚趾了！”

“你是不是对这个工作有什么误解啊，老兄？”拉尔夫和卡门同时跳进海里，转身问道。

“你就是嫉妒，因为大家都想看我这个糟糕又令人讨厌的虎鲨。”我叫住他，跟了上去。最后一刻，芬妮也跟了上来，成了一条在水下有两米翼展的蝠鲼。

飞鱼伊兹也在礁湖上空兴奋地四处叫着。她看上去就像一只鸟，用闪闪发光的翅膀贴近水面滑行着。

当我看到她的时候，我想起了她无意中听到的潜水员与鲨鱼生死格斗的事。今天下午约翰尼会来学校，也许我还可以和他一起去伊斯拉莫拉达，调查一下这个讨厌的传言是怎么回事。

“注意，注意，大家各就各位，第一批游客到了。”广播里响起杰克·克利尔沃特的声音，听起来很紧张。从现在开始，我们不能变形了，被人看到的风险太高了。诺艾米很恼火，她被安置在了某间教室，因为她至今都不能控制自己的变形，我们都不愿意看到她冒险泄露林行者的秘密。所以，没有选她来参加乐队是件好事。

我有些紧张地以虎鲨的形态在礁湖里转了一圈，在我下方几英尺的海底沙地上布满了绿褐色的海草丛，莎丽曾在那里展示过她的贝壳收藏。飓风把它们都吹散了，至少有一半的海草被连根拔起。

我充满好奇地和卡门并肩游了一会儿，我不常看到她的锤头鲨形态。“这真是一个令人印象深刻的脑袋，到底有什么功能啊？”我想知道。

“它让我拥有比你更好的立体视觉和更准确的电波感应能力，”她很快地回答我，“另外，我捕食的时候可以用它把蝠鲼按在地上。”

“是的。好吧，我就不跟你一起游了，你已经吃过早餐了吧？”芬妮问道。

我惊讶地看着卡门：“你是怎么知道这些的？”

“维基百科。”她游回来说。

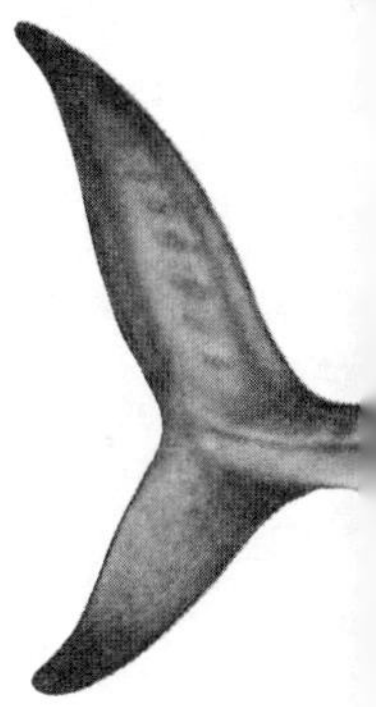

“你们已经有很多观众了，知道吗？”我们听到了校长的声音，他亲自监督开放日的所有鲨鱼项目，“来吧，在水面上游一游，都快看不见你们了。”

没问题。我浮了上来，背鳍劈开水面，至少有 10 个人已经站在礁湖的边缘看着我们呢。“哦，你看，它好大啊。”有一个人说，一时间我很享受被人欣赏的感觉。

接着，芬妮表演了她的“摊煎饼”节目，抢了我的风头——她从水里向上射出，高得让游客们不得不抬头看，然后在热烈的掌声中落回水中。

“哇，你看到了吗？太棒了！我现在就要把照片发出去！”一个女孩说着擦了擦被溅湿的脸。

“天啊，我都湿透了。”她的朋友低头看了看自己，抱怨道，“走吧，我们去看看海豚，反正我觉得海豚更厉害。听说这里还有一条虎鲸呢。”

“这些没脑子的小女生，反正我们也不待见你们，”拉尔夫在她们身后发话了，还说，“你们去吧，有人预订了笼子。我们开始了！多拍点照片吧，比比谁快？”

果然，一个潜水者刚刚爬进了水下与码头相连的金属笼子里。于是，我们带着好奇和兴奋同时出发了，以便游客近距离观察我们。可受惊的游客却像松鼠一样赶紧爬回了码头。

“我们不是商量好了吗？”我们的校长骂道，“是让他们惊讶，不是惊吓！”

“对不起，”我心虚地说了一句，转身就走，差点撞上 3 米长的卡门。“小心点，你这个毛手毛脚的司机！”她对我抱怨道。

幸运的是，没有人对“这些鲨鱼看起来很不灵活”的事实发表任何评论。

我们等待着下一个游客，希望他更大胆一些。这时我们游到网边，看了看礁湖的另一边发生了什么。那边的上空响起了或高或低的口哨声、咔嚓声还有颤音，因为水上芭蕾舞刚刚结束，现在莎丽、布璐和诺亚在演示他们如何救人。先是一个游客平躺在水面上，他们把他推回陆地。接着，又有一位游客假装溺水，要沉下去了。马上有两只海豚来到他身边，伸出背鳍，第三只海豚从下面把他托起推到水面上。“我们太棒了，不是吗？”莎丽高兴地说道，诺亚来了一个他拿手的翻跟头转身，他现在已经完全恢复状态了。

“你们真行——又来了，诺亚！”霍莉在海滩上欢呼着跳了起来，这样她就可以越过她前面的人看到表演了，他们几乎都比她高。卡拉格和蒂卡妮鼓掌叫好，引得前面的观众都转身看他们。

好吧，终于又有人进了笼子。是一个女孩，大约 16 岁的样子。我看到她在专心致志地看着我们，所以我尽量雄赳赳气昂昂地靠近她。她透过潜水镜惊讶地看着我们。当她回到码头时，我听到她兴奋地告诉她父母看到了什么。这就对了，感觉还行。

突然有东西拍打着我身边的水面。我的嗅觉告诉我那是肉。一块生牛排！我的鲨鱼身体完全是本能的反应，我张开嘴，用牙齿撕开了那块小玩意儿。等我想到这有可能被人下了毒的时候，已经太晚了……世界上本来就有讨厌鲨鱼的人。

“这到底是怎么回事？”卡门疑惑地问道，“不应该有喂食环节的。”

她和拉尔夫就在现场。几秒钟后，更多的牛排被扔到了湖里。这一次我成功地克制住了自己，但拉尔夫的做法有点吓人。他咬着牛排的时候，眼睛瞪得圆圆的，一口气连吞下两块牛排，还用尾鳍使劲拍打着水面。

“说吧，你是不是饿死鬼投胎啊？”我问他，“这东西是哪里来的？”

拉尔夫没有回答，我们听到上面传来声音：“你，马上停下！禁止投喂！你在给它们吃什么？”

“哦，飓风期间停电了，所以我的冰箱里有很多解冻的食物。”一个男人的声音回答道。原来，这个声音属于一个穿着碧绿色 T 恤和短裤、头戴棒球帽的胖子。“我带了一整袋牛肉，至少有 20 公斤。”

杰克·克利尔沃特很震惊。“飓风都过去多久了？那些东西肯定不新鲜了！”

“哦，拜托，鲨鱼可没那么挑剔。”

至少一条叫蒂亚戈的鲨鱼不嫌弃。变质的肉，哦不，谢谢啊。但拉尔夫还沉浸在他的狂欢中。

我和卡门对视了一下。两条鱼，同一个想法。我们把拉尔夫从其他的碎肉块中推开，即便他愤愤不平、躁动不安，还试图从我们中间挤过去。“够了，拉尔夫——你听着，你其实并不是真的想吃这玩意儿！”我对他说。

卡门粗暴地推了他一下。“没错，宁愿今晚回去狂吃比萨，即使它也不是那么健康。”

这些敲打起作用了。当杰克·克利尔沃特把牛排男扔出去的时候，拉尔夫清醒了过来。好吧，是清醒了一点点。他抱怨道："你们两个都太过分了。我不会任由你俩诋毁的。"他闷闷不乐地潜到了学校海湾两旁的红树林里。

我担心地听着自己肚里的状况，想确定自己的胃会不会因为变质的肉而翻江倒海了。鲨鱼真的会呕吐吗？或者拉肚子？好像我的科普书籍没有提到这个问题。

"你在担心什么？"芬妮逗我说，"你没听说过虎鲨被称为海洋的垃圾处理器吗？你有一个铁胃。"

"不，我肯定没有，"我害羞地嘀咕着，说实话，我感觉还不错，"不然我早就沉下去浮不起来了。"

我又一次游到了水面，因为此时学校的乐队已经开始表演了。我想多听一下船屋里传来的蒂卡妮那清脆悦耳的声音。幸运的是，昨天她的嗓子已经恢复了——她的声音很好听。

但我没听多久，就听到海豚区传来一声惊叫，吓得我转了个圈。我的心像鼓点一样怦怦跳，我的鳍也开始发麻。那里出事儿了……但出了什么事儿呢？

太 可 爱 了

芬妮、卡门和我嗖嗖地游到网边，想看看礁湖对面发生了什么。拉尔夫没有和我们一起去，他还是觉得自己被冒犯了。

还好我现在是鲨鱼形态，不会像我平时那样一兴奋就打嗝。莉迪亚·雷诺克斯出现了？她是不是招惹莎丽了？她的老虎双胞胎保镖是不是在找麻烦？

乍一看，那边的情况一片和谐，可再一看就不是了。一个3人游客小团——一个妇女、一个14岁左右的女孩和一个7岁左右的男孩，正在水里和海豚一起。法林·加西亚在海滩上监督着他们，他本人的第二形态也是一只海豚。我知道海豚很喜欢小孩，因为他们很会玩，很有趣，但这次却有些不适应。

“哦，它们太……太可爱了！”女孩只是尖叫了一声。她和她的弟弟在浅滩上把我们海豚群中最害羞的成员布璐逼到了边上，女孩只是想抱抱她。男孩抓着这只蓝白色的海豚，想要抓住她的背鳍。布璐紧张地想让开，但女人却挡住了她的去路。

“加西亚先生，叫他们住手吧！”布璐抱怨道。

“请不要追逐或伸手去抓海豚。”我们的变形老师告诫道，“如果它愿意，会主动靠近你的。”

"我们花了钱来摸海豚，那就一定要摸到，蜜蜜。"那位妈妈说，同时还给了加西亚先生一个不赞同的眼神，"鲍比，刚刚你玩过了，现在该姐姐了。"

"蜜蜜把我推开了，"男孩抱怨道，"海豚现在应该牵着我，它为什么不牵？"

"请你们停下！最好现在就离开礁湖。"加西亚先生的语气变得更加严厉了。

但这也无济于事，那一家人都装作没听见。

"来吧，诺亚！他们需要一个警告，"莎丽说，"布璐，我们来了，坚持住！"

"我要不要用尾鳍教训他们一下？"诺亚是真的生气了。

"你脑子里有海藻吗？你什么时候会打人了？"我听到莎丽回答，"我先来给他们一个警告。"

此时莎丽和诺亚已经游了上来，滑进了那 3 个人和布璐之间，把他们的朋友隔开。莎丽当着那位妈妈的面张开了嘴，露出牙齿发出恼怒的声音。这声音我已经听过好几次了。

"真有趣！那只海豚的叫声像鸭子一样！"女孩被迷住了，"它想吃东西吗？"

"这声音意味着她不喜欢你在做的事。"加西亚先生告诉她，"现在从水里出来，你们 3 个！"

"哦，等一下……现在我们终于又可以抚摸它们了，毕竟是它们自己来找我们的。"那位母亲热情地用手机拍下了女儿向莎丽投怀送抱的样子。我无奈地把鼻子贴在网上，我想帮助我最好的朋友，但我不能，这感觉很不爽。

“嘿，伙计们，这一点也不好玩。”莎丽呻吟着说，一边用尾鳍拍打着水面。那位母亲忽然尖叫了起来，因为海水打湿了她的手机，这让她女儿一下分了心。莎丽趁机逃走了。

但她没有注意到那个男孩。从他身边游过时，她用力跳入水中，溅起了很高的水花，他激动地大笑起来。莎丽、诺亚和布璐吓得不轻，在水下像新年的火箭爆竹一样嗖嗖地乱窜。那三名游客觉得很好玩。“哇，看它们游得多快！”

“还好没有危险。”我试图让朋友们放心，但他们还处于恐慌状态。现在我已经快要忍不住咬开隔离网了，我的脉搏在体内突突直跳。

“够了！”一个声音插了进来，这是怀特小姐的声音。

她在公海中变了形，现在以虎鲸的形态冲进了礁湖。校园里其他地方的游客惊呆了，急忙跑到海边掏出智能手机。当一只大型雌性虎鲸向浅滩游来时，人们的兴致更高了。

“哇哦！”那烦人的一家子发出了惊呼，显然又高兴了起来，“一头虎鲸！”

“还能更酷一点吗？”

“它是来找我们的！”

“是的，没错，”怀特小姐干脆地说，“但不知道你会不会喜欢。”

她用硕大的头部把那位妈妈推到了岸上，然后把那两个孩子也送到了岸边。

三名游客难以抑制兴奋之情。“哦，它想玩，是不是很可爱？”

我和芬妮在水下对视了一眼，这些人真是不可救药！

“怀特小姐，小心别搁浅了。”莎丽说，现在怀特小姐黑白相间的巨大身体躺在只到她腹部中间的水里。杰克·克利尔沃特也显得忧心忡忡，急忙向海豚区走去。“阿丽莎，小心点，好吗？”

“我一直都很小心。”怀特小姐灵巧地扭动着身体，转身回到深水区。

“小心点？怀特小姐？哈哈，真好笑，”我对芬妮说，“她跟投毒团伙纠缠的时候，可是躲过了子弹的！”

“好吧，那些游客肯定没带武器……只带着恶心的食物，”芬妮说，“是的！她现在已经成功了，再来一次，她就可以游走了！”

幸好现在没有人看向鲨鱼区，否则就会看到四条大鱼虎视眈眈地盯着海滩。

回到深水区，怀特小姐真的是如鱼得水了。“这是谁的？”她说着，用鳍夹起一顶棒球帽，然后把它拎到了观众面前，用尾鳍用力甩向观众。观众里有人又很热情地把帽子扔了回去。怀特小姐高高地跳出水面用鼻尖顶着帽子，然后向后落入海中，结果这一个浪头就把沙滩上尖叫的游客全淋成了落汤鸡。

“哇，她可真贪玩儿。”芬妮惊叹道。

“为什么不能呢？毕竟，她也只是普通人……呃，或者不能算是。”我为我最爱的老师辩解道。

确实有人注意到我们在盯着那边看。一个身材娇小的黑发女孩，之前在笼子里玩了一阵，显然还没把我们看够。她坐在码头上舔着冰棍，一直留意着我们的背鳍。

“小心！大家散开！”芬妮喊道，我们开始游来游去，可能动作太过显眼又被人发现了。

不过，我们还是时不时地冒着风险看一眼隔壁，怀特小姐正在耐心地容忍一个男孩抚摸她的鼻子。

正当我忐忑不安的时候，我看到艾拉带着托克、他的表弟凯戈尔和蟒蛇男孩杰罗姆漫步而来。

还好大部分的鳄鱼和蛇类变形人都在淡水湖闲逛，那里每隔一小时就会举行一次爬行动物表演，带给观众们惊险刺激的体验和大量的知识。我无意中听到他们的思维流中说着游客的坏话，还拿人类开玩笑。

“看什么来了。一块伪装的牛排！”

“他们真的以为晒黑了就能更好地隐藏吗？”

“为什么大家不喜欢逛街？排队[①]太多了，哈哈！”

“钓一条鱼需要多少人？5个人。因为一个要抓它，另外4个要听他吹牛。”

“为什么人们养着宠物，却还要去超市买肉吃？”

---

① 原文“Schlange”在德语中有“蛇”和“排队”的意思。

可惜有几个沼泽地学生是以第一形态出现的，我看他们的眼神就知道他们想找碴儿。

于是事情就发生了。

扑 通 一 声

我身边有一堆想要找麻烦的同学，待在他们身边我很不舒服。他们似乎想要接近那个坐在码头上看我们的女孩。

“让一让。”艾拉对那个年轻的黑发游客说，那女孩审视地看了他们一眼，默默地让开了。

“再多让一点位置！”托克命令道。

“你们以为这个码头是你们家开的？”女孩回了一句，没有再往前走。

“哈哈，就是啊，赶紧滚开好吗？”托克坐了下来，把腿夸张地悬在我们所在的那片湖泊里。陌生女孩惊叹道：“你知道里面有什么吗？”

“我当然知道，但我们已经驯服了那些家伙。”凯戈尔说着，在托克身边坐了下来，让自己的脚也凉快凉快。我想他现在已经明白了，按照学校的规定，我们是不允许咬掉他身体的任何部位的。杰罗姆也在边上坐了下来。

芬妮与我擦肩而过，我们的鱼鳍碰在了一起，她对我轻声说：“怎么办？不能由着他们来，对吧？”

当然不。我悄悄地潜到了码头，上来后，用我的背轻轻地蹭了蹭凯戈尔、托克和杰罗姆的脚。“我给你们修一下老茧，好吗？”

这对我来说真的是一个壮举，因为他们的脚丫子闻起来像过度发酵的埃曼塔尔奶酪。我甚至都不想知道这奶酪本来的味道是不是这样。

托克和杰罗姆大叫一声，赶紧把脚从水里抽了出来。凯戈尔被埋在一条刚跳出水面的蝠鲼身下，就像被盖在一条黑滑的毯子底下一样。

陌生女孩笑了。很遗憾，那些爬行类同学对她说的下流话，我还是不要重复了。不仅如此，男孩们还开始推搡她，而艾拉则站在一旁饶有兴趣地看着。

“你们能不能别废话了？”女孩抱怨道，另一个游客也开骂了，我大喊了一声：“嘿，在开放日骂游客可不行！”

但我怀疑，有些爬行类动物除了随时随地骂人，也不会别的。这已经成为给他们带来乐趣的一种习惯了。

几名蟒蛇学生也好奇地加入进来，直到码头上挤不下。不巧的是，卡拉格已经走到了乐队所在的舞台上，他现在帮不了我们。问题是一些新生几乎还从未变形过，而且和莎丽、塞尔达、雷奥诺娜、诺艾米一样，控制能力很差。我惊恐地看到，鳄鱼女孩波丽的手臂上已经长出灰色的鳞片。万幸没有一个游客发现。

这时，艾拉他们几个已经将黑发女孩推到了走道的边缘，而这一切也就一发而不可收了——她失去了平衡，尖叫着掉进了鲨鱼池。哦，好极了！我们想让人们在这里玩得开心，却把他们带到了心脏病发作的边缘！

不过，这个陌生女孩表现出惊人的机智，她没有乱动，虽然我嗅到了夹杂在湖水中的恐惧气味。她勇敢地游到码头，试图爬上码头——这并不容易，因为码头很高。

我本能地想帮她，但芬妮阻止了我。又一次，我们的鳍短暂地碰了一下。“你想帮她翻上去吗？我打算这么做。”

当芬妮游到她身下时，女孩发出了惊呼声……当我们的蝠鲼带着她在水中像坐在飞毯上那样穿梭时，她惊讶极了。几秒钟后，我们的游客爬回了码头，大大松了一口气。

“嘿，伙计，你为什么不带她去岸上？”我对芬妮嘶吼道。艾拉和她的朋友们还在码头上站着呢！

“哎呀，我忘了。”芬妮说。

所幸老师们已经注意到有些学生的不当行为。杰克·克利尔沃特被气得无语了，他严肃地注视着那些爬行类学生，他们满怀敌意地围着那个浑身湿答答的陌生女孩。“够了，立刻停下！”杰克对所有站在码头上围观的爬行动物呵斥道，“波丽，你进教室待着去，别让人看到你，明白吗？”

波丽害羞地点点头，扭动着她部分变形的手臂，但除了她，没有人听克利尔沃特先生的话。而怀特小姐对于礁湖这边的状况有心无力，因为她还是虎鲸形态，不能变回人形。她愤怒地盯着对面说：“马上放开这姑娘，否则你们每个人都会被处分！”

爬行类变形人没有任何反应。不幸的是，越来越多的游客开始注意到鲨鱼池发生了一些意外状况。这些新来的学生都快把我们的游客搞蒙了！

“好了，就这样吧，给予托克、凯戈尔、杰罗姆和艾拉警告处分。”杰克·克利尔沃特说。但艾拉只是笑了笑：“我妈妈肯定不会允许的，你还是自己告诉她吧。”

这时从游客中大摇大摆地走出来一个女人，不巧，我跟这个女人很熟——莉迪亚·雷诺克斯！她的白色外套在阳光下很耀眼，外套里面穿的粉色吊带裙，像一朵玉兰花一样在路上摇曳。

她先是和女儿小声交流了几句，然后笑了起来。“你似乎和学生们相处得不是很好，杰克。”她轻描淡写地说，“我并不奇怪，毕竟你不是水生动物，有时候会不会觉得很难替这些年轻人换位思考一下？”

“不是的，”校长回答，“只是在这种情况下……”

“哦，那没问题，我很乐意帮你。”莉迪亚·雷诺克斯打断他的话，“我提出学校开放日的建议，实际效果不错，不是吗？”

“一码归一码。”杰克·克利尔沃特冷静地说道。

“你看，你还说这将是一场彻底的灾难！大家在这里玩得多开心。收银台里已经有些进账了吧？”

“是的，但是……”

“简直妙不可言。你可以把我的那份钱给我，我们最好尽可能多举办这样的开放日活动。”

我再一次感觉到自己的脉搏在突突乱跳。“这要由我们来决定——克利尔沃特先生和同学们。”我还没真正思考就插了一句，雷诺克斯夫人瞟了我一眼，她可能在后悔前几天怎么没有勒死我。

但我现在无法沉默不语，如果我们不下定决心反击，她会在我们还来不及反应的时候，就把学校变成一个游乐园。

此外，我的脑海里还有一个声音，艾拉曾经对我说：“你们这些该死的海洋生物不会一直掌控着学校，你等着吧。”我可以打赌，这背后一定有她母亲的阴谋，只是我不清楚具体是什么。但我看得出她打算干掉杰克·克利尔沃特，毕竟，他之前也和我一样干涉过她的计划。

码头上，一名新生咆哮着说：“一群傻子。”莉迪亚·雷诺克斯根本连头都不回，只是挥了挥手，就像驱赶一只苍蝇一样。鳄鱼和蟒蛇变形人们立刻停了下来，闭口不言，最多只是嘀咕着抱怨。我本该松一口气，但我没有。

“那你还说什么处分？”莉迪亚·雷诺克斯凝视着杰克·克利尔沃特说，“我女儿只是想确保和平。她一直是个好裁判。”

我的下巴都快掉下来了。她是认真的吗？杰克·克利尔沃特看上去也是一副不服气的样子：“我们以后有空再商量，雷诺克斯夫人。”

艾拉抱着母亲说道：“你这么贴心地维护我，是最酷的。”不久前，我曾无意中听到她和她妈妈起过争执。因为雷诺克斯夫人作为律师为那些有钱的垃圾罪犯辩护，那些人在沼泽地和许多河流的河口非法倾倒有害的化学废料。但现在这事儿好像已经被遗忘了。

托克对艾拉说了些什么，想引起她的注意，但她没有理会。我突然觉得他很可怜。艾拉喜欢被他和贝瑞崇拜、守护，但她不会听他们任何一个人的话的。

“蒂亚戈？一切都还好吗？”莎丽从礁湖里向我吹口哨。

“是的，一切都很好。”我撒了个谎，同时看着那位黑发女孩走到一位女士身边。“你不会相信刚刚发生在我身上的事情，有几个人把我推到鲨鱼池里，一条蝠鲼把我救上了岸！”我听到那个女孩说。

“科拉，你不应该撒这种谎！”对方只回了一句。

可怜的人啊。

不仅仅是鲨鱼这边，礁湖的另一边也发生了很多事情。“加西亚先生，有人刚刚把一个小球扔进了游泳池，”诺亚报告道，“还有一支圆珠笔和一块糖。”

“真是糟糕，”我们的变形老师回答说，“啊，我看到球了。它太小了，如果你想玩，可能会不小心把它吞下去。等一下，我去叫露西把它拿出来。”

我叹了一口虎鲨气，等着看接下来谁会爬进我们的笼子。

一位不寻常的客人

万幸的是，之后再没有出现其他意外状况了，到开放日这一天结束时，我们全都累得筋疲力尽。而雷诺克斯夫人却希望我们每天都这样做，还企图停止办学。这可真够狠的，那个女人应该去别的地方找她的金矿，而不是在我们这里。

最后一批游客离开了，只留下了一些口香糖包装纸和空的汽水罐，我们海行者终于又回到了自己的世界。莎丽看上去疲惫不堪，她正抱着一个贝壳，那是她在礁湖里意外找到的。

“你们太棒了——我们通过努力赚了 5000 美元！”杰克·克利尔沃特在餐厅里笑着宣布，“恐怕其中的 1500 美元得交给雷诺克斯夫人，因为她是学校的股东。但剩下的钱，我们可以把太阳能设备修好，给你们的宿舍买建筑材料，还有零配件。”

我们欢呼雀跃，拍手叫好。努力终于有了回报！但我还是听到了毒舌的言论。“雷诺克斯其实已经够有钱了，她为什么不把所有的收益都让给我们？”朱娜问道。但没人能回答这个问题。艾拉看向别处，装作没听见。

我的朋友们和来自克利尔沃特高中的同学狼吞虎咽地吃着约书亚许诺给我们的比萨。现在临近黄昏，天气也不那么热了，我们拿着食物坐在餐厅阳台上，几只海鸥不耐烦地等待着食物碎屑从谁手里落下。

“挺好玩的，不是吗？”莎丽说。我们不解地盯着她，因为起先对于这个开放日，她是我们当中最不感兴趣的一个。

“你说的是哪一部分？”我问道，“你们被游客抓走的那次，还是爬行动物差点和游客打架的那次？”

“我也觉得很有趣。”诺亚说着，喂霍莉吃了一块朝鲜蓟比萨，“反正大部分时间还行。”

“我那儿的照片都堆成山了，累死人了。”露西呻吟着，退到她最喜欢的藏身之处。

“还有太多、太多的亲吻，”克里斯愁眉苦脸地说，“我再也不用那个口气清新剂了，实在恶心！以后谁想亲我，就得接受我身上有鱼腥味的事实。”

“总之，都还算顺利。”我总结道。据说，所有的游客都被乐队的热情感染了。

“哦，是啊，事情太多了，你都不知道柠檬水摊的事情吧？”霍莉问道。

“赚钱吗？”诺克斯猜，他拿了一包零食在吃，正和露西在餐厅淹着水的地方休息，“还是塞尔达在自己的柠檬水里游来游去的事儿？”

“没有，但是她数零钱的时候太紧张了，以至于说成了一块、两块、三块，快，快，变形！”霍莉塞着满嘴的食物说。

我们都愣住了，贾斯帕吓得手里的比萨片都掉进了沙子。“你说真的？她变形了？有人看到了吗？”

“变了一半。游客们都在聊天，并没有注意到，”霍莉不客气地说，“她就像一只水母一样躺在亭子后面，直到一个二年级学生拿了一桶水把她放进去。大家都以为她走了。”

“关键是老师们有没有发现什么？”我问，“不然，开放日肯定不能再办了。”不知为何，要是不办了我反而觉得挺好的。我甚至还故意吓唬过一个特别不顺眼的家伙，当时我用我的鲨鱼嘴撞了一下笼子，当然是趁克利尔沃特先生不注意的时候。反正做了大家期待看到的事情，我很开心。当然，其他的鲨鱼变形人都没有告发我。

霍莉摇了摇头，咬下来一块饼皮，想剥掉一块焦煳的地方。“没有，不用担心，没人注意到。”

“呼。幸好。”贾斯帕看着自己掉落的比萨，显得很激动，“看，今天是我的幸运日！馅料那面朝上！”他拍掉一些沙子，狠狠地咬了一口说：“嗯，比蚯蚓还好吃。”

芬妮、诺亚和我都发出啧啧的感叹。“我得试试。”诺克斯说。

可惜我们赚到的钱还不足以完全修好学校。这意味着我们接下来的周末也不能闲着，因为我们必须举办更多的开放日。不知道什么时候才能在迈阿密再见到约翰尼或火箭。

吃完比萨，我们听了一会儿学校乐队的表演，可乐手们已经没什么精神了。于是，我们在外面玩了一圈，聊了一会儿天。因为大家都在聊天的缘故，我们几乎没有注意到有陌生人在校园里徘徊。但当我们逛到临时搭建的小木屋时，我看到一个高大苍白的方脸男孩在教学楼和棕榈林之间走来走去。他显然比我们大几岁，神情迷茫。

“你们看，那是谁？来晚了的游客吗？”我好奇地问道，因为约翰尼还没到，所以我看了看手机。事实上，他答应今天下午晚些时候到这里，并在开放日结束后开车送我去伊斯拉莫拉达帮我继续调查鲨鱼格斗的事儿。

“有可能哦，是个游客。”克里斯不是很感兴趣，“但如果他想和海洋生物合影，就应该去找利努斯和他的孩子们，他们今天什么都没做！”

“是的，他们整天都在卖萌，供人欣赏，不过那也很累的。”莎丽翻着白眼说。

我们有些疑惑地观察着这个陌生人，因为一般不会有人来这里随便走动。我看到那个男孩走近对烘焙和烹饪很感兴趣的鳄鱼新生波丽，问她一些事情。显然他得到的不是正面信息，因为他看起来一副失望的样子，然后就转身离开了。当他有些犹豫地向停车场走去时，其他人也都对此失去了兴趣，转而开始谈论明天的课程——这可能听起来很愚蠢，但我们都松了一口气，因为从明天开始我们又回归正常的校园生活了。

我又看了一眼那个男孩，他身上有让我感兴趣的地方。但当他消失在楼背后的时候，我也不再关注他了，因为我的手机刚刚收到了一条信息。“嗨，蒂亚戈，我的车坏了，去了趟修车厂。不过我已经快到了，15 分钟后。约翰尼。”

我迅速打出了“一切顺利”的回复。

“什么事？”莎丽问道，既然其他人不在场，我就把今晚的计划告诉了她。也许我不应该这样做，因为她的反应很大。她的眼睛亮了起来。“我要跟你一起去。也许我可以帮你！”

“可是你今天很辛苦……你不累吗？”我很纠结。

“累？累是什么？顺便说一句，海豚真的不需要太多的睡眠。”她目光闪烁着靠近我说，“你以为我会眼睁睁看着有人谋杀鲨鱼？就算在我认识你之前，我也不会赞成这样的事情。走吧，我们去停车场。”

于是，我们起身，开始行动……在游客与海洋动物的照片无人认领的摊位上，我们碰到了那个还没离开的陌生男孩。他盯着几张有露西的照片，从夹子中取下一张，抚摸着，我看到他的手在颤抖。当他注意到我们的时候，转身问：“那只章鱼……在哪里？她在这里吗？”

“是的，当然，是露西，她住在这里。”我有些惊讶地回答他。

那个男孩盯着我问：“她一直都在这里吗？有个女生跟我说你们这里没有章鱼。”

我恍然大悟这个男孩是谁，还有他之前为什么要和波丽说话。“那丫头是新来的，还不太了解这里的情况。那个，你是不是……”

几分钟后，我就知道了，因为他看向主楼，远远地喊了一声：“露西，我是里昂！你在哪里？”

这不是一个很大声的呼唤，也许他从来没有真正了解过远程呼唤是怎么进行的，但因为我们站在餐厅附近，所以已经足够响亮了。我感觉到了露西的回应，我的脑海中充满了无声的欢呼。

“那边。”我只说了两个字，然后指给他方向。

老 友 重 逢

里昂在前面跑，我在后面追，莎丽当然也跟在后面——海豚的好奇心很重。鲨鱼也是。

伊兹、克里斯、诺克斯和诺艾米还在餐厅里聊天，诺艾米以一只黑豹的形态栖息在餐厅的小船边上，但里昂似乎太兴奋了，根本不怕她。我们兴奋地看着里昂朝那个罐子游去，那是露西最喜欢的藏身之处。露西立刻向他走来，伸出八条手臂。他刚坐进水里，她那轻盈柔软的身子就在他身边游动，紧紧地贴着他。他们毫不掩饰自己，他们的快乐像纯净的阳光一样从内心深处涌向我们。诺艾米像装了内置马达一样大声地喊叫着。

“你为什么不告诉我就跑了？我担心死了，你这个野丫头，”里昂骂道，“如果我没有得到匿名通知找到这里，我还会继续找你。”

他得到了一个更加坚实的拥抱。“我不想让你在学校里多分心，”露西害羞地说，“我想先学习，变得非常聪明，然后再回去。”

“哦，你想一鸣惊人吓到我吗？完全没有必要，我知道你有多聪明。卡里玛也知道，你还记得我的朋友吧？她向你问好。我们很快就会在一个叫德国的很远的地方见面，不错吧？”里昂拥抱了露西一会儿，然后抬头看了看我们。“这里到底是什么地方？你们这儿到底算学校还是游乐园。”

“这将是第一个有考试和课堂报告的游乐园。”诺克斯抱怨道。

“今天我们这里算是办了一次开放日活动。”莎丽说。

然后我们都犹豫了。我们可以随便泄露秘密吗？还是找老师征求下意见比较好？但经过一天的紧张工作，他们也已经疲惫不堪了，我曾无意中听到他们在楼上一起看电影。

“其实我们可以非常平静地告诉他，他毕竟也是林行者、风行者或者海行者。”克里斯说道。

“一个什么？”里昂问道，我们几个互相看了看。

“你能在脑海里和露西说话，你不觉得奇怪吗？”我开始问道，“我们这里的所有人都能做到……”

“……这是因为我们是变形人。”莎丽听起来非常自豪。

“这里不会是精神病院吧？”里昂的声音忽然变得很谨慎。

鹦鹉鱼诺克斯正在他身边游来游去，我对里昂说：“我自己有时也会这样想。这里有些人确实很疯狂。”

“你到底是指谁，白鹦鹉鱼吗？”诺艾米疑惑地问道，用爪子在水里捞来捞去，“不是我，对吧？”

“白鹦鹉鱼？告诉我，你上一次上水文学课是什么时候？”一个声音说。

里昂环顾四周，想弄清楚声音是从哪里传来的。他很轻松就站了起来，不过怀里还抱着一只巨大的太平洋章鱼。这个瘦弱的家伙显然比他看上去要强壮。

“哦，不好意思，”他说，“变形金刚出现在书本或好莱坞电影中，但不会……”

我和我的朋友们不约而同地变了形。几秒钟后，一只深褐色的海狮出现在餐厅的桌上，一只海豚伸出了灰色的鼻子，一条飞鱼飞快地甩动着尾巴，短距离地飞来飞去。因为比较累，所以我这条虎鲨只是绕着里昂和他的好朋友游了一小会儿。

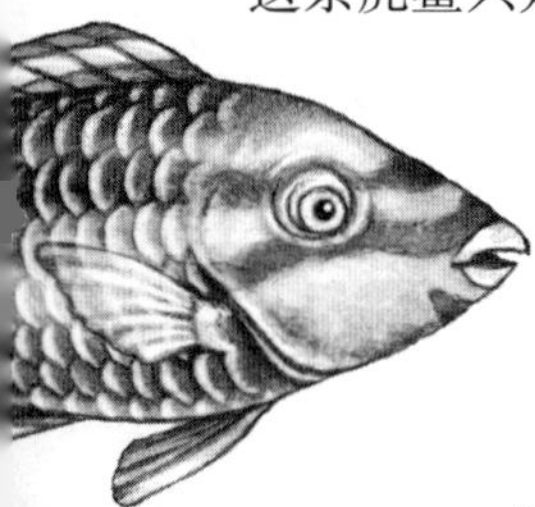

但我却在我的鼻子前面看到了一双被章鱼触手包裹着的人类小腿。这双腿为了离开我的牙齿所能触及的范围，以非常快的速度向后移动着。

“好了，现在信了吧？”伊兹在我们之间大喊着问道，她看起来非常好吃。我很庆幸自己的肚子里已经装了一个比萨。

“试着让自己变形，里昂——我想知道你是什么样的动物，”露西催促道，“一定是一个高大又英俊的……”

但对于她最好的朋友来说，这要求显然有些高了。

“那是……哦，伙计……我……”

我很清楚他的感受，毕竟就在不久前，我也经历过这种情况。

“我带他去客房，卡拉格那里还有一张空床位。”克里斯一边说着，一边招手让里昂跟上他。

“屋顶少了一块，但据说今晚不会下雨。露西，让他走吧，你们可以明天再聊。”

“不！”里昂大声说道，“如果是真的，我现在就想知道。”

莎丽、芬妮、克里斯和我互相看了看。

“那好吧，”芬妮同意了，“我去图书馆拿一本动物百科全书，很快，我在礁湖边等你，好吗？”

“我们最好还是找一位老师吧？”朱娜焦急地问。

“是啊，那就更好了。”卡拉格说，他和蒂卡妮一起加入了我们，“我们曾经尝试过在哥斯达黎加辅导第一次变形，那简直是一场灾难。”

“但是你辅导布里杰先生的儿子时，效果很好。”蒂卡妮解释说，布里杰先生是她的老师之一。

我不禁想起了火箭，于是解释道：“我们的老师现在对陌生的变形人想要做什么都有点……呃，谨慎。他们可能只会告诉里昂，等这里的事情不那么忙的时候再来。”

“杰克绝不会这么做的。”朱娜愤愤不平地抗议道，但芬妮、克里斯和我都已经在去礁湖的路上了。诺克斯也以最快的速度从水下隧道中游了出来。我听见他说：“不，你们不能下海，你们太小了——等以后再说吧，好吗？等你们长到和我的右胸鳍一样大的时候。”

“反正我不是什么海行者。”里昂喃喃自语，走到沙滩上，让露西滑入海中，她兴奋地在水中等待。她的触手卷起又伸开，四处摸索，不断地运动着。她让我想起一个人紧张地用手指在桌子上轮番敲击的样子。

“如果你也是这样的海行者，为什么不变形呢？”里昂问她，“如果能看到你的人形是什么样子，那就太令人激动了……”

突然，那些触手都停止了动作。“我不喜欢，”露西有点不情愿地来了一句，“只有两条胳膊，真是太少了。”

“拜托啦！我很好奇，”里昂还是没有松口，“我完全无法想象你作为一个女孩的样子。”

“不！”露西坚定地回道。

“没事的，你没必要这样做。”芬妮安慰她说。里昂还没来得及改变主意，她就来到了沙滩上，坐到他的身边，并把一本《海洋生物百科全书》推到他手里。“你是个专业的潜水员，在深海站工作，露西告诉过我。这说明你绝对不是陆地动物。你看看这个，如果你看到什么觉得心里痒痒的，就告诉我们。”

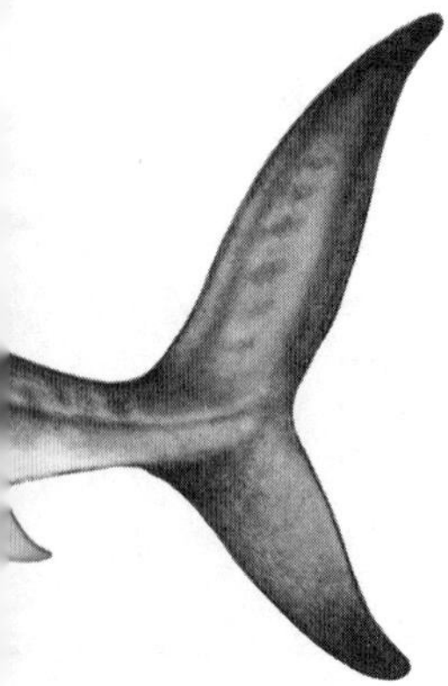

“因为这可能不是一只蚂蚁或一群蚂蚁造成的。”莎丽向他解释道，掸开了一只刚刚从她腿上爬过的蚂蚁。

里昂点了点头，有点犹豫地翻起了书。他翻到了关于章鱼和鱿鱼的那一页。

“有刺挠的感觉吗？”我急切地问。

“没有，对不起，只是好奇。”他说着继续往下翻。然后他愣住了，盯着一张插图。我和芬妮紧张地靠在一起，看着照片上一只头型奇特的灰色海洋哺乳动物。

“喙鲸，”我念道，“稀有而羞涩的动物，在深海中捕食乌贼。对它们的生活习惯几乎一无所知，但是……”

“快，把他弄到水里去！”诺克斯大声喊道，“我能感觉到一些东西……我觉得他要变形了！”

我和莎丽把惊讶的里昂从沙滩上拉起来，护送他下水，并试图帮他脱掉衣服。

“喂，你们在做什么？还能这样吗？”他抱怨道。

“你不想衣服被撕破吧，在我身上已经发生过千百次了。”莎丽拍着他的肩膀说。

“是不想，但我可以自己脱衣服。”他推开我们的手，把T恤衫从头上脱下来。正在这时，我看到他开始变形了。

几秒钟后，我们对喙鲸那几米长的灰色背影赞叹不已，他的尾部有一个小鳍。刚刚还是人类男孩模样的生物静静地躺在水里，用吹气孔呼吸着，而露西则爱怜地搂着他。“太好了，你是喙鲸，那你就不用为了跟我深潜而穿上潜水衣了。别不小心把我吃了，好吗？”

“难以置信，”里昂说，“这一切太不可思议了。露西，你得陪着我，不然我会疯的。”

“你会习惯的，我相信，”露西跟他保证道，“来吧，我们一起游泳，游起来，玩起来！”

“嗯，再见，伙计们，”里昂对我们说，“我一定要适应下这个身体，这样才能真正感觉到它是我的。不管怎么说……谢谢。”

“哦，不客气，”芬妮说，“我希望你能用意念与我们交流，和其他海行者一样。”

“等等，里昂！你这样的形态能潜到几千米深吧？”克里斯若有所思地看着礁湖中的里昂，“我有个想法，等一下，听我解释一下……”

有人在停车场按喇叭。我和莎丽冷不丁惊了一下，突然想起，一定是约翰尼来接我们了。因为我们想要对鲨鱼格斗那件事进行深入调查。

榛子眼睛和调查

当我们赶到停车场时，约翰尼正把肉桂口香糖塞进他的嘴里。我们拥抱了一下，他斗牛犬一样的大脸慢慢浮出微笑，他向莎丽打招呼："你能帮他真是太好了。"当我们坐进他那辆破旧的蓝色雪佛兰时，他抱怨说："好了，我们走吧。我们到底又要调查什么？"

"伊兹说她在一家叫马可的酒吧里听说了鲨鱼格斗的事……"我回答说，我脑海里还在对刚才目睹的一切惊叹不已。天啊，一头喙鲸。里昂是想和我们一起上学还是回加州呢？

"我知道那个地方，"约翰尼说，"我去过一次，也就待了一分钟。那地方令人恶心，柜台上挂着一条制成标本的石斑鱼。"

"哦，对不起。"莎丽已经听说了我的监护人是什么动物，"我喜欢石斑鱼。他们的脾气并不像看起来那么坏。"

"我知道。"我笑着对约翰尼说，他发出了一声嗤笑，"我们该怎么做，你们有什么想法？"

"我建议啊——你们坐在一些垂钓者附近，假装自己是傻乎乎的少年，偷听一下他们在说什么。我呢，试着去别的桌问问，看看有没有人知道关于赌注的事儿。别人看到我会以为我对这些感兴趣，对你们却不会这么认为。”

“傻乎乎的少年？我们该怎么做呢？”我做了一个无辜的表情。

“我相信你会想出办法的。”约翰尼笑着把车开出停车场，驶向通往加油站的路口，再往南上了1号公路。

莎丽入迷地盯着窗外的景色。

“你在看什么？”我问她，因为我看不出有什么特别的地方。棕榈树、鞋店、餐馆、潜水店。飓风造成的损失是显而易见的，许多商店仍然未能正常营业。

“哦，我喜欢飞驰而过的风景，”莎丽把手放到车窗上说道，“你不可能游得那么快，你知道的。”

“是啊，我知道。”我说，有那么一瞬间，我意识到我的世界里竟然有那么多有意思的东西——玻璃、汽车、电力、互联网和可口可乐，等等。

到了伊斯拉莫拉达后，我们按照商量好的分头行动。我给自己和莎丽买了柠檬水，而约翰尼则买了一杯无酒精啤酒。

没错，这家酒吧真的很恶心。旧渔网装饰着墙壁，石斑鱼不是唯一的标本。还有一条剑鱼，在它那长长的、尖尖的鼻子上，有人用飞镖叉着一张一元钱的纸币。

我们一边喝着柠檬水，一边听

着客人们的谈话，叽叽喳喳地聊着“开放日”的经历。可惜的是，隔壁桌的人只说了来的路上遇到了什么天气、钓了多少鱼、称了多少重量。谁会在乎这些东西？这就好比告诉别人，我到底去学校报到了多少次、说了什么、今天要做什么作业，完全是流水账。

“你想知道我今天报到了多少次吗？”我问莎丽。

“不想！”她马上回道。

我瞄见约翰尼正和调酒师悄悄地交谈。好主意！调酒师每天都能听到很多人聊天的内容。

约翰尼起身离开了，我们过了一分钟后才跟着他离开。

“有什么收获吗？”我急切地问。

“没有，他是新来的，他听说过，但不知道赌局是怎么运作的，也不知道在哪里开设。”

“无用的信息啊，我们去下一家酒吧？”

“好的。”

我们的下一站是一个小码头，有商店和咖啡馆。收银台摆满了零食和钓鱼用品，还有几张航海图和一个可以旋转的廉价书架。约翰尼和几个刚离开摩托艇上岸的人聊了起来。我和莎丽听到一群人在说买新鱼饵，其中一个人说一条大海鲢几乎把他的装备撕成了碎片。

另一个留胡子的胖子说：“好吧，你可能需要比这更好的东西。想象一下，一条鲨鱼上了你的钩，然后……”

“听见了吗？”莎丽问。

“什么？”我转向她，一下子忘记了那个钓鱼人说的事。

“我想我已经习惯了人类的样子。”

“你还觉得他们很丑吗？”我好奇地问。

“其实没有。自从上了陆地之后，我整天都能看到他们在我身边，所以他们有头发和手指之类的东西我已经习以为常了。开放日那天，我发现我开始关注人与人之间的差异了。”

我笑了：“比如？”

“哦，我已经忘记了游客们的模样，但我们学生也是如此，我们之间有明显的区别。比如你和诺亚，在你们的第一形态中，皮肤是深色的，而布璐和我的皮肤是浅色的。要是人也有不同颜色就好了，可以增加一点多样性。”莎丽认真得像个科研人员一样，她看着我的脸说：“你的眼睛也不一样，像海一样蓝，特别漂亮。”我受宠若惊，差点忘了怎么呼吸，她真的是在夸我吗？

“我的眼睛是榛子的颜色，一点都不适合我，”莎丽抱怨道，“我和坚果有什么关系？我 3 个月前才第一次看到坚果！”

我说：“颜色不重要。”我的话是发自内心的，“你的眼睛那么明亮、勇敢、自信。我……我可以盯着它们看一整天。另外，我喜欢榛子。”

哦，天啊，这几乎已经是爱的宣言了！我愣了愣，等着看她的反应。

她笑着说：“哈哈，我说了你的好话，不代表你也要赞美我啊！还是说人类之间就是这样交流的？”

这时约翰尼突然出现在我们身边，我不禁吓了一跳。“他们在谈论赌注，”他低声说道，“我离得太远，听不太清楚。但我相信你们一定都听到了，所以说说吧。”

“呃。”我和莎丽愧疚地看着约翰尼。

“你们应该装傻，而不是真傻！”他骂道。

我们差一点就能发现一些重要线索了，一些可以拯救鲨鱼生命的线索。我对自己非常恼火，以至于我想都没想就冲动地走到餐厅的收银台前，说：“喂，事情是这样的，我叔叔喜欢赌博，过几天就是他的生日了。你们知道这附近哪里可以参与赌局吗？”我从后口袋里掏出一张 10 元的钞票晃了晃。我以前从不这么大方，但我的那份奖金还剩下一些，是靠智取污染团伙得到的奖金。

收银员疑惑地看着我，又看了看约翰尼叔叔，然后凑近我低声说道：“去火烈鸟酒店试试，好像是星期四吧。玩得开心点。”

“谢谢。”我喊了一声，把钞票塞给他，招手示意其他人跟我走。我们走远之后，我说：“火烈鸟酒店！星期四！最好是真的。10 元钱，哦，天哪。”

“别担心，我的那份奖金还没花，我可以分你一些。”莎丽安慰我。

“火烈鸟酒店？离这里只有 4 公里。”约翰尼像河马一样优雅地趴在驾驶座上，“我们走吧。”

舷外挑战

即便我们是初次走近那家酒店，也能马上看出它的不对劲。它曾经一定是一栋非常华丽的建筑，但那是很久以前的事了。现在粉红色的墙面漆已经斑驳剥落，高高的玻璃窗脏兮兮的，还留有斑斑点点的海鸥粪便。棕色的棕榈叶铺满了杂草丛生的院子，只有几棵树在飓风中幸存了下来。

“好像关门有一段时间了。”约翰尼叔叔眯着眼睛观察着四周。

困惑之余，我们在楼的周围边走边看，却没有发现任何生命迹象。酒店的沙滩上到处都是海草和垃圾。海里掀起小小的波浪，一些海鸥就安坐在海面上，任由自己随着海浪起起伏伏。奇怪的是，它们栖息的位置很特殊，像是能拼成一个图案。我直勾勾地盯着它们，有点想不通。

“我们周四再来……带点援兵。”约翰尼叔叔阴沉着脸说。他似乎并不觉得那些鸟有什么奇怪的地方，所以我就没吭声。“如果真有这样的事情，我们应该阻止这些家伙。”

“没错！”我大叫一声，希望整件事不会像我们和污染河流的那帮家伙的战斗一样，变得很激烈。

第二天，我意外地被贾斯帕叫醒了。他想快点知道我和莎丽发现了什么，于是我就把一切都告诉了他。“可恶！”贾斯帕激动地说道，“你觉得他们也办犰狳格斗赛吗？”

我向他保证这种可能性相当小，他才放下心来。

我拖着疲惫的身躯去吃早餐，由于新来的蟒蛇和鳄鱼同学，吃早餐也变成一件很累的事了。里昂也在那里，当他背着双肩包走到我们的船桌时，我就知道他要走了。“我今天回去，”他对我们说，“我知道露西没事了。”

“你会时不时地变形吗？”我问道，“这对你来说会不会太可怕了？”

这位高大的黑发男孩歪嘴笑着说：“当然，我觉得很诡异。但这也是难得的机会。加州附近的海洋非常非常深，所以我可以慢慢练。”

“不要让任何人看到——你必须对自己的身份保密。”莎丽向他传达了这个原则，里昂也答应了。

当里昂弯下腰去看水族箱时，露西的两只触手伸了出来，缠住了他的手腕。“我会很想你的。”我听到我们的章鱼伤心地说。

“我会经常来看你的。”他向她保证，然后挥手告别。我看着他，不禁问我自己，这小子以前经历了什么。他看起来那么成熟，就像他经历过很多他不想经历的事情一样。

来自克利尔沃特高中的客人还可以住上整整一个星期，但他们必须在这段时间里和我们一起上课。幸好蒂卡妮和霍莉似乎并不介意她们的新教室一半淹在水里。卡拉格坐在椅子上，这样他就不用蹲在水里了。这没关系，加西亚先生对此毫不在意。

教室的一角坐着我们新来的同学——伊兹。现在她穿着自己的一件宽松的彩色衣服，因为她已经想起来自己的行李忘在了哪家酒店。

“那么，你有没有查清楚鲨鱼格斗的事？”她小声对我说。

“这事儿是真的——挺可怕的，”我低声回道，“我们尽快去……”

卡拉格的耳朵很灵。“什么真的？”他也想知道，我当机立断，决定都告诉他，“我们听说有人在开设赌局……”突然，我沉默了，因为这时托克、贝瑞和艾拉从我身边走过。我给了卡拉格一个“我待会儿再解释”的眼神，然后坐了下来。

数学课后，我们上一门叫“做你的动物”的课，轮到新来的飞鱼同学被提问。怀特小姐问她：“你对你所属的动物种类有了解吗？还是说，你是作为人类长大的？”

“您说对了。”伊兹说，她把玩着五颜六色的丝带，在头发上打了个结，“我以前和我父亲住在一起，他是个整形外科医生……”

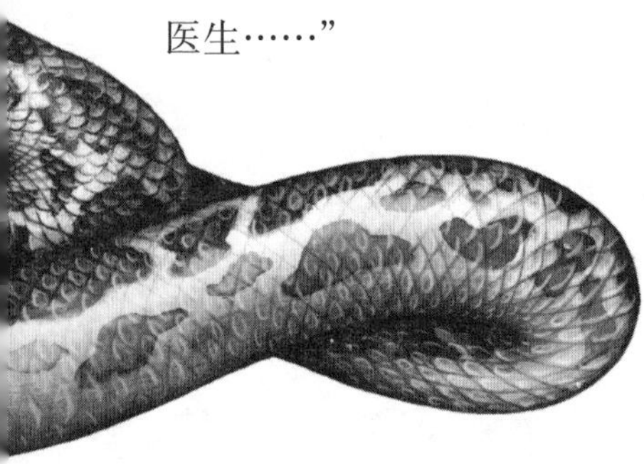

艾拉和她的朋友都认为这非常有趣。“要不你跟我们说说隆胸的事吧。”艾拉面无表情地说道。

“怎么，你需要吗？”伊兹天真地问道，换来的是全班同学的阵阵哄笑。但我看得出，她被父亲的职业弄得很尴尬，很后悔提起这件事。等大家安静下来后，伊兹继续说道：“我一直在网上查看飞鱼的资料……做了很多笔记……等等……”她在包里翻了翻，什么也没找到，接着她又翻了一会儿。我开始在笔记本上画起小海豚；诺亚写了一张纸条给霍莉，上面画着小爱心，还写了一些有趣的话，霍莉看了立刻傻笑起来；艾拉坐在长椅上玩着手机。

“没关系，我们就不拿你的笔记来讨论动物种类了。”怀特小姐叹了口气说。我们了解到，飞鱼通过飞翔来躲避捕食者，接着在空中重新恢复动力，这样可以持续飞 400 米。

“真是可怜——是不是，达芙妮？”艾拉问我们的红嘴鸥。虽然她是艾拉的朋友，但她并不觉得有必要回答。

“为什么艾拉心情这么差？”我低声问旁边的芬妮。

“我听说她妈妈打电话给她……抱怨我们在开放日没有赚够钱。”芬妮低声回道，“艾拉抗议说，我们很努力，所有的客人都很开心，但雷诺克斯夫人说，学生们下次还要更加卖力才行。”

我们都摇了摇头，真是令人无语。

飓风的影响还在我们的课程表上盘旋。我们没有上历史课，而上了人类学课，还在网上订购了些东西，因为克利尔沃特先生必须网购一些当地没法买到的零件。哈，终于到我的主场了。就在前几天，我用奖金买了一些非常好的画纸，也是在网上订购的，因为我们这一带没有卖这些产品的商店。

我得向大家说明网购是如何操作的，你可以选择支付的方式，以及自由地评价卖家。

“很好，蒂亚戈。”克利尔沃特先生说，并给了我一个 1

分[①]。不管是不是友情加分，我终究得到了不错的成绩。毕竟为了得到奖学金我必须设法保持二等平均分。可是，这个高分被变形课上的低分抵消了一些。我们被要求保持第二形态的稳定，我即使看了人形的照片，也没能完成变形。我变成了一种超尴尬的生物——有着两条人类手臂和两只耳朵的鲨鱼，请问为什么是耳朵？于是，我偷偷溜进了礁湖后面。幸运的是，加西亚先生正忙着处理诺克斯和莎丽，没空管我。我便能够在那里等到海螺号的声音响起，宣告我们一天的学习结束了。

“我真的不敢相信。”出现了一个我熟悉的声音。那是爱德华·阿尔布莱特，也就是火箭，未来的航天工程师。他不知道什么时候来的，正嚼着一根冰棒，挑着眉毛站在那儿，盯着水面。

“你不必怀疑，我确实有这样的时候。”我尴尬地变回了人形，走在沙滩上，抓了几件散落在地上的衣服穿了起来，那可能是拉尔夫的，也可能是二年级的马里斯的。

“你能再次光临真是太好了，你还好吗？”

“我姐姐的新视频已经有 700 多的点击量了，她现在已经激动得快疯了，除此之外一切都很好。”

“她们又来要巧克力了吗？”我想起我们特制的巧克力就想笑。火箭点了点头，也笑了起来：“我想去找你们的克利尔沃特先生，问问能不能在你们学校接受变形辅导。”

我突然有了一个主意。“要不先找另一个人吧。”我说，然后把他带到学校的劳作间。正如我猜测的那样，加西亚先生经常

---

① 相当于 A，是一个很优秀的成绩。

在业余时间捣鼓一些东西，这会儿他正在劳作间里再次尝试组装“威力鱼”的舷外发动机，但似乎没有什么进展。火箭好奇地看着眼前的一切。“好了，你已经把火花塞装好了。”他说，抬手把啃过的冰棒棍子甩向垃圾桶，可惜没进。

加西亚先生直起身子，放下一罐喷油剂，把目光投向我的朋友。“我听说你对机械工程有所了解，爱德华……你是叫这个名字吧？你想在我们这儿学习，但又不想换学校？我们这里几乎都是海行者，可你的第二形态是陆地动物？”

“我试了 5 次变形。”火箭礼貌地回答，我看到他不自觉地站直了身子。

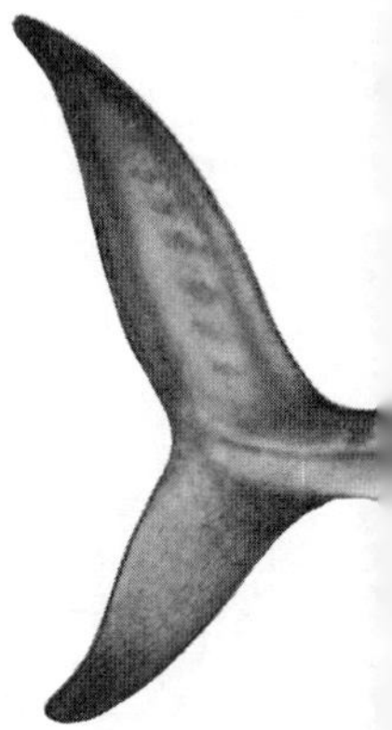

“我跟你做个交易吧。”法林 · 加西亚擦了擦眉心的汗水，拿着水壶喝了一口，“如果你能把这个东西组装起来，我就提供给你有用的建议和辅导。”

“成交。”火箭说，他和我们的变形老师握了握手，表示达成交易。

“好了，玩得开心点，我要收工了。”加西亚先生说，把我们俩单独留下了。

我充满期待地看着火箭……发现他看起来很焦虑。事实上，他出汗似乎也不是天气的原因。“哦，太好了，”他喃喃自语，“我为什么要这么做？我对舷外发动机一窍不通，像我这样的人是不会被允许进入高级码头的。”

“这样啊，”我懒洋洋地说，“那现在怎么办？”

“你有平板电脑吗？”火箭问道。于是我跑去拿学校的平板电脑，并求米萨奇小姐帮我开通上网权限，开通权限可以用一整天。我们把自己关在劳作间里，从网上调出图纸，看油管上的教程，直到眼冒金星。吃过晚饭稍作休息后，我们又开始工作了。现在火箭敢于试着用各种螺丝刀了，而我则陶醉地看着他那双修长的手精确而熟练地操作。

终于有人敲门了。我们满眼疲惫地抬起头来，看到火箭的奶奶萨莉站在门口，她曾是一名战斗机飞行员。她给了我一个微笑，然后问："回家一趟怎么样，爱德——华？"

"奶奶，不要这样对我！"火箭的声音听起来有些吱吱作响，疲惫不堪，"这该死的东西刚有了点进展，如果我现在放下……"

他的奶奶，也就是我的房东，盯着工作台上那一堆油腻腻的零件说："好吧，我知道了。有什么我可以帮忙的吗？"

"有啊，你可以给学校打电话，告诉他们我生病了。明天再来接我。"

"不过，我们别老做这种事，好吗？"她在火箭脸颊上亲了一下，建议他说，"记得检查一下混合剂，再把空气过滤器彻底擦干！"

然后，这位金牌奶奶就离开了。我在一旁羡慕得不行。

到了半夜，眼看着火箭就要成功了，虽然还有很多零件摆在那里，但他的工作速度越来越快。我给他买了一杯又一杯的可乐——咖啡因能给他提神！我还不停地给他放歌，因为配着音乐工作才不枯燥。幸运的是，没有人抱怨"日出大道"[①]和"雪地巡

---

① 芬兰摇滚乐队，成立于 2002 年。

游者”[1] 发出的噪声。真是一个伟大的学校！

最后，我们将发动机盖合上，看到眼前完全组装好的外舷，我们自己都惊呆了。

“好厉害！”我真诚地说了一句。

“可不是嘛！”火箭也很赞同。

芬妮从门外探出头来。“哇哦，你们完成了！”她绕着发动机走了一圈，欣赏了很久，然后从操作台上捡起了什么东西，皱着眉头举着它。“可是，这颗螺丝钉为什么在这儿，它该安到哪儿？”

我和火箭惊恐地看着这个金属小东西，都累得无法再思考。

芬妮笑了出来，说：“我开个玩笑而已，这是我带来的。”

“吓死我了！”我抗议道。火箭摇摇晃晃地走到门口，问道：“我可以在哪里睡觉？”

“最好的地方是我们的宿舍，我相信贾斯帕又以犰狳形态睡到床下面去了。”事实一向如此。

第二天早上，我们起得特别早，连贾斯帕也起来了，我们敲开了加西亚先生在主楼一楼的宿舍。他还没睡醒，但还是给我们开了门。

“准备好测试外舷了吗？”眼窝深陷、面色苍白的火箭问他。

“当然可以！”加西亚先生说。

---

① 苏格兰摇滚乐队，成立于 1994 年。

拉尔夫和内斯特帮我们把这东西搬到船屋，然后加西亚先生把它安到了“威力鱼”上。我带着激动又焦急的心情看着他们。几分钟后，发动机轰鸣起来，螺旋桨搅动着水面。

“恭喜你！”法林·加西亚对火箭说道。

“也欢迎你成为蓝礁中学的走读生！”

“走毒生？这是啥？”贾斯帕问。

“我看出来了，你们这里也会发明很酷的说法。”火箭笑着拍了拍犰狳朋友的肩膀说道。

然后，我们都去吃早餐，今早有一大堆蟹肉炒蛋呢。

叉鱼标枪

隔天是星期二，我们正常上课，仿佛校园里从来没有出现过那些既欣赏我们又让我们抓狂的爬行动物。要是变形练习场没有损坏得那么严重，这一天可能就跟往常完全一样了。但它不是，至少对我来说不是。地下格斗这件事一直在我的脑海里盘旋。

上完最后一节课后，我决定不等到星期四了——我忍不了那么久，现在必须做点什么。要是去那家破酒店探探路，看看那里有没有什么变化，可能也无妨。莎丽坐在图书馆里，一边哼哼着，一边满头大汗地和布璐、雷奥诺娜一起学习，准备参加即将来临的人类学考试。我向贾斯帕告别：“再见——我要去探险了。你知道的，关于鲨鱼格斗的事情。”

“你不带我去吗？”我最好的朋友哀求道。

“我本来想变形为鲨鱼游过去的，”我不知所措地说道……接着我有了一个主意，“等一下，我马上回来。”

我去了餐厅。约书亚曾经在一次车库拍卖会上发现了一个木制划艇模型，上面的涂鸦很可爱。从那时起，它就成了自助餐的桌子，每天早上都被用来盛放美味的蛋糕和面包。但此刻它是空的。

“约书亚，能不能把迷你船借给我？”我对着厨房叫道。

回答来自另一个方向。“好吧，不过今晚之前要还回来，蒂亚戈。”伴随着声音响起，一只触手从自助餐盘下面摸索了出来。

“我会的。”我保证道，带着小船跑到了礁湖边。这艘船虽然只是一个装饰品，但它却能浮起来。变成狁猗的贾斯帕爬进去闻了闻。“闻起来像面包，”他心里想，“但除此之外真的很不舒服。”

“你可以重新捯饬一下。”朱娜说，然后她去宿舍拿来了一个旧的花枕套。贾斯帕把它塞进船里，说道：“现在好了。”他把小爪子放在船头，问：“我们什么时候出发？”

“女士们、先生们，这艘船还有一分钟就要出发了。”我宣布，在船头打个拉绳结，把船桨固定好，以免它偏离方向，然后在浅滩上改变航向。接着，我把绳索咬在嘴里……哎呀，被我不小心咬坏了。

朱娜笑了笑。“要注意变成鲨鱼的风险和副作用，”她说，“等一下，我看看能不能找到替代的绳子。”她拿着一根带金属芯的塑料线回来了。这招果然奏效，一瞬间，贾斯帕看起来就像驾驶着一艘棕色铁皮的小型捕鲸船，正追赶着一只拼命游走的猎物。希望没有人看到我们这个样子，否则他可能会问，这只狁猗是在哪里拿到船只驾驶执照的？

我向火烈鸟酒店进发，现在距离那里还很远。航线很简单，我只要沿着海岸线游，直到找到那幢破房子就行。

但当我发现它时，我简直不敢相信自己的眼睛。酒店还是和我记忆中的一样残破颓败，但岸边的变化却很多。酒店自家的码头上停着几艘看起来很贵的船，还有一艘很大的游艇停在更远的地方，船头上用黑体字写着“战马”。我游到水面上，想看见更多的东西。

哇，甲板上人头攒动——我看到了露肩的裙子、昂贵的手提包和高跟鞋，男人们穿着西服，服务员在来回走动，提供开胃小菜或者用高脚杯盛的饮料。一个穿着黑色西装的男人拿着平板电脑走来走去，向客人问话，并做了记录。

“那里是怎么回事？”贾斯帕不解地问道。

这不可能是巧合，这里远离街道，不会被好奇的人窥视，却这么热闹。“酒吧里的人说得不对，”我轻声说，“是今天，周二，不是周四！也有可能周四是向普通人开放，今天是面向有钱人……”

顿时我感觉肾上腺素飙升，我把贾斯帕和模型船留在不远处，独自游去查看。我发现“战马号”并不是一艘普通的船，而是一艘玻璃底的船，原本是木板的船底已经被厚厚的圆形玻璃代替。人们在里面可以随心所欲地观看水下发生的事情，还不用担心被溅湿。那里不久就会有很多好戏上演。就在这时，船尾的一个平台上，一名身穿黑色潜水服、戴着特殊呼吸器的潜水员正准备下水。这家伙的小腿上绑着两把叉鱼的标枪和一把刀。一个金色长发的女人也穿上了装备，她的潜水服上带有鲜艳的图案。她是第二个格斗士吗？

我默默地巡视着，寻找着其他格斗参赛者。

人能蠢到什么地步？我才发现上次看到的那些奇怪的海鸥是塑料的，实际上是用来标记网角的浮标。就在这时，两名水手将网在水面上展开，形成了一面高耸的屏障，使得被囚禁的鱼没有机会逃出去。

“喂，快看，还有一条！”船上有人喊道，我急忙向深处潜去。我居然被发现了，该死，为什么不小心一点？但我现在不能游走，因为我刚刚找到了线索。

两道灰影在海湾的水面上移动。我立刻看到了其中一条身上的横条纹——那是一条虎鲨，和我一样，只是体形更大。阳光像明亮的长矛一样穿透水面，发光的图案在那条虎鲨的背上舞动着。

第二条小一点，像个尖鼻子的灰色鱼雷，动作充满了力量，它是一条牛鲨。牛鲨并不是一种无害的鱼，它也有一些攻击人类的事例。这种情况往往发生在河流中，牛鲨在捕猎时会游进河里，因为它们在海水和淡水中都能生存。我气喘吁吁地游近大网，想近距离观察这两条鲨鱼……当那条虎鲨突然转身向我游来时，我退缩了，他宽大的头离我不过两米远。“我不知道你是谁，但请你帮帮我！”一个声音在我脑海中响起，“这些该死的人……如果你离开，我半个小时内就会死掉。”

他已经察觉到我的身份了。“你……是海行者吗？”我问。

这是条思维敏捷的鲨鱼，他回答：“是的，我太笨，所以被抓到了。你能帮我吗？我已经尝试过咬破这渔网，但每次都差点被网缠住。你有刀吗？”

我感到非常无奈。“我没有刀，你不能变成人形吗？我希望他们不会伤害人类……”

“我一直都不是很擅长，已经好几年没变过了。”这位海行者坦言。

“我会陪着你的。”我答应他，我的脑海里飞快地回忆那天加西亚先生如何指导诺艾米完成她的变形，还有我们如何指导露西的好朋友里昂。“也许我们可以一起试试，或者……该死！我想格斗已经开始了。”

他们先是把牛鲨弄了过去，它被一根金属杆子从第二个网笼的开口处撵了出去。我不由自主地游得更快了，感觉自己的动作幅度很大，渐渐疯狂起来。我已经能看到那个潜水员了，他离我这么近，我都能嗅到他的潜水服散发出来的橡胶味。当牛鲨紧张地快速甩动着尾鳍靠近他时，他似乎并没有被惊动。

“可怜的动物，”虎鲨变形人说，“它就要被杀了。而我无意中听到他们在船上下注，赌谁赢。”

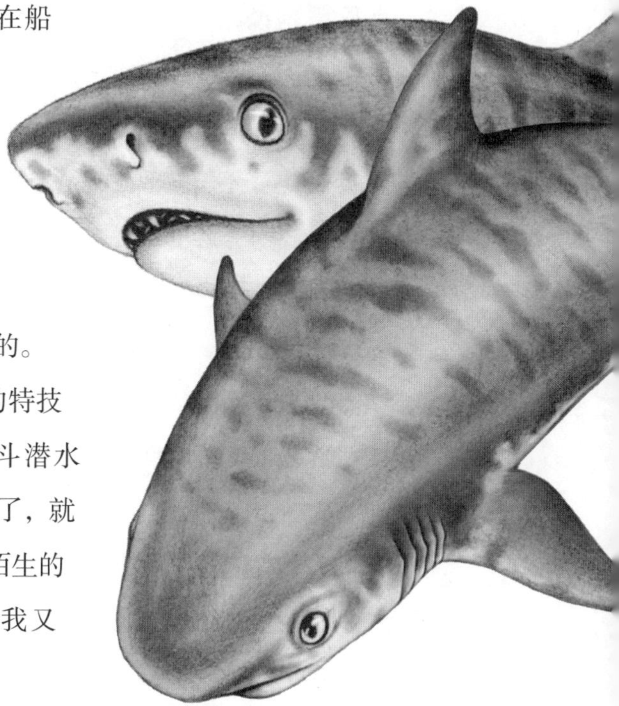

“真是变态！”我说。赌注可能就记录在那个平板电脑上。“鲨鱼赢过吗？”

“据我所知，是的。这些对手可能是失业的特技演员，或是曾经的战斗潜水员——如果他们活下来了，就会去医院领取奖金，”陌生的海行者说，“真是蠢，我又没兴趣咬人！”

“你对人世间的事情很

了解。”我说，紧张地看着网笼里发生的事情。潜水员向那只动物投射标枪，它设法躲开了。牛鲨似乎被激怒了，它转向潜水员，反击他。潜水员一边向后游，一边重新补充武器，牛鲨摆动着尾鳍，和他保持着距离。

“几年来我都以人类的身份在迈阿密生活，但没什么意思，”虎鲨变形人说，“我和我的寄养家庭之间有点矛盾，学校也让人受不了。在海里就好办多了，没人为难我。嗯，我是说通常情况下。”

我心中产生了一些很离谱的猜测。“你叫什么名字？顺便说一下，我叫蒂亚戈。”

“史蒂夫，”他说，“作为一个人，我现在应该 17 岁了。”

“史蒂夫！”这个名字猛然击中了我的心脏。天哪，他是我哥哥吗？

没有时间跟他解释什么，我必须带他离开这里。

幸好前几天我们练习了变形中的远程呼唤，我喊了一声“贾斯帕”，并试着把这一切的画面发送到我朋友的脑海里，这比向他长篇大论地描述要快。“你能来这里吗？你要想办法搞来一把尖刀！或者找外援！”

“嗯，蒂亚戈，我现在是一只坐在模型船上的犰狳。”贾斯帕怯生生地说道。

哦，天啊！为什么我没有带芬妮、谢尔比或克里斯，任何一个在紧急情况下能发挥作用的同学？我想以最快的速度游回蓝礁中学……但太远了，时间不够。

“你得变形，史蒂夫，”我催促他说，“你还记得你的人形是什么样子吧？现在想象一下，直到你心里有刺挠的感觉，好吗？”

“我试试吧，”他的思维流听起来很勉强，“周围的环境太分散我的注意力了。”

确实。当我还在想办法的时候，潜水员已经投射了第二支标枪，标枪是由压缩空气驱动的。标枪头刺穿了牛鲨的侧鳍，周围的水面上蔓延出大片的红色。牛鲨退缩了，逃到网笼的远处一角，但这对它没有任何好处……标枪上连着一条线，潜水员现在正拉着线。鲨鱼扭动着，试图游走，但徒劳无功——它被卡住了。

当我们游到玻璃底船附近的时候，我透过水面可以听到里面的人兴奋的聊天声，最后一刻还有人在那个穿黑西装的人那儿下注。我可以从他们的嘴里读出“啊啊”和“哦哦”的话语。衣冠楚楚的女士们和先生们简直是贴在玻璃上看的，他们手里还拿着香槟酒杯。我能理解史蒂夫的不情愿，但我现在只想咬下他们手里的东西，然后用我的尾鳍像铁砂掌一样拍到他们脸上去！

就在下一刻，发生了两件事。首先我在这些人中窥见了一张熟悉的面孔，一张非常熟悉的面孔。

莉迪亚·雷诺克斯！这时，一个身材魁梧、脸色坚毅的男人搂着她的腰，在她的脸颊上亲了一下，她笑着接受了，然后向他敬酒。接着，那男人向穿黑西装的人招了招手。穿黑西装的人过来给他看平板电脑上的内容，并给几个手下做了指示。

第二件事是，一张几乎透明的网，两边加了砝码，从上面重重地落在了我身上。我吓了一跳，正想逃跑，却被缠住了。我开始挣扎，感觉到粗壮的塑料绳在切割我的皮肤。可惜的是，我不能像在飓风中咬掉船上的麻绳那样轻易地咬断它们。

“蒂亚戈！”史蒂夫想帮我，在这个过程中他没有咬到我，真是个奇迹。可惜没有用，不久后我就感觉到自己被向上拉起，空气接触到了我的皮肤。怒火中烧的我用力扭动着身子，对着抓我的人发怒。那一刻，我的人性已经远去，我只是一头困兽，疯狂地挣扎，陷入深深的绝望中。

咣当一声，痛得我浑身一震。有人打了我的头，可能用的是棍子。

“怎么了，发生了什么事？”贾斯帕喊道，但我已经无法回答。

错误的时间，错误的地点

当我再次能看清一些东西时，我正从史蒂夫旁边漂过网笼。我头晕得厉害，连脑子都不太灵光。但我还知道我在哪里，发生了什么。

“你没事吧？”那个海行者问道，他很可能是我的哥哥。

“为什么我要游得这么近让他们看到我啊！”我懊悔不已，觉得自己非常愚蠢。

“我不知道。现在他们以为得到了半价的虎鲨，”史蒂夫苦笑着说，“两条鲨鱼，买一赠一。”

在网笼里，受伤的牛鲨正准备向潜水员发起攻击。但潜水员却不为所动，将标枪的把手砸在牛鲨的鼻子上。牛鲨被吓了一跳，立刻转身游向网边。它显然无心恋战，可能周围的一切都令它痛苦，它只想离开。

“我们只需要变……变形，”我朝史蒂夫口齿不清地喊着，意识到我的呼吸正在消失，“然后我们就可以逃跑，不会有任何事情发生。”

他那双乌黑的圆眼睛流露出的眼神让我清楚地意识到，他觉得我非常天真。“可能有人透过这个愚蠢的玻璃底在观赏我们。”

史蒂夫推着我移动，让水流过我的鳃部，这样我就可以呼吸了。

我保持沉默。选择活下去还是保守林行者和海行者的秘密，哪个更重要？我真的愿意为保守这个秘密而死吗？前几天有人跟我说过，这个秘密已经被一个狮子变形人泄露了，甚至还上了电视。只不过大家都认为这是一个骗局，或者是一个特效。如果我和史蒂夫在大海里变形，有那么多有影响力的人在看着，那就很难解释了。

“蒂亚戈？我跳下了船，现在正以犰狳的形态往船那边游。”贾斯帕传递给我一句话。

“什么？为什么？”我的脑海里还盘旋着一团迷雾，就像阿德丽娜的卫星图像。反正我在这种状态下也无法变形。

“你不明白吗？我是想帮你！”我的朋友听起来有点受伤，“趁他们不注意的时候，我就爬上船，拿刀子什么的把你放了。”幸好贾斯帕还记得说悄悄话，否则莉迪亚·雷诺克斯可能会听到。

我低声向史蒂夫转述了我所了解到的情况。他听了很兴奋，游得更快了。“可行。”他也低声说着，贾斯帕也听见了，“船上一定有我们能用的刀子。但你得分散船上人的注意力，小子。”

“我会尽力的。”贾斯帕喘着气说。我的脑海里又闪过笑着喝香槟的莉迪亚·雷诺克斯的形象。她也是变形人，之前是不是听到了我和史蒂夫的对话了？毕竟，我们没有屏蔽其他人，也没有说悄悄话！她应该会立马介入，叫停格斗，告诉大家那两条虎鲨不能出事。她是个女强人，有钱有地位，这些人都会听她的！

但什么也没发生。接下来，我看到的不是水手为我们打开网笼，向我们道歉，而是一只犰狳在水中徘徊不前，嘴里还拖着什么东西——啊，枕套。

我没有抱太大的希望，看着贾斯帕爬上了“战马号”的船尾潜水平台，抖了一下耳朵里的水，然后环顾四周。幸运的是，船上所有的客人都饶有兴致地关注着这场比赛，而船员们则忙着照顾贵客们的饮食。

贾斯帕变形了，幸好一次就成功了。他光着身子弯下腰，把枕套撕开了好几处，做了一条临时的裤子穿在身上。然后，他短暂地转头看了看我和史蒂夫，现在的他是一个身材修长的男孩，有着蓬松的棕色头发，眯着眼睛，脸上带着羞涩的微笑。那花枕头套穿在他身上还怪好看的。

“祝你好运。”我低声对他说，贾斯帕光着脚悄悄地爬过“战马号”的甲板。希望他能成功——现在看起来，贾斯帕是我们唯一的希望了。

我焦虑地回过头来，察看牛鲨的情况。它已经败下阵来，血流不止，越来越虚弱。它被赶回了网笼，而舷窗前的潜水员则胜利地举起标枪，他丝毫没有受伤，假模假样地在水底鞠了个躬。他得到了很多掌声，我简直无法忍受这个家伙。

我忽然意识到，我们在飓风中看到的那条受伤的牛鲨很可能就是这么来的。那家伙肯定也经历过类似的事情！

“这只是前奏，”史蒂夫说，“第一轮是热身赛。我们就要成为主角了。然后我们也会格斗，直到其中一个死掉。”

此时，一些动物观众已经到了，它们被血腥味吸引了过来。

我看到几条礁鲨和牛鲨在玻璃底船周围盘旋。受伤的动物还算幸运，它在网笼里，所以新来的选手不能给它带来任何麻烦。

到时间了。工作人员用长长的、带钩的金属棒，把史蒂夫撵到了另一个正在进行格斗的笼子里。“留在这里！”我大喊，但他没能做到。

不管有没有标枪，两条虎鲨绝对能把这个潜水员干掉。但当我想溜过去的时候，水手们把网拉到了我的脸上。

“太糟糕了，”史蒂夫呻吟着，“你必须活着，听到了吗？你得告诉所有人，尤其是警察，如果你不这样做，这些格斗就永远也不会停止。”难道我刚找到我哥哥，就要失去他了吗？不，不，不！绝望之下，我发出了一声远程呼唤，用尽了所有的力气。“雷诺克斯夫人，请你帮帮我和我的哥哥！让我们离开这里，拜托了！如果我们死在这里，这就是一场谋杀，您也放任不管吗？”

透过厚厚的玻璃窗，我清楚地看到她还在与她的同伴笑着聊天。难道是这些窗阻隔了意念传递？还是她喝多了？加西亚先生曾说过，酒对变形人的影响比人类还要大。它会阻碍意念交流，即便是在这方面有很强能力的变形人。

不过我旁边的这位海行者显然是个读心术高手。

“你刚才在想什么？”史蒂夫盯着我游了过来，“我听得很清楚，你把我当成了你的哥哥！”

“是的，你可能是。”我说，但我没有时间向他解释我是怎么发现的。“小心后面！”我吼道。

轻盈的战斗潜水员正向史蒂夫游去，标枪已经准备好了。他戴着全脸面罩，可能还和船上有无线电联系。他专注地看着史蒂夫，关注着他的一举一动。这家伙离我很近，我甚至可以透过面罩的玻璃看到他的蓝眼睛，他的眼神里没有一丝怜悯。

“别动他，你这个卑鄙小人！”我冲着他大喊，当然他根本听不到，也许只是在想下一步的动作，甚至还有奖金。总之，他没有丝毫犹豫。

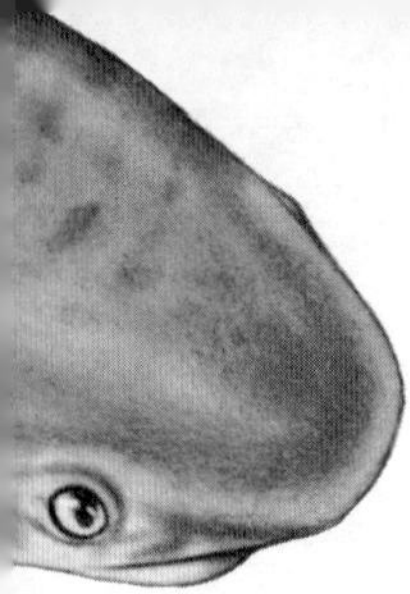

如果你和鲨鱼一起游泳

潜水员发起攻击了……但史蒂夫的第二形态是一头近 5 米长的成年虎鲨，是一个不容小觑的对手。

史蒂夫转过身来，用鼻子狠狠地在那人的侧身戳了一下，使得那人手里的标枪滑落了。

“干得好，”我阴沉着脸说，“我倒要瞧瞧他在没有武器的情况下有什么能耐。”

有人跳入了泛着银色泡沫漩涡的水中，就是那个穿着鲜艳图案潜水衣的女人。和那个男人一样，她也戴着一个不冒气泡的小潜水器。她的金色长发漂在水面上，让我想起了莎丽，她在那么远的地方，不知道我遇到了麻烦。这名女潜水员也有武器，但只是一根削尖了头的棍子，显然她的工作就是在她的同伴需要的时候提供帮助。

史蒂夫没有给她在水下找准方向的时间，就用尾鳍结结实实地扫了她一下。

这挫败了她夺回标枪的打算，她摇摇晃晃地游到一边去了。

不幸的是，那名格斗士在这期间恢复了过来，拔出了他的刀，这是一把带有锯齿的大刀，潜水员用它来割断渔线。“战马号”上的观众们一边目瞪口呆地看着，一边吃着小点心进行新一轮的下注。近身肉搏——惊险又刺激！

史蒂夫全速追赶潜水员和他的助手。“说实话，我被惹毛了，你们为什么要搞这种破事。”他大喊大叫，当然他没有得到任何回答。

我对他喊道：“你看到那把刀了吗？小心点！”

看那人的架势，显然是要把刀插进我哥哥的鳃里。

可惜，我哥哥显然不是那种小心翼翼的人，他丝毫没有改变方向。不过还好，他很聪明，他从对手身下潜了下去，而不是等到最后一刻才转身，不然对手可能就已经伤到他敏感的鳃部了。在这个过程中，他先是咬住了潜水员，然后又咬住了他穿的塑料脚蹼。“啊呸，真难吃。”他抱怨道，可我却不禁欢呼起来。随着半截脚蹼被咬掉，对手只能像个普通人类一样笨拙地在水中扑腾。

之后，史蒂夫游了上去，用背鳍在潜水员两腿之间给了他重重一击。嗷！如果我现在是人形，一定会用怜悯的眼神看着他。

不过两个对手并没有放弃，虽然他们损失惨重，但他们两个人可以互相协助，监视对方背后的动静。一秒钟后，那女人扑向标枪……这一次，她抓住了。

“该死！”史蒂夫立刻意识到自己面临的危险，飞快地游到网笼的最远处。尽量不给他们任何反击的机会，免得遭受和牛鲨一样的命运。但他能活动的空间实在小得可怜。

莉迪亚·雷诺克斯用一种冷漠的、略带笑意的眼神看着我们。有一点很明确，那就是她真的很享受。我不确定她是否认出了我，或许吧。也许她以为我没有注意到，她是人群中唯一一个看着我的人，而不是关注正在为生命而战的史蒂夫。我早就知道，她视我为草芥莽夫。她对我说过，在她眼里，作为鲨鱼的我只是低等生物……也许她鄙视所有非爬行类动物。

“贾斯帕！”我没抱什么希望地呼喊道。

“快到了，马上。”

我惊讶地听到“战马号”上传来“哐当”一下撞击声，可能是船舷传导的声音。莉迪亚·雷诺克斯的同伴皱了皱眉头走开了，消失在我的视线里。他可能爬上了甲板的高处，去检查那里的情况，他错过了格斗的高潮部分。

“我在厨房里扔了些东西，分散他们的注意力，我还拿了一把刀。”贾斯帕自豪地汇报说，“现在我要跑回甲板上，行吗？”

“贾斯帕，你……”我刚准备说下去，却突然听到了贾斯帕的声音。“看招，狗屎人！”然后有人就落水了。但这个人不是格斗士，而是一个身穿黑色西裤、白色衬衫和灰色外套的强壮男子。就是我刚刚看到的那个在雷诺克斯身边的人——显然贾斯帕把他撞到了海里！

对于掉进鲨鱼池的人，我现在已经有了经验。可惜的是，他没有掉到我这边，而是掉进了目前正在进行决斗的网笼里。

他不像开放日那天的女孩那样镇定，而是完全惊慌失措了：“救我，该死的！快拉我上去！谁能救我，我就给他 1000 元钱！”我在水下也能听到他的声音，真是洪亮。

玻璃底船内一片混乱，那些光鲜亮丽的男男女女争先恐后地想尽快登上船的顶部。我浮到水面，着急地想看看发生了什么。

莉迪亚·雷诺克斯靠在栏杆上。“卡尔！”她用戏剧性的嗓音叫道，“坚持住，我们来救你了！”

等等，那是卡尔·比特格林吗？我们前几天在人类学课上听说的那个臭名昭著的犯罪头目？

不管是不是他，总之，史蒂夫把他捉弄得够呛。他就在卡尔的身边游来游去，几乎是温柔地啃着他的外套。卡尔吓得大叫一声，疯狂地朝“战马号”的船尾游去，我怀疑他刚刚尿了裤子。由于水面上的阻碍装置，他没法轻易地爬出网笼，水手们疯狂地企图用绳索把他们的老板捞出来。就在这时，两名格斗士尽管脚蹼被咬掉了一半，但还是成功地找到了卡尔，并把他带到了他们中间。

“太可惜了，我和他还没玩够呢。”史蒂夫说着转身离开了。

没有人再去想格斗的事情了。太好了！这样就没有人注意到船的另一边，也就是我所在的那个网笼，一个穿着花枕套的瘦小男孩跳进了水里，用一把大菜刀割着渔线。

“快点，再快点！”我必须强迫自己小声说话，这样才不会在最后一刻搞砸我的救命稻草。雷诺克斯夫人和其他人还不知道发生了什么。

第一根断了，贾斯帕又割了一会儿，我终于获得了自由。我游到开阔的水面上，终于能轻松地呼吸了。为了能和其他人待在一起，我紧紧地绕着网笼的边游着。与此同时，贾斯帕已经转移到了另一个网笼，也就是刚才决斗的地方。“蚂蚁粑粑！烂蚯蚓！”他自言自语地骂着，显然这些绳子真的很坚韧。他气呼呼地在一个挂着海鸥浮标的地方刺了一刀，然后继续切割周围的绳子。

不幸的是，有人注意到贾斯帕了，于是喊声响起。

一条超过男孩身长三倍的巨大灰鱼，游到了贾斯帕身边。“让我来吧。”史蒂夫说，他张开嘴咬了一口，绳子立马断了，塑料海鸥也变成了塑料饼。果然，这家伙是我的兄弟，至少他和我一样擅长破坏浮标。

“走吧！”大鲨鱼变形人说，他想以最快的速度游走。可我却犹豫了：“等等！那条牛鲨怎么办？”

“哎，那是它自己的事儿了。”史蒂夫说，“嘿，这可是个弱肉强食的世界！”

我没时间和他争论这个问题。我把那条陌生的鲨鱼赶到了网的破口处，并强行把它推了过去，因为它太虚弱了，靠自己无法挣扎着游过去。

与此同时，贾斯帕以最快的速度爬到了模型船上，他已经变形了，等着我把他抱起来，把纤绳放进他的嘴里。当然，我就是这么做的。

我们轻手轻脚地把牛鲨夹在中间并把它推到了前面，这么做也是为了保护它不被这一带众多的掠食者吃掉。它显然非常怕我们，所以我们让它做什么它都乖乖照做。用最后一丝力气，我们终于到达了学校的礁湖。

一大群同学兴奋地欢迎我们回来。

“那是谁？”谢尔比在空中问道。

“嘿，快看，又是一条虎鲨！”卡拉格在海滩上叫道。

“为什么突然有血腥味？”芬妮想知道，她现在正以蝠鲼的形态在水中漂着，看起来一副没有心情开玩笑的样子。霍莉以红松鼠的形态蹲在芬妮的背上，她用后脚站立着，这样可以让她看得更清楚。“噢，噢！我们有一个伤员！这一点都不坚果！”

消息很快就在变形人中传开了。不到一分钟，莎丽和其他海豚就来到了海滩。

“坦加罗阿！可真是稀客啊。”诺亚看到我的同伴后惊叹道。怀特小姐也来了，她迈着大步走入浅滩。

“我们一直在跟踪参与斗鲨赌博的人……有一条鲨鱼在格斗中受伤了……我们可以让它在这里养伤吗？”我激动难安。

“当然可以。”怀特小姐一边说着，一边就开始行动了。

“拉尔夫、诺亚、芬妮，你们用我们在开放日用的网把礁湖的一角隔出来。鲨鱼可以在那里面安心养伤，我去问问兽医，看看怎么治疗。”

“我马上去报警——这个地下斗鲨在哪里搞的？”杰克·克利尔沃特也加入了进来，他掏出手机，拨通了一个号码，“也许我们还能抓住这些坏蛋。”

“这恐怕很难，我觉得……他们大概直接坐船离开了。”我说，“最多，那些网笼可能还在。我们……”

“对不起，蒂亚戈，这对我来说太震惊了。”史蒂夫在我身边游动着说，“我要走了。”

“但我们必须好好谈谈！”突然间，我感到很绝望，就像在格斗场遇险时的心情。“请不要走。我……”

“是的，我们会再见面聊的。这没问题，好吗？”突然，史蒂夫的声音变得异常温柔，还轻轻碰了一下我的鼻子。一时之间，我们靠得非常近。“有什么好地方适合聊天吗？”

“沉船——我们的秘密基地。”我想到了这个地方，然后告诉他怎么去那里的路。

“好的，我知道了。当月亮升到最高的时候，我会去那儿等你。”

说着，大鲨鱼转身走了，游进了大海。我凝视着他，直到他消失在蓝色的远方。

这时，海豚带着贾斯帕和模型船上岸了，贾斯帕在船上蹦蹦跳跳的，就像一个上了发条的玩具。他给大家讲述了我们的经历。我变回人形，拿起一件漂浮着的泳衣穿上，走上海滩。然后我跪在地上，抓起犰狳贾斯帕，把他抱在我怀里。

我对他说：“你是大英雄，知道吗？”他不好意思地抬起头，问：“真的吗？英雄？我？”

“那还能是谁！”

“疯狂的抛人入水之王？”贾斯帕说，“还是破网大侠？”

我不得不笑了，真是些好名头。

这时，几乎全校同学都聚集在沙滩上了。包括某些我平时不喜欢与之交谈的爬行动物，但这次必须这么做。我小心翼翼地把贾斯帕放在沙滩上，站起来向蟒蛇女孩走去。

“我们需要谈谈。”我对艾拉说。

真 相 大 白

艾拉当然没兴趣跟我说话，我立马就能看出来。她甚至不知道她母亲已经牵涉其中。

“但不是我俩私下谈吧？”艾拉疑惑地问道。我知道她很想为我们的谈话找个能替她撑腰的。她向贝瑞和托克招了招手，托克似乎很高兴能再次来到她的身边，他盯着我，一副很想揍我的样子。他经常这么盯着我，我都习惯了。

“不是，”我说，“贾斯帕是重要的证人，我也想让莎丽参与。”

我的朋友们现在都变回了人形，他们朝我点头，跟着我们走了一小段路，进了棕榈林。

“你带手机了吗？你为什么不问你妈妈在哪里，她在做什么。”我对艾拉说。

“什么？我为什么要这么做？”艾拉用一种居高临下的眼神看着我——我对这种眼神非常熟悉，她妈妈就是这么看我的。这让我觉得好像自己变形之后成了一只蟑螂。

“那是因为我在非法斗鲨活动中见到了她。”我几乎无法控制自己的愤怒，怒火就像火山的熔岩一样即将从我体内迸发出来，“她眼睁睁看着一个潜水员用鱼叉去刺一条没有伤害过他的鲨鱼。她还在那儿和一个男人有说有笑，喝了不少香槟。你有什么感想吗？”

“胡说八道，你为什么诽谤我妈妈？”艾拉激动了起来，托克和贝瑞带着威胁的眼神向我靠近了一步。

“我没有骗你！如果你一直维护你的妈妈，你就是在自欺欺人……”不知不觉，我的声音越来越大，甚至像在喊叫。我仿佛察觉到我的朋友们也被吓着了，他们都离我远了一些。

有人摸了摸我的胳膊。我转过身，举起拳头绷紧肌肉，正准备出手。但我发现那人是怀特小姐，她对我的动作没有丝毫退缩。“深呼吸。”她轻声说，但语气非常坚定，“想一想那些好的事情，比如贾斯帕如何救了你。现在你很安全。深呼吸，你可以慢慢地解决这个问题，会解决的。深呼吸，蒂亚戈。”

冷静下来是不容易的，尤其是当我想到我的哥哥差点被杀的时候。我需要缓一缓，才能完成剩下的对话。

“我马上就回来。”我对艾拉说完，就朝着棕榈树林中的一条狭窄小路走去，边走边深呼吸。贾斯帕和怀特小姐都陪在我身边。过了好一会儿，我才想起莎丽，四下寻找她。她和艾拉他们几个停了下来，正看着我，仿佛我刚刚在她眼前变成了一只毛茸茸的怪物。

我被愤怒刺激到几乎失控。我感觉我的胃下坠到了无底深渊。别人对我的看法对我来说并不是那么重要，但如果莎丽因此而不想再理我，那就惨了！

但还没等我走过去跟她解释，她就已经游进了礁湖，变形为海豚游走了。该死的。我回到艾拉和她的保镖身边，决心这次一定要把话说完。怀特小姐似乎感觉到我又回到了自控的状态之中，她对我点了点头，头也不回地走了。看来她很信任我。

艾拉惊讶又厌恶地看着我，我走向她，一时之间我们都没有说话。最后还是贾斯帕开口了。“这是真的，艾拉，”他悲伤地说，“我也看到她了。”

艾拉的表情发生了变化。可能她已经听出来贾斯帕没有撒谎，因为他一旦撒谎，你立马就能从他的声音中分辨出来。她举起手机，想了一下，然后又放下了。“那人长什么样子？你们口中那个所谓的和她在一起的男人？”

也许是因为我喜欢画画的缘故，他的样子在我的眼前清晰而完整地呈现了出来。“个子不是特别高，头发黑黑的，身材相当魁梧，不胖但比较结实，你明白吧？他穿着深色休闲裤、白衬衫和外套，脚上的皮鞋看起来很贵。”

“卡尔叔叔，”艾拉叹了口气，“他并不是我的叔叔，只是我家人的朋友，所以这么叫他。其实我不太喜欢他。”

贝瑞笑了笑，说：“你曾经跟我说过，他的鞋子比你和你妈妈的鞋加起来还多。他有一间专门的屋子，里面放了 200 双鞋子。”

“别说得好像我很羡慕似的，”艾拉对他发了火，“我看起来像那种只对鞋子感兴趣的女孩吗？”

贝瑞脸上的笑容立马烟消云散，说：“不，呃，当然不是，你……”

“他是个犯罪头目吧？”我问艾拉。

忽然间，她似乎不像往常那样充满敌意，而是有点累的样子。“是的，我妈妈是他的代理律师。她确保他免受牢狱之灾，而让他的对手进监狱，这是她的工作。你介意吗？”

“我介意的是她让我差点死掉。”我回过头，讲述了我和史蒂夫到底经历了什么。贾斯帕沉痛地点点头。

我能感觉到艾拉很震惊，但她还不准备接受。“她只是没听清。”她一副抵死不承认的样子。

“一定是玻璃的缘故。”托克咆哮着说，抓挠着被蚊子叮咬过的地方，似乎那痛痒处比我说的话都更令他感兴趣。

“你可以试试。”贾斯帕挑衅地说。

于是我们试了一下。餐厅的玻璃窗相当厚实，但我们透过玻璃进行意念交流并不困难。

“那现在怎么办？为了测试，先喝点酒吗？”贝瑞用他那冷漠的眼神看着我，讽刺地问道。

“不用了。”我说，因为我不止一次看到老师们坐在屋顶上喝着酒聊天。所以我们去找加西亚先生。

我们的变形老师正在倒腾快艇，他只穿着游泳短裤，黝黑的皮肤在阳光下泛着光泽。“警察已经在路上了。杰克、阿丽莎和我也要去火烈鸟酒店看看那些网笼。”他向我解释道，“如果我们运气好的话，他们还没来得及处理掉，警方可以把它们作为证据。”

“好主意，”我赞成地说，“呃……还有个事儿啊……喝酒会影响意念交流吗？”

他若有所思地看着我，但幸好没有深究我为什么想知道。“喝一瓶啤酒的话，没有什么影响。两瓶之后，听起来就像是隔着一层厚厚的棉絮在交谈。而当你完全醉了的时候，你只能听到有人在窃窃私语，但你什么也听不清。”他的脸色突然不大好，显然他以前也这么试过。

“谢谢。”我说。我们又回到小树林里。

“她到底有没有喝醉？”艾拉装作无所谓的样子问道，但我并不相信她真的无所谓。

“没有喝醉，她看起来非常清醒。”我回答，“如果你不相信，可以给她打电话，听听她的声音如何。”

艾拉恼羞成怒地叹了一口气，说：“对不起，我实在是受够了这件事。”她说着就要转身离开，招手示意同伴们跟上她，“毕竟，你没怎么样，不是吗？去睡觉，休息一下，或者看看书。我们周五还要上人类学课，你还得靠这个成绩来换取你那点可怜的奖学金，对吧？”

我和贾斯帕呆呆地看着她离开的背影。

家　　庭

我真的需要和莎丽谈谈，向她解释一下我为什么抓狂了！我得告诉她我也不喜欢自己变成这样，还得靠怀特小姐帮我恢复自控。但莎丽却不知所终，连她的海豚朋友们也不知道她在哪里。

我不安又沮丧地游到秘密基地去找大家。史蒂夫到底是不是我哥哥？我迫不及待地想知道更多关于他的事情。

“你们居然相遇了，这简直棒呆！你想让我和你一起去吗？”芬妮问我，但我摇了摇头，说：“我想先和他单独谈谈。”

海水漆黑如墨，我以前和莎丽一起在夜里出来过。渗入水中的星星之光，已经让我的鲨鱼眼够受的了。我平稳地在水中滑行，直到我分辨出海的味道，那里有珊瑚丛生的沉船，黑漆漆的，像岩石高高耸立在海底。

史蒂夫已经在那里了，我的鲨鱼之身感觉到他在水中引起的震动。不一会儿，他那巨大的身影靠近了，我不禁想到，要是换作以前，我一定会被他吓个半死。

他的第二形态，不论在黑暗中还是灯光下，都是一个让人畏惧的存在。我自己都这么觉得。

“嘿，原来你在这儿！”他用意念对我说，“你好点了吗？”

“我还好。”我回答说，因为对险些丧命的恐惧记忆仍然在我头脑里盘旋。

“我们边游边聊好吗？”我说，“我们可以游到沉船里面去，但是你得变形。”

“好啊，我也该练练了。”史蒂夫绕着沉船说，“这对我来说很有用。”

于是我们变为人形，从水下沉船入口爬了进去。在空气充足的区域，我们浮出水面，拿起两条本来就漂在那里的泳裤，因为好久没晒了，所以有点霉味。我羞涩地转头看了一眼史蒂夫，他和照片上一模一样，是个高大的宽肩男孩，有着深色的皮肤。

“这里还不错，”他说，“我可以坐在你旁边吗？”他在一个红色的橡胶垫子上坐了下来，从我们的零食柜里拿了一袋薯片，吃了起来。“天哪，我想念这个味道。我想再吃个汉堡，这几年我只吃过生鱼。”

“你知道你亲生父母的情况吗？”为了验证我的想法，我忍不住脱口而出。

“我的养父母告诉我，他们的名字叫伊利丝和斯克特，他们没有时间陪我。”史蒂夫说。

“你还有什么别的印象吗？”原来真的是他！我冲他笑了笑。“嘿！我的父母也叫这两个名字。有很长一段时间，我都以为他们已经死了。‘没时间’……呵呵，伙计，这太老套了。”

“为什么？”他问。

我想让他为我们找到彼此而高兴。但到目前为止，他只是表现出有些感兴趣的样子，这让我很困扰。希望他不是和伊利丝或者锤头鲨变形人卡门一样的类型——冷酷的独行侠，只把我当作一个普通的熟人。难道我们在网笼里结下的生死之交仅仅是我的幻想？

“他们专注于自己的事业，根本管不了孩子。其实我很庆幸，我是被约翰尼带大的。”我把我知道的关于父母的事情和我的童年经历都告诉了他，我的姑姑最后变成了我的叔叔。

史蒂夫思索着。“听起来很糟糕——但先别放弃他们。也许他们只是需要更好地了解你。或者说，你可以用其他的方法与他们建立感情。”

“你真这么觉得？”我又感觉到了那种强烈的渴望。不，我不会放弃的，哪怕只有短暂的一天，他们对我微笑或者拥抱我。“我可以试试。你是不是打算去见他们？”

他耸了耸肩，说：“也许吧。如果他们真的像你描述的那么奇怪，那我并不急着见他们。”

“你的寄养家庭和学校有什么不好吗？”

“我的养父是个酒鬼。他和他的妻子只是收留了我，因为他们可以从儿童保护服务机构拿到钱。”史蒂夫讲述道，“每到周五、周六，我和家里的其他孩子都要挨打。而学校……嗯，我对学校没那么感兴趣。”他的肩膀前倾了一些，继续说道：“闯祸和成绩差，就是我学校生活的全部。”

“你是怎么发现自己是海行者的？”

“那是一次意外。我在海边玩得很开心，不小心在海里转了一圈，然后我就游到了古巴。”

“那可有 180 公里啊！”

“那又怎样？几乎没人注意到我没有去上学，反正我总是逃课。”史蒂夫对我笑了笑，“你刚当鲨鱼吗？”

“鱼鳍后面还没有完全干透。”我回答，他只好笑了笑。

我们还是微笑地看着对方，忽然意识到我们真的是一家人，我们之间存在着某种联系。

“来。”他说。我们滑过甲板向对方走去，然后拥抱在一起，紧紧地。

当晚走回宿舍的时候，我挺开心的。我和史蒂夫约定，每隔一段时间的月圆之夜，我们就在沉船见面，也许我会和他一起游到加勒比海。哇，我有一个哥哥！这太令人激动了。可惜莎丽不想知道我的事，这让我有些难受。

“史蒂夫这个人还行吗？”我给在橙花汽车旅馆值夜班的约翰尼打电话时，他这么问。他现在没什么事儿，有足够的时间一边看老西部片，一边喝着榛子味的咖啡。

“特别好！”我感叹道，“我很期待跟我的……我想说跟我们的父母说这些，不知道他们会有什么反应。如果我们昨天没有去火烈鸟酒店，事情又会怎样呢？”

“我不喜欢想这些。”约翰尼说。说实话，我更不喜欢。每次想到我的手臂上都会起一层鸡皮疙瘩。“对不起，我得挂了，有客人来了。”

我打了个哈欠，说：“没事儿，反正我也该睡觉了。把你的脚蹼穿好哦。”

但我没有睡，因为我听到了来自礁湖的海豚呼吸声。我打了个寒战，冲到外面，希望不是布璐和诺亚。不，是莎丽。我全然不顾裤子都快湿了，涉水前行，这只海豚朝我的方向游了一小段路，然后小心翼翼地转过身来。

“我今天是不是吓到你了？”我对着莎丽轻声说，把注意力完全集中在她身上，“我很抱歉，我……我根本不是那样的人。”

“愤怒是你的一部分，”莎丽终于回答道，“一个不怎么好的部分。当时你的脸都不像你了。”

“哦，天哪。”这是我唯一能想到的说辞。她围着我游了一圈，我也跟着转了一圈，想让她停留在我的视线里。

“如果你是这样的人，你会伤害到别人的，蒂亚戈。尤其当你是鲨鱼形态的时候。”

突然，加西亚先生的脸出现在我眼前，他严肃又犀利地看着我。在我刚来这儿的时候他就警告过我，说我的脾气可能会惹祸。莎丽看到这样的我以后，还能再相信我吗？

“怀特小姐正在帮我，”我无奈地说，又深吸了一口气，“但你还不知道我今天经历了什么。或许你了解以后就能理解我为什么会抓狂了。”

“告诉我。”莎丽低声说。

我告诉她网笼的事儿、我哥哥的恐惧、标枪，以及我向雷诺克斯夫人求救的无奈之举。我感觉到莎丽强烈的惊愕之情。“海行者不应该互相伤害。”我讲完我的故事后她说，“不该这样。永远不该。”

她紧靠我游着，我把手放在她光滑紧实的海豚皮肤上，她长长地吹了一声口哨，把头滑到我的胳膊下。我知道，她已经原谅我了。

下午的震惊

“警察有没有找到鲨鱼格斗的证据？”在克利尔沃特先生和其他老师坐快艇回来后，我急忙激动地问他。

“很遗憾没有，那些人已经把所有东西都拿走了，”他回答，“但是有两个目击者的证词，他们看到‘战马号’停在酒店旁，所以警察知道这些事儿并不是你瞎编的。”

“但恐怕没有足够的证据起诉，”怀特小姐眉头一皱，“警察说他们会关注此事，问讯包括雷诺克斯夫人在内的嫌疑人，并试图寻找更多的证人。”

“好吧。”我沮丧地说道。有一点可以肯定，雷诺克斯准会冷笑着甩开警察，可能还会说是我把她错认成了别人……甚至会用更加恶毒的方法陷害我。

“我们近期也会四处打听。”杰克·克利尔沃特向我保证，“如果运气好的话，我们会在某个再次举办鲨鱼格斗的地方发现他们，并阻止他们。”

“谢谢。”我说，但感觉还是有些放心不下。

第二天早上，一切都好像平静了一些……或者说我是这么认为的，直到我听到从别的教室传来的噪声。佩拉吉乌斯夫人以海龟的形态爬进我们的教室，一副怒火中烧的样子。我们都惊呆了，英语课刚开始没多久，克利尔沃特先生正在教我们怎么写作文结尾。

“不行不行，这样下去根本不行！”佩拉吉乌斯夫人将头伸出水面，疲惫不堪地说，“这些爬行类学生在我警告他们的时候，根本不理我，只是互相打闹，还把地球仪当足球踢！把他们扔出去，杰克！不能再这样下去了。”

“该死！”杰克说着，远程呼唤怀特小姐过来，她正在给二年级的学生上课。我们都知道只有她能驯服新来的鳄鱼和蟒蛇学生，只有她在的时候那些学生才会服服帖帖的，虽然加西亚先生显示出他最严厉的一面时，也能对他们稍加控制。

“哈哈，他总不能就这样把我们的亲朋好友都赶出去吧。”艾拉精神抖擞地和托克击掌，“他需要我妈妈支付的学费。”

我们翻了个白眼。这家人总以为钱是万能的。烦人的是，大多数时候的确如此。想到飓风过后学校比以往任何时候都需要钱，真是气死人了。

“等着瞧吧，我想校长这次真的是受够了。”莎丽说。

我听到了隔壁怀特小姐尖锐的声音，仿佛她只用声音就能把捣蛋的学生撕成碎片。接着隔壁教室的门被撞开了。我和莎丽还有其他几个同学好奇地站起来，向走廊张望。一只肥硕的大鳄鱼怯生生地从门外爬了进来，一条蟒蛇正缠绕着他，并试图把自己的头藏在他身下。在他的身后，一只变形了一半的鳄鱼，举着双手退出了教室。一个蟒蛇变形人躲在走廊的一个玻璃展柜上，低声呜咽着，蜷缩在上面。“怀特小姐凶我！”不管别人想不想听，她向所有的人控诉着。

“只要怀特小姐在，其他老师就会轻松一些。”利努斯说，听起来像是在安慰自己。

艾拉没有回话，我一点也不喜欢她的冷笑。这到底是怎么回事？

没想到，我很快就发现了。

午饭的时候，我看到杰克·克利尔沃特又去找怀特小姐了。“谢谢你今天早上的帮忙，阿丽莎，当时情况真的很紧急，他们已经不再听我的了。”

“哦，没事。”怀特小姐忽然有些不好意思地说。

“那我们今晚的约会还照常吗？”杰克靠在餐厅的墙壁上随口问道，气氛有点尴尬，“乐队七点开始表演，我们可以在那之前先去吃点东西。”

怀特小姐花了很长时间才答应这次约会，现在她也显得挺高兴。“听起来不错。”她说，笑得有些拘谨。

“那好吧……回见。”校长说，尽量让自己看起来一副无所谓的样子，但他眼中的光芒早已暴露了自己的内心。

我和莎丽对视着坏笑了一下。“这次一定要成功啊。”她在我耳边轻声说，“我觉得他爱上她了，你说呢？”

“嗯，”我低声回道，“会成功的——他们俩是天生一对。”还好她没有察觉到，我也已经心有所属了。不知道什么时候我能有机会跟她诉说衷肠呢？还是说，我只能继续做梦？

接下来就是怀特小姐的“战斗与生存”课了。一如往常，我们训练有素的老师把她那一头乌黑的长发扎了起来。这次她没有穿泳衣，而是穿了一件黑色上衣和普通的运动短裤，显然今天我们不会在礁湖里练习了。她把房间的钥匙用一条黑白相间的带子挂在脖子上。

我瞥了一眼礁湖，那条陌生的鲨鱼正在湖里游圈儿。“它恢复得很好——你能带它回来真是太好了。”怀特小姐说。她看着我的眼睛，然后提高了声音说：“我们今天要练习人与人之间的徒手搏斗。请在沙滩上排队，两人一组……”

她的话忽然中断了，因为有人从小路走来。是一个身穿白色裤子的女人，上身搭配了一件桃红色衬衫。她身边有两个年轻的女人，完美的身材，绿色的杏眼，看起来像模特。是莉迪亚·雷诺克斯和她的保镖们！我应该怎么做？跟她们谈鲨鱼格斗的事？遗憾的是我觉得自己已经被吓得僵住了。

雷诺克斯夫人只是冷漠地看了我一眼，然后就没有再搭理我。也许警察还没有找她。

杰克·克利尔沃特和一小组人在一起，显得很不高兴。“雷诺克斯夫人，这两位女士被禁止入内，也就是说她们必须离开，现在就离开。总之，我想和你谈谈我的学生发现你的那些非法斗鲨的事……”

“哦，放轻松，杰克。先不谈这个话题。”莉迪亚·雷诺克斯显得相当不耐烦，“听我说，我们很快就会离开这里。我只是想和你分享一些你可能还不知道的事情。所有的学生和他们的家长都会非常感兴趣的事情。”

一种非常不舒服的感觉在我身上蔓延。我早就预感这里会有事情发生，这个女人在计划着什么。

“哦，是什么事？”很明显，杰克·克利尔沃特艰难地保持着礼貌。

“这事关系到那个女人！”雷诺克斯夫人指着怀特小姐说。

芬妮、莎丽和我都傻眼了。什么？我们竖起耳朵仔细听着，以免漏掉什么。

“你都不知道这个所谓的老师有着怎样的过去吗？”

现在，莉迪亚·雷诺克斯脸上挂着得意的笑容，而怀特小姐则站在那里，仿佛不能动弹，她的脸色苍白得令我担忧。

“她没有受过任何正规教育培训，曾经是海军的战斗潜水员，我相信你们是知道的。她有没有告诉你们，她是因为与上级军官发生了矛盾才被开除的。”雷诺克斯夫人的声音听起来腻如糖浆，“但在那之后，她并没有像她宣称的那样，和一群野生虎鲸一起生活。其实她是在为一个加州的变形人犯罪团伙卖命。”

“什么……”杰克·克利尔沃特说，他的目光盯着阿丽莎。

“为了这个组织，她在世界各地追踪叛逃的美国、欧洲和亚洲的海行者，无论在陆地上还是在海洋中。她把他们交出去，以换取巨额的赏金。”当莉迪亚·雷诺克斯转向我们时，我意识到她是多么享受自己的这段表演，“所以你们看，她其实就是个赏金猎人。比如说，某个非法组织的前雇员想从他的老板那里逃走，但你们亲爱的怀特小姐找到了他，并把他带了回来。之后他就会人间蒸发再无踪迹了。”

我不得不咽了一口唾沫。怀特小姐曾是赏金猎人？她在什么样的组织工作？像黑手党之类的？有多少人因为她的抓捕送了命？

好可怕，但愿这一切都是谎言。但我之前就注意到，怀特小姐对一些旁门左道非常了解，比如说如何误导警察，如何撬锁，如何让敌人鼻青脸肿地逃到人行道上。

我从未见过校长如此困惑和担忧的样子。“阿丽莎……是真的吗？”

“是的，这是真的。”怀特小姐突然声音嘶哑地说道，“我很抱歉，杰克。”

她默默地把挂着学校钥匙的丝带递给他，然后看了看我们。接着她就像平时一样，游进礁湖把自己淹没了。浮出水面的是一只黑白相间的海洋哺乳动物，猛烈地排出一口空气。她没有再回头看一眼，就游到了礁湖的出口，投入了大海。留下的只是一堆破烂的运动服。

许多双震惊的眼睛都追随着她的背影。

抹　　黑

莉迪亚·雷诺克斯还没有结束她的指控。“如果你要问我的话，我只能告诉你，这是一个实实在在的丑闻，我刚刚已经给所有的家长写了一封关于此事的通告邮件，”她继续说道，“我对你个人没有什么意见，杰克，但是你不是水生动物，所以不适合管理这个学校。因此我才会提名我的一个很有能力的熟人来接替这个职位。”

“等一下！”杰克·克利尔沃特的人形是一个高大宽肩的男人，当他一步步走向莉迪亚·雷诺克斯的时候，老虎双胞胎保镖都向他展示了她们部分变形的下巴，并向他嘶吼。但她们并没有预料到卡拉格会嘶吼着回击，蒂卡妮也咆哮着露出了獠牙，两人都是一副随时准备保护校长的架势。

“这个人名叫斯坦利·威廉姆斯，是个梭鱼变形人，你们可能知道他是贝瑞的父亲。”雷诺克斯夫人向我们解释道，“他目前还在一家大银行工作。他一旦当上校长，会特别关注账目，这样学校的财务就不会经常出现赤字了。”她居高临下地看了杰克·克利尔沃特一眼。

“你们三个马上离开这里。”校长的忍耐力和绷紧的神经已经到了极限。

“很乐意！”雷诺克斯夫人回击道，声音有些毒辣，“在这所学校里，显然没有什么礼节可谈。我还以为至少会有人请我喝一杯。算了，不用了，反正我也要走了。”

雷诺克斯夫人与艾拉勾肩搭背地向停车场走去。我搞不清楚艾拉的表情，她似乎很高兴，又显得有些不知所措。

经过这场揭发，课当然是上不下去了。我们班的大部分人都留在沙滩上，大家激烈地讨论着。

“怪不得怀特小姐一直让我觉得有点毛骨悚然！”红嘴鸥达芙妮说，“她可能真的很危险，这是不是很糟糕？”她开始滔滔不绝地讲述她在报纸上看到的一些事情，但芬妮打断了她：“至少她没有杀人。”她看起来好像和我一样觉得有些失望。

“这有什么区别？”这是贝瑞的声音，冷静而平缓，几乎没有重音，“她告发的那些人可能在事后被杀。我们应该很庆幸她走了。”

我还处在震惊之中，所以一直没有说什么。但我不能就这样沉默下去。“怀特小姐是个好老师，她总是为我们尽心尽力。”我大声地喊着，让周围的人都听到我的声音，“她可能早就后悔当初的所作所为了。你们至少应该听听她自己怎么说。”

“可是她都没有辩白，转身就走了。”朱娜反对道，“我觉得这很懦弱，有什么是不可以摊开来谈的呢？”

“当雷诺克斯夫人在你的脖子上吹着热气的时候就不行了。”克里斯说。

“她可能对此措手不及，就想离开，这一切都太突然了。”诺亚摇了摇头，“这一切真是太可惜了。无论她走到哪里，愿坦加罗阿与她同在。我还是会喜欢她。”

“我也喜欢她……不，我一直都喜欢她。”莎丽说，“她走了，这个学校会怎么样？”一阵噼里啪啦的轰鸣声打断了我们的谈话，我们坐起身来，往淡水湖的方向看去，一阵咄咄逼人的意念杂音涌入我们的脑海。几只新来的鳄鱼正在那里打架，他们在灌木丛里横冲直撞，把一间宿舍的墙壁撞得摇摇欲坠。我想知道为什么加西亚先生没有出现，至少稍微给他们一点颜色看看。他和其他老师可能还在开紧急会议，讨论怀特小姐的事。雷诺克斯夫人现在想让家长们联合起来反对我们的校长，这真是一件很糟糕的事情！

“不知道学校会变成什么样子？”托克耸了耸强壮厚实的肩

膀问，“克利尔沃特先生再找一个作战老师就行了呗，如果他还能继续当校长的话。”他绷紧上臂，满意地摸了摸自己的肌肉说，“不如我教你几招吧？”

“想法不错，但不必了，谢谢。”芬妮说。

“几招？你的意思是说，把人推来推去算得上是招数了？”我问道。

“如果你真这么厉害，在战斗与生存课上怎么只得了个勉强及格的分数呢？”莎丽面无表情地问道。

托克的表情顿时像吞下了一条鼻涕虫一样难看。他朝莎丽走去，但克里斯、诺亚、蒂卡妮和我同时挡住了他的路。

“你不会真以为那个装腔作势的莉迪亚·雷诺克斯能直接把我们的杰克换掉吧！”我从未见过朱娜如此生气，“毕竟这是他的学校，是他创办的。如果不是因为飓风，我们是有足够的经费的。”

“我父亲会是一个非常好的校长。我觉得雷诺克斯夫人提名他来当校长很明智。”贝瑞说，但没有人听他的。

“嘿，我有个主意！”玛拉的眼睛一亮，“也许卡拉格和蒂卡妮可以教我们如何战斗。”她给了我们的客人一个欣赏的眼神。

“呃，是的……但不是所有的人都能跳到敌人的脖子上，”卡拉格说，“或者咬住他的后腿，因为他可能没有后腿。”

那倒是真的。卡拉格和他的狼朋友很强壮，技术也很好，但他们的战斗技巧不大适合我们。我们需要有人能教我们在水中的战斗技巧。

“都是大蚂蚁屎。”贾斯帕伤心地说。莎丽低着头在礁湖里游来游去，不知道在找什么。

我敢肯定，不止我和莎丽想知道怀特小姐现在在哪里以及她怎么样了。希望那封发给家长们的控诉信不会导致什么“新校长”的出现。

其他同学都回自己的宿舍去了，莎丽从口袋里掏出一个东西给我看。

“哦？”我说。这些镶着宝石的银戒指我见怀特小姐戴过。

“她变形的时候，把它们留下了，”莎丽低声对我说，“我想替她把这些保存好，等她回来。”

我的喉头一紧，心中涌起一阵悲伤。“她当然会回来，她必须回来。”

但这可怕的一天还没有结束。吃晚饭的时候，我们看到加西亚先生提着一个行李箱站在餐厅和入口大厅的交界处，我们都惊呆了。他穿着他最好的一身衣服——还挺新的蓝色衬衫、领带、西裤，他正和杰克·克利尔沃特轻轻地说话，两人的表情认真而严肃。

“怎么回事？他不会也要走吧？”我惊恐地问道，要是这样的话，我们就要陷入真正的混乱了。克利尔沃特先生是个很好的校长，他太善良了，所以在资金缺乏的情况下，只能接受新的学生和雷诺克斯夫人。况且，他自己也腹背受敌。

芬妮和我们一起坐在餐桌船上，她靠在桌子对面低声说：“我听说雷诺克斯夫人把他告发到了理事会。”

“什么，告发什么？”我惊恐地问道。自从加西亚先生在理事会上为我担保奖学金后，我就一直站在他那边。

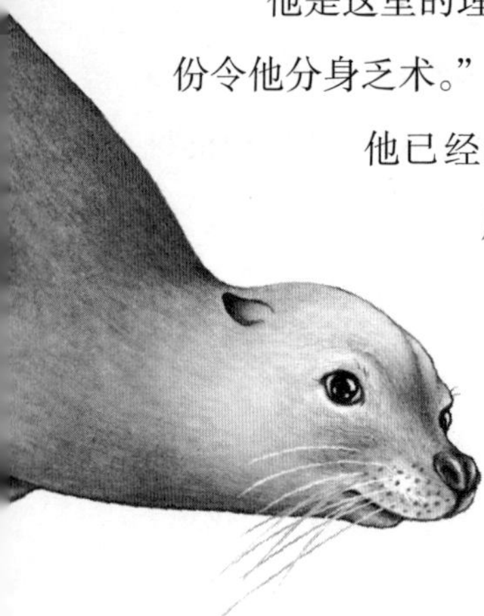

“他是这里的理事兼老师，但雷诺克斯夫人称他这个双重身份令他分身乏术。”她双手抱着汽水瓶说，“很遗憾，据我了解，他已经缺席了两三次会议，因为这里的事情太多。所以他得飞到理事会总部去解释。”

哦，烂蛇雷诺克斯！我无言以对，但也只是一瞬间。“让我猜猜看。当然，她又要出于好心推荐一位在教变形方面更胜一筹的老师，刚好是她的人？”

“肯定是。”贾斯帕说，“我敢赌一整桶的虫子！”

“哦，好的，请便，我会把它们全都扔到雷诺克斯夫人的车里。”芬妮暗暗说着，看了我一眼——怎么，想看看我是不是喜欢这个主意？

“我的海藻老天呀，周日就是下一个开放日了！”莎丽想起来，“行吧，反正现在开不成了。”

“对，不过开放日的日期已经在这一带很多的海报上都公布了，”克里斯哀叹道，“就算现在取消，很多人也收不到消息，他们还是会来的吧。”

“嗯，我们会想出办法的。”我说。如果我当时知道会发生什么事，我可能就不会把话说这么早了。

恶 意 接 管

虽然只剩下杰克·克利尔沃特和佩拉吉乌斯夫人在坚守阵地，但他们决心让课程继续下去。对我来说却不是好事，因为人类学课我快要挂科了。我蹲在地上，试卷上印着一个破收音机、一个过低的自行车座，还有一堆木板，要求用这些材料做一个架子。我怎么知道需要什么工具来解决这些问题呢？

我痛苦地看着汗水滴落在卷子上，空调坏掉了，我眯着眼睛看向布璐，她正在忙着答题。幸运的是，我可以很好地解读她写字时手的轨迹。哦，对了，内六角扳手，就是这个名称。天啊，我竟然要抄袭一个从小做海豚的女孩，真是太丢人了！

霍莉和卡拉格也面临着同样的问题，他们俩在这次考试中是一起作答的，所以这让我稍稍感到了安慰。霍莉撩了撩乱糟糟的赤褐色头发，翘起上唇，翻了个白眼，代表她也觉得考试挺难的。这并没有逃过诺亚的眼睛，也很难逃过。我抬眼看了看，发现他正在一张纸上写着什么，然后偷偷地朝霍莉的方向扔了过去。

不幸的是，杰克·克利尔沃特今天是以第二形态上课的，什么都逃不过他的眼睛。“请问这是什么？”一只雕飞到课桌上，用爪子抓起那张纸，回到讲台上。他用嘴把纸抚平了，说：“诺亚，你这么做真的很差劲。第一，你企图作弊；第二，答案还是错的。谁会用锤子来修收音机！ 你想让我给你一次警告处分吗？”

霍莉立刻跳了起来，说：“请不要，他都是为了我，我保证不会再发生了！”

杰克·克利尔沃特用他那双充满野性的黄眼睛环视着全班同学。当然，每一双眼睛都在热切地注视着他、霍莉和诺亚。

“好吧，我知道了，”他说，“诺亚今天必须留下，那么这件事就算过去了。”

霍莉嘟着嘴问：“我可以陪他吗？”

“不可以！不然这算什么惩罚？现在请大家重新集中精力，你们还剩 20 分钟。”

幸运的是，第二道题目比较简单，需要解释一张气象图，该图显示大西洋上空有一团巨大的低气压气流。幸好约翰尼多年前就教过我，我能解答这个问题。希望我能取得一个好成绩。

课后休息的时候，我们坐在沙滩上对答案。“所以收音机那道题肯定是螺丝刀、电烙铁和万用表。”克里斯说，“你们看我干什么？我有时也会好好听课啊！只要考的不是老师刚上课的时候讲的内容。”

芬妮盘腿坐在沙滩上，眺望着远处的海。“你们想怀特小姐和加西亚老师了吗？不知道现在谁会给我们上‘战斗与生存’课。”

“难道是佩拉吉乌斯夫人？”贾斯帕问道，大家都笑了起来，而我没有。我曾经见过，这只老海龟是怎么把一条大白鲨给赶走的。那是我人生中比较尴尬的一幕，所以我不打算再说了。

今天下午我们只上美术课。原因很简单，我们接到了装饰开放日场地的任务。莎丽、芬妮和卡拉格他们几个回到主楼时，我转动了从海滩通向主楼的那扇门的门把手，但门打不开。“这到底是怎么回事？也许是卡住了。”

“那我们从另一边进去吧。”卡拉格说，我们绕着大楼往另一边走去。发现诺艾米正坐在那里，生气地瞪着门，而朱娜则晃动着门把手说：“锁上了！”她也只能望着门干瞪眼。

直到我们发现学校的大门被封锁了，才意识到这一点也不好笑。

蒂卡妮把脸贴在玻璃门上。“哇哦，里面的小混混正在搞事情，”她说，“你们快看！”

我们凑过去看了一下，简直不敢相信我们的眼睛。

“还进得去吗？你们看到了吗？”

“我去个大蚯蚓。”贾斯帕震惊地低声说。看样子，新来的沼泽地学生把我们锁在了外面，现在他们要在里面大闹一场了。此刻，两条蟒蛇正联手叫嚣着，想把我和火箭前几天修好的展示柜从墙上扯下来。还有一些人在入口区域的吊灯上练习空中杂技。几个鳄鱼变形人——有的以第二形态出现，有的以人类的形态出现——正潇洒地掀翻所有的桌椅。

“淡水威武，淡水无敌！”他们还一边大喊，“海洋生物禁止入内！”

当我们从餐厅的大窗户望进去，那景象同样令人厌恶。一些新来的沼泽地学生在船桌上猛烈摇晃，互相碰撞，船舷的油漆都被蹭掉了。其他人则忙着在厨房里狂欢，撕开一包包糕点，把饼干像飞盘一样扔来扔去。没有人阻止他们，因为约书亚正在开车送加西亚先生去机场的路上。沼泽地学生看到我们惊愕的表情，还冲我们笑，甚至挥手。

“都给我停下，马上！”杰克·克利尔沃特大吼一声，用手砰砰地敲打着玻璃，“开门，现在就开门！”

我多么希望校长能结束这场混乱。可惜他办不到。“您能不能……”朱娜说。

“不，恐怕不行——他们拿了我的钥匙。”杰克·克利尔沃特苦涩地解释道，“我刚把钥匙放在办公室，就有人给我打电话支开了我。我想这一切都是早有预谋的。”

我看到艾拉也在“叛军”之中。不过她一直在幕后，并不是主谋之一，而且她似乎对整件事情不太赞成。也许她只是觉得自己有义务，才跟着去做？

“艾拉，快，给我们开门。”克利尔沃特先生命令道，“你可以告诉你的表弟和朋友，狂欢结束了。”

“不，这才刚开始。”凯戈尔心情大好地代替艾拉回复道，“还没明白吗？您已经没有发言权了。您可以去看看，看看谁在礁湖。”

我们在周围转了一圈——果然，水里有一条大梭鱼的轮廓。“我觉得，有人得去看看。”一个坏脾气的男人的声音。

我意识到这一定是贝瑞的父亲。“克利尔沃特，你能听到我吗？现在这里由我来接管。雷诺克斯夫人说得没错，看来我来得正是时候。”

第二个影子一闪而过。“没错，爸爸，”我听到贝瑞说，“我来帮你。”

“好吧，如果你能处理好——别让其他人知道。”他的父亲说道，这让我感到一阵恶心。梭鱼又说：“谁能把那只恶心的海龟赶走？这样我就可以变形上岸了。”

“你说什么？”我听到了佩拉吉乌斯夫人的声音，“你能再重复一遍吗？告诉你，我可不是在这里随便游来游去！”

当他们两个人开始在水下吵得不可开交的时候，杰克·克利尔沃特转过身来，变形出细长的眼睛和紧绷的嘴巴对我们说：“好吧，看来课要暂时取消了。”

没有人欢呼。可能大家和我的感觉一样，觉得受到了侮辱，很生气。我们这些海洋生物到底做了什么坏事？我们凭什么被关在外面？不光是我们班的人在周围徘徊，卡拉格、蒂卡妮、霍莉也都一脸迷茫。突然间，整件事让我感到非常不爽。为什么在我们有客人的时候，发生了这一切？

我还是不擅长隐藏自己。金发男孩卡拉格摸了摸我的胳膊，说：“我们在这里反而挺好的，不是吗？也许你们需要一些人手来帮忙收拾这个猫头鹰烂摊子。”

“更确切地说是鳄鱼烂摊子。”蒂卡妮表示赞同，给我们秀了一下她部分变形的牙齿。

“我是一流的侦察兵，”霍莉声称，眼睛闪闪发光，“而且攀爬也很厉害！”

“谢谢你们。”杰克·克利尔沃特强颜欢笑地说，“在我们想好下一步该怎么做之前，我要先给法林打电话，让他尽快回来。我至少还有手机可以用。”

他走向棕榈林，手机已经放在耳边，突然卡拉格往旁边一闪，跳了起来。他大步一跃就到了杰克·克利尔沃特面前，一把抓住他的肩膀把他拽了回来。“小心！”他嘶吼着，克利尔沃特先生踉跄着向后退了几步。

“怎么啦？”他刚开口说，莎丽立马哭了起来：“在那儿，在小路上！”

我们都看到了，那条不起眼的棕灰色花纹蛇盘踞在小路上，张着嘴巴威胁着他。蛇的针齿让我的脊梁骨一阵颤抖。“你还记得我吗？当初你不让我进学校，即便我是跑了老远的路过来的。”那个变形人嘶嘶地说道，“就因为我是一条铜斑蛇。但现在，是我的朋友说了算，没人可以命令我们爬行动物了，也没有人需要你了，对吧？”

“对对对，我拒绝了你。”杰克·克利尔沃特说，我看到他额头上冒出了汗珠。此蛇有剧毒，显然他也知道。“不是因为你的第二形态，而是因为当初你不肯告诉我你为什么一定要来这所学校。而且，你还想威胁我。我不吃那一套。”

我注意到蒂卡妮慢慢地走到了旁边，从地上捡起了一个东西——一根树枝。她对着卡拉格使了个眼色，卡拉格的头部变形成了浅棕色猫科动物的头，竖起耳朵发出一声响亮的嘶吼——与此同时，蒂卡妮在身后把树枝折了一下。铜斑蛇变形人听到树枝断裂的声音了吗？不，他看了看卡拉格，显然，分散注意力这一招很有效。

这时，我紧张得汗流浃背，T恤都湿透了，紧贴在我身上。

奇怪的是，这个怪异的变形人下巴还没张开，就转身去找蒂卡妮，但霍莉弯下腰，捡起一块鹅卵石扔向他，正好击中了他的后背。

“我们都不喜欢你这种蠢货的威胁，你听明白了吗？”霍莉说。

“哦，你以为我只是在威胁吗？”那条蛇将头猛地向前一伸，想咬住校长的腿。我吓得一愣一愣的。但巧的是，蒂卡妮用手里的树枝猛地敲了下来，并用树枝的杈子将铜斑蛇的头钉在了地上。

卡拉格从另一边走了过来，掐住了这条蛇的脖子，把他举了起来。他一边扭动，一边骂道：“放开我，你这只该死的猫！你到底在水生动物的学校里做什么？”显然他还不知道如何变形，否则肯定会立马变形。

“哦，我只是来玩的，”卡拉格解释道，看着自己的俘虏，“谁能给这个态度恶劣的家伙找一根足够大的金属管来？”

“我去棚子里看看。”芬妮说着就跑了。

杰克·克利尔沃特很感激学生及时出手相救，但他也显得有些疑惑。“谢谢，做得很棒。你们在哪里学的打蛇技巧？”

“哦，我们和安德鲁·米林战斗的时候，训练很广泛。”霍莉自豪地解释道，“那时候，我们那儿的蛇比西班牙的面条还多！”

“意大利。”蒂卡妮纠正道。

“谁在乎是哪里呢，在月球上我都不在乎。”霍莉抱怨道，芬妮拖着一根金属管回来了，我们开始小心地安置这个俘虏。

慢慢地，我放松了下来，但膝盖还在颤抖。我无比庆幸自己与其他同学在一起，否则我们的校长现在可能已经死了，假如活着也可能在垂死挣扎。不过我可以肯定的是，我们会设法及时把他送到医院，治愈蛇毒。

当我还在想这些事的时候，克利尔沃特先生转身对我们几个失魂落魄的学生说：“你们能开始为开放日准备场地了吗？要知道，需要分发装饰品、竖起宣传牌、为乐队搭舞台，还有在环礁湖上拉网什么的。哦，对了，如果有人能给牛鲨喂食就更好了。”

他是被吓傻了吗？他刚刚躲过了一次暗杀，而此时爬行动物们还在学校里横行霸道，他却要求我们把一切打扮得漂漂亮亮的，以便吸引来访的游客？不过雷奥诺娜、拉尔夫、谢尔比和其他许多人看起来都跃跃欲试，我才意识到是怎么回事。校长是想让大家在经历了这场危机后可以分散下注意力，找一些事情做。

“克利尔沃特先生……我怕它不肯进食。”芬妮说。

“也许它的标枪伤口感染了，真的很难说。”

“该死的！”还好我逃过了一劫。

杰克·克利尔沃特显得很担心。“如果它不进食，我们就很难让他吃抗生素。我会跟兽医说的。那么，待会儿见，我要打电话了——这次是真的。”

“我们和你一起去，”蒂卡妮说，“显然你现在需要保镖。”卡拉格和霍莉使劲点头，校长也欣然接受了。

就在卡拉格还没有离开之前，我把他拉到了一边。“你们能同时保证学校外围的安全吗？现在这里绝对不允许有访客，尤其是不允许有人类进入这片区域。”

“我会的。”美洲狮变形人向我保证，就那么一瞬间我们俩四目相对，我的蓝眼睛和他的绿金色眼睛。我们互相点了点头，不必多言。是的，一旦我们有了计划，我都会让他知道。

大部分被隔离在外面的学生都松了一口气，各忙各的去了。但我们几个人，包括芬妮、克里斯、诺克斯、海豚们，一起留了下来。“我们都认为要把学校夺回来，对吧？”我环顾四周问道。

“你说得对，有鳍动物。”芬妮同意。

“那我建议我们好好策划一下，”我坚定地说，“我正好知道一个地方，那是一个任何爬行动物都不能发现我们意念交流的地方。”

几秒钟后，我们一同去往沉船，那是我们的秘密基地。

危 机 会 议

我们以最快的速度游了过去，很快，沉船就在我们眼前清晰了起来。它有一艘游览汽艇那么大，周围珊瑚丛生。由于它没有浮出水面，所以坐船经过的游客几乎不会注意到它。海豚们快如箭矢，向着隐蔽的入口，也就是以前的舱门游去。布璐和诺亚就在我的面前，忽然之间就成功变形，爬上了以前的驾驶室，那里总是有一个大气囊，他们还抓起了放在一边的沙滩巾。我也溜了过去，身体没来得及擦干就变回了人形。芬妮、克里斯和诺克斯挤在我身后。门口的地板上长满了海藻，克里斯急得差点滑倒。“呼，多一点氧气也不错。”他说着，把一根带着浮球的透明软管从入口处推了出去。当软管的末端到达顶部时，他开始操作手动泵。马上就有新鲜的空气被吸到我们这里来了。

“我的海藻老天呀，我没办法变形，我太兴奋了。”莎丽对我们说。诺克斯也还一直保持着鱼的形态，在门口游了一圈。

我们在五颜六色的橡胶垫子上坐了下来，由于大家怒气未消，所以察觉不到现在的钢制地板有多冷。芬妮咆哮着说：“这件事太无耻了！你们觉不觉得他们蓄谋已久了？”

“我还是不相信，”诺亚喊道，“首先雷诺克斯夫人设法弄走了我们两个最有实力的老师。现在我们又被锁在外面！坦加罗阿的怒火应该降临到这些家伙身上！”

“哦，是的，拜托了。”我说，希望这不会带来第二次飓风……你永远不知道海神的脾气。“所以，我觉得几件事已经凑到了一起，莎丽，沼泽地的救援行动你也参与了。你无意中听到艾拉自发地邀请了她所有沼泽地的亲戚朋友，其实是因为她比自己想象中要更喜欢学校，所以才会强烈推荐给他们。”

“没错，她肯定没有事先计划，”莎丽说着，发出一连串的口哨声，“我们不知道会在那里碰到谁。”

“不过后来，我感觉她和她妈妈挺高兴的，居然有这么多蛇和鳄鱼来到这里。”我继续说道，“我想她们早就计划好了，学校里爬行动物的数量必须最多，这样就能夺取主宰学校的权力了。”

“可能。”芬妮表示同意，她走到架子前，把我们藏匿的糖果当作慰问品发给大家，“我的意思是，不然她为什么要为这些笨蛋交学费？我要是没有记错的话，总共是 22 个？”

“你说得没错——前几天我就数过了，”我说，“这并不容易，因为他们根本坐不住。”

诺克斯说：“这可不是一笔小数目，尤其是对于雷诺克斯夫人这样喜欢钱的人来说。”

“但现在，他们，显然也包括艾拉，已经决定造反了——也许艾拉为了她的朋友和亲戚，也会跟着造反？或者是看在她母亲的分儿上？”克里斯茫然地摇了摇头，“我希望的是雷诺克斯夫人无法阻止克利尔沃特先生。你们也会像我一样觉得这个梭鱼爸爸可悲吗？”

“可悲得就像一只死了一个星期的水母，”莎丽说，“而且还是刚刚被人踩了一脚的水母。”

大家统一意见之后，布璐说话了：“我很想知道，雷诺克斯夫人是怎么知道怀特小姐的过去的。”

怀特小姐，听到她的名字我心里就感到一阵刺痛。如果她还在，我相信她会很快处理好这次危机。这就是为什么雷诺克斯夫人一开始就把她赶走。还没等我张口说出这些话，芬妮就说：“我想这并不难。雷诺克斯夫人与犯罪团伙的关系显然是密切而融洽的。蒂亚戈甚至看到她和那个黑道老大很亲密。”

“嗯，只是亲了一下脸颊而已。”我解释道，感觉到内心各种情绪在交战。

“但有一点很清楚，怀特小姐本身并不是罪犯……或者说早已经不是了。她有……”

“是啊是啊，好吧，”诺克斯打断了我的话，“我们能不能把重点放在如何夺回我们的学校上？利努斯的小宝宝们还在里面呢！如果那些沼泽呆子打起了鱼缸的主意，把里面的水都喝光，那可怎么办？”

“对，该制订一个计划了。”我下定了决心，深吸一口气。只要我们度过这次危机，我就会设法找到怀特小姐，把她带回来。但现在有更紧迫的事情。“有谁知道，如果所有的门都锁着，我们怎样才能进入主楼？”

“我起初以为我们可以利用海底隧道进入变形练习场，然后从那里进入主楼，但他们已经把那里封死了，”芬妮说，“我去拿管子的时候快速检查了一下。"

"好吧，"我叹了口气，"那天窗呢？"

"回去后第一时间让霍莉检查一下。"诺亚说，他的眼神很温柔。

"不过就算他们把那儿也封锁了……我们也比这些新来的家伙要更了解学校，"克里斯喊道，"我们会有办法的！"

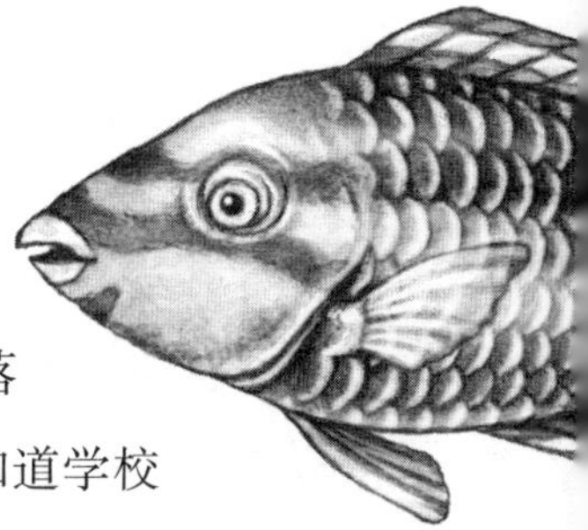

"借你吉言，"诺克斯说，用嘴啃着一块落在口边的珊瑚，"我也不信这些爬行动物会知道学校里有多少条隐藏的地道。哪怕是艾拉也不知道。"

"那些地道容得下海豚吗？"莎丽紧张地问道。

"不，这些地道主要为了方便像我这样的小海行者从一个地方转移到另一个地方。"诺克斯解释说，"你们都过不去。即便是零卡路里节食或者穿塑身衣也不行。"

显然他在牙医诊所的水族箱里的时候，跟着人类看了太多的女性杂志。

"你们几个之中，朱娜和利努斯应该是合适的。"诺亚咬着手指说道。这个动作他是从霍莉那里学来的。

"利努斯？快拉倒吧！"克里斯打趣道，"等他游到那里都快过圣诞节了。甚至是复活节。他比玛拉还要慢。"

"这倒是。"诺亚也赞同，"打架也不是他的专长。所以还是让诺克斯和朱娜去吧。不过我们还有很多其他拥有特殊能力的海行者，别忘了。"

"我可以轻易把鳄鱼咬成两半，也许只有这样我们才能回去。”我笑着建议道，压抑着自己身上轻微的变形刺痛。

其他人都显得有些忐忑不安。“虽然你很强大，但这没必要，老兄，”克里斯说，他拍了拍我的肩膀，“血在水里看起来总是那么恶心。”

“我想我知道诺亚说的是谁了，”芬妮插话道，一下子抓了两颗糖，“你们知道章鱼是逃生高手吗？”

我想起了我在一本海洋科普书中看到的内容。“对啊，我怎么没想到呢？即使它们像露西那么大，也能从任何缝隙里挤进去，因为它们身上没有一根骨头。”

秘密基地的气氛明显燃了起来。

“好了，伙计们，该试试了，”我说，“我们开始行动吧！”

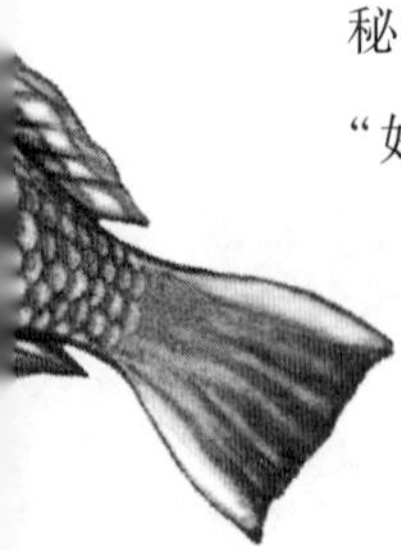

入口处又是一番争抢，我们都想同时下水，匆忙换衣服时还发生了不少推搡。谁的鼻子撞到了我的眼睛，谁的尾鳍又碰到了我的侧身。因为莎丽、布璐和诺亚都有着仅用 10 秒就可以从 0 加速到 100 的能力。其他人都没那么快，我们剩下的人就跟在他们后面。

我们要好好运用我们的力量。

当我们把计划告诉杰克·克利尔沃特时，他马上就同意了。“这可能行得通。”他说，一头美洲狮一直警惕地守在他身边。北极狼女孩现在可能正在外围巡逻。“没有你们我该怎么办？”

“坐在大街上？”诺克斯说。

“哈哈，是啊。总之，我已经联系上了法林，他会尽快回来，而且他说会带一个人来，可以顶替怀特小姐的位置。”校长说。

“什么时候？”我想知道。

“星期天晚上，他没有订到更早的航班。”

我们互相看了一眼。两天后！那太晚了，无法挽救开放日。所以我们不能指望任何外援。

“这样的话，我们得自求多福啦。”杰克·克利尔沃特说，我见他神情坚定，便松了口气。他平日里总是眼神慈祥，而现在则因愤怒而变得冷酷。“嗯，来吧，我们开始吧！”

破门而入

“开门！这是我作为学校督学的命令！”我远远地就听到芬妮的声音。为了不让爬行动物们知道我们在干什么，她在前门上演了一出声东击西的戏码，她假扮成一个老男人来分散他们的注意力。透过餐厅的玻璃窗，我看到许多爬行类变形人呼啦啦地朝那个方向移动，对着那个自称是督学的人嗤之以鼻。

好样的。这样他们就不会知道，有三支队伍正打算闯入蓝礁中学的主楼。我们要夺回我们的学校，不管付出什么代价！

不幸的是，艾拉认得芬妮的伪装，所以伊兹盘腿坐在码头上，用克利尔沃特先生的手机给她打电话，因为她没有找到自己的手机。但我无法想象她和艾拉说话的样子，所以偷听了一会儿。“嗨，你还不认识我，我是来自加州的。”我听到伊兹说，“是啊是啊，我知道你现在没时间，但我有重要的事情要告诉你……”

奇迹发生了，艾拉并没有挂断电话，两人一直在电话里聊。可惜的是，我听不太清楚她们在说什么，因为我们已经离码头太远了。

莎丽、贾斯帕和我从学校的后门蹑手蹑脚地走了过去，厨房服务区的入口就在那里，还有垃圾箱。这里的味道有点恶心，就像晒了很久的香蕉皮和鱼内脏。

“有什么办法可以把人的鼻子关掉吗？”莎丽低声道。

“不是关掉，是堵住。”我低声回道。贾斯帕在教她怎么做，因为我的胳膊上满是滑溜溜的章鱼触手。我能感觉到露西的紧张，于是给了她一些安慰。

我们来到了学校的一个角落，这儿已被列入了维修名单，因为一块飞来的碎片将外墙打穿，出现了一个洞。爬行动物们并没有留意到这里，因为他们根本就没有帮忙清理过。洞暂时用硬纸板封住了，这样就不会有蚂蚁爬到厨房里捣乱了。虽然洞口直通里面，但只有一个面包的大小。疑惑之下，我先是看了看那只两尺半长的章鱼，又看了看洞口。“你确定可以吗？”我低声问她，她的回应是一种无言的“相信我”的感觉。

我们着迷地看着露西从我的怀里爬了出来，开始以滑动的方式往里爬。她让自己的身体变得又长又瘦，足以穿过洞口，就像一摊液体流过去一样。不久之后，她的整个身体，包括手臂和其他所有的部位，都进去了。

我和朋友们用眼神说了一句“搞定”。

“我进来了，”我们的章鱼变形人通报了胜利，“我现在侦查一下。”

“好的，去吧，”我低声回道，“趁人不注意的时候，你就从里面给我们打开一扇门，好吗？如果你自己做不到，就去找米萨奇小姐。她一定还在楼里的某个地方，她可以帮助你。”

我觉得很奇怪，学校的秘书难道没有看到这一切，也没有听到任何消息吗？通常当她认为有学生行为不端时，你总能听到

她的口哨声，她会一路吹到棕榈树林。

“我会的。”露西回道。

贾斯帕留在洞边，确保没有人阻挡露西的逃跑路线。我和莎丽走回餐厅阳台下面，看到克里斯和朱娜这支队伍隐藏在码头下，水都漫到腰部了。“什么情况？”我们一坐下来，我就紧张地问道。

“诺克斯从逃生隧道进去了——你知道的，就是那条遇到紧急情况，可以从主楼逃去海里的那条通道。朱娜还是没敢进去。”克里斯报告说，一条黄白相间的小蝶鱼在他身边游来游去，不知为何，蝶鱼显得有些羞愧。“20 多个捕食者对我来说有点多。”朱娜胆怯地说。

莎丽俯下身子，金色的鬈发顺着脸颊落下，她用双手捧着朱娜的鱼身，轻轻地握住。“我明白。别怕，好吗？我们可以换个方式夺回蓝礁中学。”

这时，伊兹已经打完了电话，艾拉终究还是挂断了。“我也要进去，我的第二形态已经够小了。”伊兹勇敢地说。因为她没怎么练习过，所以还是花了几分钟才适应了飞鱼的形态。她张开像翅膀一样的鱼鳍，用力拍打尾鳍，像子弹一样射进了有机玻璃管里。“我现在已经在敌人的地盘上了——真是刺激……”

“祝你好运，”我低声说道，“第三队？你们那边怎么样了？”

第三队由霍莉和诺艾米组成，她们是少数在高处感到自在的林行者。“我们在屋顶上，爬上了那个愚蠢的天窗，现在，霍莉正准备把它打开，但它就像被鳄鱼倒了100加仑[①]的胶水一样粘住了！”

“试试就行了，”杰克·克利尔沃特冷静的意念之声插了进来，“你们最好在被人发现之前赶紧下来。”

之后我们就没怎么说话了。在等待侦查员消息的过程中，我们都非常紧张。最重要的是，如果他们中的一员能成功地从里面偷偷打开一扇门，那将会大大地振奋“军心”，但我还远远不能确定他们是否会成功。对于这项任务而言，露西的体形实在太大了，沼泽地学生可能很快就会发现她，而诺克斯是最近才第一次尝试变成人形。我不知道他是否能在没有任何帮助下成功变形。

“啊，糟了，”伊兹害羞地说道，“我……好吧，说实话，我不知道我在哪里，在一间有电脑的房间里。”

“我猜，可能是一个项目室。你刚才是游上楼的吗？”

“唉……对不起，等我从管道里滑出来的时候，我已经到了别的地方。抱歉，我觉得我真的迷路了。”

我强迫自己说了一句“不算太糟”。

一个特工失败了，我们还有两个。

莎丽不安地望着海面，布璐和诺亚在湖边巡逻。他们接到命

---

① 一种容（体）积单位，又分为英制加仑和美制加仑，两者表示的大小不一样。1加仑（美）=3.785412升，1加仑（英）=4.546092升。

令，负责阻拦所有闯入者。

“别担心。”克里斯搂着莎丽的肩膀，露出海盗般的笑容，“我相信他们俩和佩拉吉乌斯夫人会设法把那个新来的校长弄走。”

莎丽困惑地看着他，说：“你是说他们会强迫他变形？”

“克里斯只是开个玩笑。”我说话的时候紧盯着这个海狮变形人，他怎么敢随便搂着她？

突然传来诺克斯的声音，我们都吓得一激灵。“我现在游到一楼啦，”他低声说，同时向我们传递着他所见到的一切。起先那里一片漆黑，然后突然变得明亮，他从管子里爬进了水族箱，周围都是岩石、珊瑚和沙子。诺克斯转过头来，我们和他一起看向学校秘书的办公室。“唉，该死的鱼鳍抽筋了。”他说，莎丽吓得跳了起来，这倒是让克里斯把搂着她的手抽了回去。

通过诺克斯的眼睛，我们看到爬行类变形人把米萨奇小姐绑在了办公室的椅子上，把她一个人丢在了那里。她的眼神充满愤怒，但无法发出声音，因为那些家伙堵住了她的嘴。她的额头上用紫色口红写着“嗨羊生物滚出去”，那些新生显然还没有上过什么语文课。

“就算那天她很粗暴地撕下了我的创可贴，我也不愿意看到她遭遇这样的事情。”诺克斯用意念说道。

“快，你得把她救出来，”我催促道，“你们联合露西，也许能从内部破除封锁！”

“不，我先去看看学校其他地方的情况。”诺克斯说，我猜到了他要去的地方——水族箱之间是连通的，所以动物形态的小海行者可以在学校里来去自由。鹦鹉鱼快速射向前方，回到有机玻璃管中，从那里沿着蜿蜒的小路进入了入口大厅的水族箱。

立刻有小海马从四面八方向他游来，并在他身后找掩护。难怪他们会惊慌失措。透过诺克斯的眼睛，我看到一只看似巨大的手在水族箱里搅来搅去，抓着一切移动的东西。

“啊，可爱的小家伙们呢？”有人怪声怪气地叫着。我认出了那是凯戈尔的声音。

“他们正和我在一起！”当诺克斯向罪魁祸首冲过去时，那只手在我们的视野中突然变大。

“不要，诺克斯！”我大叫一声。

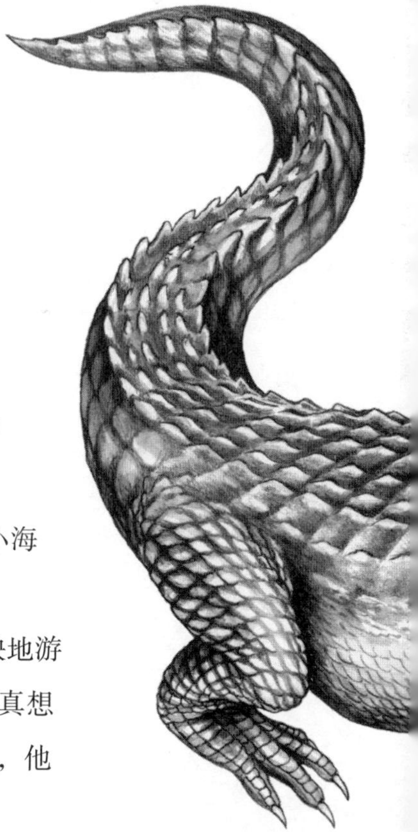

太晚了，我们的鹦鹉鱼已经用嘴狠狠地咬住了凯戈尔的手。他的行为是正确的，也是英勇的，只可惜现在所有的沼泽地学生都知道他在学校里了。

“哎呀，脏兮兮的畜生！”凯戈尔大叫一声，伸手去抓诺克斯……而且真的抓住了他。但诺克斯鳞片上的那层黏液帮了大忙，他从凯戈尔的手中滑了出来。

“快进管道！”诺克斯命令那些小海马，“越快越好！”

三只小海马听话地摇摆着小鳍飞快地游走了，诺克斯不耐烦地催促他们。我真想叫他游到前面去——一旦他进了管道，他们就抓不住他了。但我知道，在确保小家伙们脱离危险前，他不会撒手离开的。这着实让人难受。小家伙们才走了一半的路。“快点儿，再快一点儿！”我对他们喊道。

又有几只手伸进了池子里，其中有几只是带鳞甲的，是锋利的鳄鱼爪。不久后，一张渔网也被投进了水中。一分钟后，我们通过诺克斯的眼睛只能看到水族箱的玻璃壁。

“如果你敢变形，我们就把你的三个小可爱冲进马桶。”我听到有人威胁说。看来就连小海马也没能逃过一劫。

“烂珊瑚！”诺克斯骂骂咧咧地朝我们发出消息，“暂时只能这样了。对不起，伙计们。”

现在章鱼是我们唯一的希望了。

特　　工

我还在被占领的学校外面，但章鱼露西已经进去了——希望如此。希望她能为我们打开一扇门！诺克斯投降后，我立即尝试在脑海中联系她。“你在哪里，露西？”

她的回答声音很低，以至于我几乎听不清她在说什么。“我已经到了一楼的餐厅。现在我在其中一间房间的椅子下面。但是运气不好，我周围有很多蟒蛇！我不知道该怎么办。”

“他们看到你了吗？”莎丽担心地问。

她的回答虽然消极但是带着一点骄傲：“我有伪装。”

我才意识到我低估了这只章鱼。我曾亲眼看到她如何在一瞬间改变颜色，像变色龙一样融入所在的环境之中。她还可以改变自己的形状——当她的触手被拉起来时，看起来就像一块被巨人抹在椅子下面的口香糖。幸运的是，从学校的窗户能看到，蟒蛇们正忙着把变形课用的人类和动物照片撕成碎片，所以他们没注意到。

“你检查门了吗？”我紧张地问。

“锁着的。”露西报告说，“钥匙就挂在那个凯戈尔的脖子上。”

该死！我猜我们把夺回学校想得太容易了。要是露西真被蟒蛇包围了，她暂时也没有别的办法，否则她也会被抓走。

“你们几个过来，我们再商量下。”克利尔沃特先生朝我们的方向轻轻地呼唤道。

反正我不能再坐以待毙了。我们吃力地从防潮堤下爬了出来，肌肉有点抽筋。为了躲避学校里那些侦查员的视线，克里斯、莎丽、朱娜和我蹲着走到了棕榈树丛中，围着校长站成一圈。他身边站着芬妮，她仍然穿着学校督察员的制服。

“我必须承认，在这次围攻之前，我一直在搜索怀特小姐一楼的房间。”她说。听到一个女孩的声音从男人的身体里传出来，有点奇怪。

“你想做什么？”我问道，其他人也显得有些震惊。

假胡子随着芬妮的笑声晃动起来。“好吧，我想一个当过赏金猎人的女人可能会留下一些，我们可以说是——工具。Bingo！还真是这样。”她举着一串带有奇怪银色钩子和针的钥匙，说：“有人告诉我，这些东西可以用来开锁。”

“行啊，那我们马上去找一扇蹩脚的门试试。”霍莉几乎无法抑制她的兴奋。

“不过我先申明，我以前从没干过这样的事情，”芬妮摘掉了胡子，把它扔到一边，“所以不要抱有太高的期望，好吗？”

我们立刻决定让芬妮试试，就选从餐厅通往海滩的那扇门，还让朱娜当她的助手。

“但这不是我们唯一的选择。有一些情况是沼泽地的学生所不知道的，包括艾拉。”杰克悄悄地说，他用手捋了捋他的浅金色头发，“我们本来计划修建一个水下音乐室……一个充满水的大玻璃球，可以漂浮在里面，听到来自四面八方的美妙音乐。”

“听起来很有海行范儿啊，可佩拉吉乌斯夫人从没提起过。”莎丽惊讶地说，这位老海龟变形人教我们音乐。

“目前还没有建好……但在规划的球体和学校之间有一条通道。现在通道水下的部分用一块金属板封住了。但这块金属板是一个可以转动的大圆盘。”

我们都认真地听着。很快，“未离任校长”在沙地上画了一张草图，展示了通往第一个变形场的通道。“就在这里，”克利尔沃特先生看了我一眼，“蒂亚戈可能有足够的力量推开那块金属板，虽然它在海水中浸泡多年会有些卡。然后另一位海行者，身体要非常柔软，就可以滑过去。”他的视线继续游移着说，“我们需要一个熟练掌握变形的人——在陆地上和水中都能行动自如的人。还有，他需要有足够大的力气，从凯戈尔那里拿回我的钥匙链。”

海狮变形人扬了扬眉毛说：“奇怪，我怎么感觉是在说我呢？”

“我说的就是你。但这可能很危险，”校长抱歉地说，“通常，遇到这种情况，我会给学生的父母打电话……”

这时候克里斯忽然毫无征兆地激动起来：“父母？能不能别提这茬！我母亲去世后，我花了半辈子的时间逃离我父亲。你觉得如果我真的死在这儿了，他会在乎吗？”

大家都被克里斯的这番话震惊了，却都沉默不语。

我也不知道该说什么。从未见过这个放荡不羁的金发冲浪男孩这个样子，我只是听说过一点点关于他的家庭情况，有点不对劲。

“不是这样的，”杰克·克利尔沃特坚定地说，“如果你出了事，将对他造成严重打击。你是他现在唯一的希望了。”

“他抑郁症发作的时候，几乎什么都听不进去，相信我。”克里斯转过身去，也许是不想让我们看到他的脸。但我可以看出他在发抖。“还有，他每天都可以轻松搞定一瓶威士忌，却没有任何帮助。欢迎你尝试与他交谈，我祝你开心祝你成功。”

我从来没有想到他家里的情况如此糟糕。莎丽把手放在他的手臂上以示安慰，默默地告诉他，她就在身边并且倾听着。

“没有人活该拥有这样的父母，”我对克里斯说，“哪怕是你。”

克利尔沃特先生、克里斯和其他人都奇怪地看着我。“呃，你这样说到底是什么意思，蒂亚戈？”朱娜问。

我的脸越来越热。哦，老天，我说的是什么胡话。我的舌头不由自主地吐出了这句话，也许是因为他搂着莎丽的肩膀。我恨不得找个深海地沟钻进去。

“典型的鲨鱼脾气，”克里斯歪着头笑了笑，“我本来想对你好点儿，可你又忽然这么脑残。”

“我不是……”

“不必解释了，”克里斯说，“如果你真的不待见我，当我在那场飓风中喘不过气的时候，你就不会救我了。”

我默默地点了点头。

克里斯看起来仍然很沮丧，完全垮掉的样子。莎丽和我交换了一个眼神。我们都在想，这种状态下，他还能在水下完成任务吗？

也许克里斯感觉到了我们在想什么，因为他突然变得很有斗志。“来吧，我们开始吧！”他喊道，“特工克里斯·雅各布森报到。”

我松了一口气，他似乎并没有生我的气。“我们要把学校夺回来，你看着吧。”我说。克里斯点了点头：“没错！”

“我们需要在其他地方制造些干扰，再分散一下他们的注意力。”校长环顾四周说，“大家有什么想法吗？”

贾斯帕以犰狳的形态急切地蹿了过来，用鼻子碰了碰我。“你知道吗？我可以假装在入口处挖隧道……在门下面。”

为什么不呢？爬行动物可能会嘲笑他的努力，但不管怎么说这也是一种转移注意力的办法。杰克·克利尔沃特点了点头，于是我说：“好呀，就这么办。”

卡拉格发言了。“你们有撬棍吗？蒂卡妮和我可以假装企图攻破前门。”

“好主意，船屋里有些工具。”校长回答。

我不太喜欢这个提议。“但是，就做做样子行吗？火箭和我刚刚修好了那扇门。”

蒂卡妮揉了揉眼睛说："船屋那儿有没有防护手套？"

当卡拉格他们几个人拿着工具、芬妮和朱娜拿着开锁器溜到后门时，克里斯和我在学校外面的海里转了一圈。朋友们的那声"祝你好运"还在耳边回响，我们已经游到了杰克·克利尔沃特在地图上为我们标记的地方。

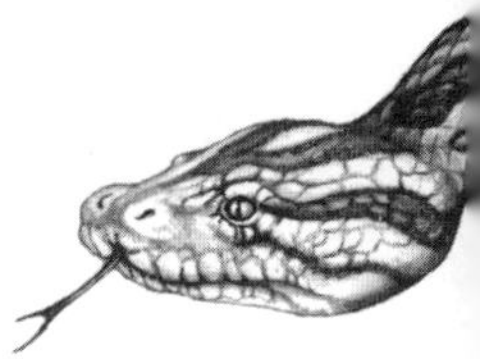

冲破埋伏

主楼边缘这里的水大约有 3 米深。我很快就发现了阻挡水下音乐室通道的金属盘。我们能穿过这个建筑工地进入学校吗？是时候找出答案了！我低下头，用我的鼻翼撑住金属盘。糟糕，那东西上长出的地毯般的海藻让我滑了下来。为什么海里的东西都这么滑溜溜的？克里斯迅速游向前方，张开前肢停在原地，用自己的鼻子在石板上蹭出来一块地方。我向他发送了一句无声的感谢。我再次用尽全力推那个金属盘，直到它嘎吱嘎吱地动起来。我弓着背，并用尾鳍搅动水面，但当这金属盘转了三分之一时，它卡住了，一动不动。

“推不动了？”克里斯低声对我说。

“嗯，恐怕不行。”我喃喃地回道。

于是克里斯试图滑进去。他看起来有点像一只试图穿过一扇倾斜窗户的猫。非常不妙。

“停！没有用的！该死，你不需要向我证明什么。”我知道我的声音太大，但在那一刻我为他感到害怕。真正的害怕。紧接着，海狮的下半身就相当奇怪地扭动起来。“嗨，伙计，我被卡住了，怎么会这样？”

“怎么不会呢？这口子那么小，你又那么胖！我的天哪。”我埋怨着，却又非常非常担心。克里斯处于危险的境地，因为他必须不断地浮出水面换气。经历了那次渔网事件之后，我完全能体会他现在的感受。我把我的意念集中发送给我们的校长：“克利尔沃特先生，我们这里遇到了麻烦，我们需要帮助！”

莎丽和克利尔沃特先生很快赶来了。他们用人类的手拉扯着克里斯，试图让他摆脱出来，同时转动那个金属盘。

“我不想催促你们，但我必须尽快呼吸。”克里斯说。

“我们会尽力的。”莎丽向他保证，抓住他的尾巴用力拉了拉。这一次，我没有嫉妒他吸引到了莎丽的注意力，因为这个海豚女孩真的很强壮。克里斯开始呻吟了。

“靠拉看来行不通，试试能不能把他推过去。”克利尔沃特先生建议道。这似乎更有效一些，这时莎丽还成功地将金属盘又往旁边推了一英寸。克里斯可能感觉自己就像一截牙膏被挤出了管子。起作用了，他滑过了那个开口。我强忍着想大声欢呼的冲动。

“真的很讨厌，但无论如何很感谢。”这信息来自克里斯，然后他就没多说什么了。他用意念嘀咕着从来没有得过“4分”[①]，可能对他来说，保持静默似乎更安全。

我衷心地祝愿他成功。很奇怪，我一直在想数字，15、16、17……我的大脑在做什么？在计算海狮在里面待了多长时间吗？还是在算他赚到的美元、糖果或鱼的奖励加在一起有多少？

---

① 4分代表刚刚及格。

过了好一会儿我才意识到，我的脑海里可以听到章鱼在数数。我问露西：“怎么了？”

“还差 3 个人。”她回答说。

“3 个谁？变形人？”贾斯帕问道，他还在忙着挖洞，似乎没有想明白，“加上艾拉，应该有 23 个。”

“但学校里只有 20 个。”露西确定地说。

对呀！当我们与露西讨论少了谁时，发现原来是新生中最大和最危险的两个鳄鱼变形人和一条巨蟒。不祥的预感，这绝不是巧合。

杰克·克利尔沃特很震惊。“所有人都听着——要小心！如果这 3 个人在背后捅我们一刀……”

我急忙跳起来，变回人形穿好衣服。幸运的是，其他人在这期间没有受到攻击，但他们非常紧张。自从发生铜斑蛇事件后，我们都知道，这次学校被占领不仅仅是一个恶作剧。

“他们一定躲在某个地方。”莎丽说。

“你觉得他们是想阻止我们从外面攻破学校吗？”

“也许他们只是在去汉堡店的路上。”我喃喃自语，因为我一直没注意到的胃正在咕噜噜地响着。

我们小心翼翼地回到了棕榈林，不停地四处张望。

“我想尽快知道那 3 个人在哪里。”杰克·克利尔沃特说，他变成了一只白头海雕，起飞后在低空盘旋着。

“我们马上就会知道，”霍莉爽快地说，只见一只松鼠跳上了一棵棕榈树，“我从这里可以纵观全貌！哦，我喜欢棕榈树！”

“现在没有人对此感兴趣，你赶紧看看周围吧。”卡拉格来了。

“你们能小声点吗？否则敌人会听到的，”蒂卡妮说，“克利尔沃特先生，他们仨住在哪个宿舍？”

“等一下，我指给你看。”内斯特说。他的第二形态是鳄鱼，但他属于我们这一伙儿。这也可能是他以人形出现的原因，这样我们就不会把他和沼泽地的那些小子搞混了。“对了，我想说，呃……”他说，并羞涩地侧头看了一眼莎丽，“不是所有的爬行动物都像这些新生，你们知道的，对吧？我可是一只友好的鳄鱼，并以此为荣！”

“我们当然知道，”莎丽说，还拍了拍他的肩膀，“鳄鱼就像人类和海豚一样，各有不同，而你是好人之一。”

“正是如此。”内斯特看起来很欣慰。

他帮助蒂卡妮打开了宿舍的门，闻到了三名嫌疑人的气味。接着，白狼俯身在地上嗅来嗅去。幸好，这里最优秀的追踪者是我们的人。

我与她保持着几步远的距离，以免打扰她的工作。我百无聊赖地环顾四周，突然怀念起我的鲨鱼感官，没有这些感官的时候我只觉得沉闷和无助。

还好我们拥有世界上最好的瞭望台。霍莉在树木和灌木丛中飞速奔跑着。

“小心点！”诺亚在礁湖上焦急地吹着口哨，他始终是我们的哨兵。

“你说什么？我现在听不太清楚。”霍莉高兴地说，从棕榈树叶上跑过去，跳到旁边的一棵树上。啊哈，显然霍莉对诺亚的喜爱到此为止了。

“记着，要是骨折了就得去找这里的恐怖秘书处理，你这个毛毛躁躁的小东西！”卡拉格说道，“而且现在连她都被绑起来了。”在离霍莉很远的地方，他正像猫一样盯着学校周边被绿色覆盖的区域。我发现他的耳朵在听声音的时候会转来转去。

但是，即使我这个相当迟钝的人类耳朵，也不可能错过这 3 个沼泽地学生出击的动静。一声尖锐的惊叫声在院子里响起——芬妮！

充满爬行动物味道的混乱局面

“主楼通往海滩的入口处发生了战斗。”杰克·克利尔沃特先生从空中向我们传来了消息，他正往地面俯冲。我、莎丽和蒂卡妮跑了出去。卡拉格大步跳跃着跟在我们后面，很快超过了我们。诺艾米像黑色的闪电一样从屋顶跳下来，也加入了这个行列。

芬妮和朱娜这会儿不在，她们还在后门忙活着。然而，我们看到了那 3 只失踪的爬行动物，他们仨扑到芬妮她们身上去了。其中一个鳄鱼变形人的脖子后面戴着灰色假发，另一个用牙齿咬着一件格子衬衫，像挥舞旗子一样转圈甩动着。

“你们想开门，”巨蟒尖叫着，一片假胡子斜粘在他的身上，“你们还想伏击我们的人！”

“正是，现在从我们身上滚开！”芬妮的声音从这堆东西下面响起，“你能逃脱我的手掌吗？你这个长着硬壳的香肠！”

“硬壳香肠”没有放过她们的打算。没关系，因为卡拉格和诺艾米正准备营救她们。美洲狮一个强有力的跳跃，就到达了爬行动物组成的金字塔顶端，他推倒了蟒蛇。一秒钟后，黑豹将其中一只鳄鱼扔到了蟒蛇的背上，他的腿在空中无助地乱蹬着。

"真不爽，是吧？"诺艾米说着用两只爪子压住了他的胸口。糟糕，她不能参与打斗了，因为不得不先看好她的俘虏。

莎丽和我也加入了战斗，这时后门突然打开了——克里斯以人类的模样走了出来。他的金发贴在额头上，身上有几道抓痕正流着血，但他胜利地举起手，挥舞着克利尔沃特先生的钥匙。

紧随其后的是那20只爬行动物——其中大部分是二年级学生，他们愤怒地向门涌来，在急于抓到克里斯的过程中互相踩踏，还都张着嘴想要咬住他的腿。

"大家到海滩过道去！"克利尔沃特先生吼道，他伸出爪子向跑在最前面的那个扑去，那是一条大蟒蛇，像一条巨大的活鞭子一样追着克里斯，差点就要抓到他了。

结果我们校长让它免费享受了一次飞行。

餐厅出口周围也爆发了骚乱。我和艾拉的一个表弟进行了一场摔跤，他企图掐死我，直到玛拉把一瓶覆盆子糖浆倒进他的嘴里，他一边呕吐一边喘着大气松开了我。

"哟，怎么了？"拉尔夫喊道，一边用手里的棕榈树枝猛击一条蟒蛇的头，他只能不停地躲闪。信天翁变形人马里斯用他的长臂向眼前的每一个爬行动物扔椰子，而娇小的谢尔比正灵巧地旋转着她的棍子，这下鳄鱼波丽听不到也

看不见了，只能跑进灌木丛。

朱娜被蟒蛇咬了一口，她抱着流血的手臂哭喊着。奥利维娅一看到立刻晕了过去，但晕倒的时间和地点恰到好处。“嘿，你干吗？放开我。”小蟒蛇变形人迪诺抗议道，他被压在了奥利维娅身下。而他的爬行动物同伴没有一个愿意去救他。

仍然有很多非常强壮的爬行动物向我们冲来，而我的同学大多不是专业的战士。拉尔夫在棕榈树枝行动中背后受到了攻击，他被一条巨蟒缠住了，卡门正奋力地想要救他。

“接招吧，海洋生物！”一只鳄鱼尾巴一甩打中了雷奥诺娜的膝盖部位，把她打倒在地，以便另一个沼泽地的学生能把她摁在地上。雷奥诺娜不断释放着电流，将他击退。

达芙妮用写着“欢迎”的横幅结了一个套索，想用它套住一只鳄鱼的脖子，但没有成功。

“这是什么烂招？”这位沼泽地学生问她，还用牙齿蹭了蹭她。随着一声大叫，达芙妮跑进棕榈树林，变形后她飞到了她能找到的最高的树枝上。我们班的学霸内斯特用胳肢窝夹住了一个罪魁祸首。“这里不允许咬人，明白吗？顺便告诉你一句，这是我！们！的！学校！”

“就是！哼，无论如何这都是不会改变的事实。”松鼠霍莉大胆地跳到一只咬人的鳄鱼的头上，用爪子捂住他的眼睛。蒂卡妮趁机从侧面将一根棍子插进了他的嘴里。

“您请慢用。”我说，他发出了愤怒的咆哮声。

我四处寻找艾拉，但没有找到。莎丽又在哪里呢？哦，老天，她同时被两条蟒蛇袭击了！我赶紧跑过去帮她，但她已经用精心设计的摆尾动作把他们打倒了。也好，因为我动作不够快。5 只鳄鱼同时瞄准了卡拉格和我，把我们截住了。

“来吧，好戏开场了。”卡拉格对我说，他用巨大的爪子把最前面的鳄鱼翻了过来，向他的喉咙猛扑过去，“看看我的牙能咬到你身上的哪块肉。怎么样，还想继续打吗？”

“你等着，你这只臭猫。”他的对手抱怨道。

“小心！”我对卡拉格喊道。我还没来得及阻止他，另一只小得多的沼泽地动物从边上钻了出来，一下咬住了卡拉格的后腿。

美洲狮咆哮着转过身来，给了他的鼻子一拳，但没有什么用处。毕竟他们皮厚肉糙。

我扑向攻击卡拉格的人，抓住他的嘴，我希望自己在人类形态下也有足够的力量帮助我的朋友。果然，我成功了。我迫使这家伙松开了牙齿，卡拉格的腿终于挣脱了出来。然后我抓住鳄鱼的尾巴，把他甩了出去。“呼，谢谢，好疼啊。”卡拉格呻吟着说。

但这个小插曲让他原来的对手在缠斗中重新占了上风。接着他们俩以美洲狮和爬行动物的形态纠缠着滚过了海滩，掉进礁湖里，刹那溅起了无数水花。该死的！

4 只鳄鱼笑得前仰后合，从不同方向向我爬来。我的膝盖早已经软得像布丁了。是时候尝试下怀特小姐教我的那一招了。我该早点练好的！ 我气喘吁吁、汗流浃背地扑向其中一个变形人。我趴到他的背上，把他的嘴往上掰起。我的对手愣住了，但只是短暂的一瞬，因为他的两个同伴已经向我扑来，我不得不翻滚着

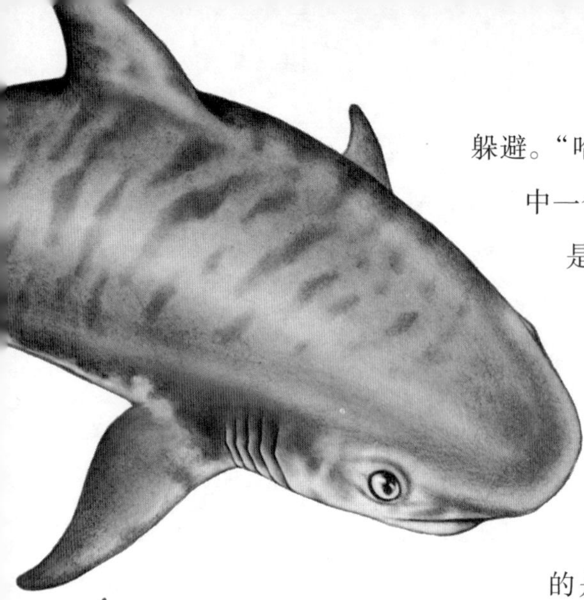

躲避。“哈，你自以为很聪明。”其中一个变形人说，我听出了那是凯戈尔的声音。

“朱娜！贾斯帕！”我大喊，“我需要胶带和剪刀！”

好在我们刚检查过工具，他们都知道我指的是封口胶带。有了这些，我们就可以反败为胜。如果他们的嘴或者腿被绑住，那他们就完全丧失了战斗力，我们要做的就是防止爬行动物互相帮忙逃脱。班长朱娜冲向船屋，我的犰狳朋友向劳作间跑去，一条愤怒的蛇紧跟在他后面。

两秒钟后，朱娜被一根树根绊倒了，被一个人形的沼泽地学生捆了起来。但贾斯帕却不见踪影，他拿到工具了吗？还是说蛇也把他带走了？

突然鳄鱼们向我扑来。我盲目地挥舞着拳头，但无法阻止自己被这些大块头的家伙推倒在沙滩上。真是受够了！“哈哈，我们连虎鲨都抓到了，其他的就更不在话下啦！”我的一个对手笑着说，“可能除了那个锤头鲨女孩。”

我不知道为什么在这个危急的时刻，脑海中响起了我最爱的那首歌曲：“你相信你能在水上行走吗？你相信你能赢得今晚的比赛吗？”

真是难以置信！

我愣了一下，听到了一声喘息，我转过头，突然发现自己正与贾斯帕对视。我们俩一上一下，因为我仰面躺着，他则蹲在防潮堤下，脖子上挂着那卷胶带。“在这里！拿着！拿去！最好快点！”他说。一条长着鳞甲的爬行动物的尾巴向他扫了过来，把他吓了一跳。贾斯帕嘴里叼着的剪刀飞进了灌木丛，但幸运的是胶带还在，这更重要。

突然间，我心中燃起了新的希望，它给了我意想不到的力量。我举起手臂，鳄鱼向四面八方翻滚而去，不一会儿我就蹲在了其中一只鳄鱼的背上。我抓住他的鼻子，把他拉了起来。在我的对手反应过来之前，我就已经用胶带缠住了他。“真是臭不要脸！”他愤怒了。

“哦，是的——但效果很好。”我回道。其实不需要剪刀，我把牙齿部分变了形，直接咬断了胶带。

“需要帮忙吗，虎鲨？”有人叫道。是莎丽！

刚从礁湖中出来的卡拉格浑身湿答答的，也跳进了战场。“猫头鹰个狗屎，到底还剩下多少人？”

“哦，还有十来个。”我说，但我们很快就控制住了他们。我们开始团队作战，以更快的速度绑住了这些鳄鱼。

克里斯和内斯特确保没有一个战败的对手溜进灌木丛。剩下的还在战斗的沼泽地学生看到我们的架势，他们的斗志开始走下坡路了。

“耶！我们赢了！”霍莉跳上卡拉格毛茸茸的脑袋，在上面跳来跳去，还拉着他的耳朵。我注意到他的一只耳朵上有一个缺口。总有一天我会问问他这是怎么搞的。

“也许吧，但这并不意味着我的耳朵现在可以被扯下来了。”我听到卡拉格幽默地回答。他摇了摇头，但霍莉早有准备，还是稳稳地立在他头上，只是稍稍滑了一下。诺亚疲惫地笑话了一下他的女友。

杰克·克利尔沃特落在了他那堆皱巴巴的衣服旁边，翅膀变回了人类的手臂，可以说是以“白头海雕”最快的速度收回了羽毛。“难以置信，我们居然成功了。”校长一边穿上短裤一边说。

或许不应该这么早就下结论。

“你们疯了吗？都在做什么？这种胶带的黏性很顽固的，弄不掉的！”艾拉已经走出了教学楼。由于她没有参与战斗，所以她没有出汗，不像我们一个个汗津津的。她的每一缕金发都完美无缺，白裙上没有飞溅的泥土污点。我吓了一跳，因为我看到她手里拿着一把刀，走向她的鳄鱼朋友们，他们的嘴巴被胶带封住了，一个个躺在凌乱的沙地上。我们就像被催眠了一样，几乎都累得站不起来，只能眼看着她掏出刀子，准备割断胶带。克里斯、莎丽和我不知怎么地挣扎着站了起来，但我们离得太远了，如果艾拉动作够快的话，她可以在我们阻止她之前解救一些她的亲友。这时她已经弯下腰来开始割第一根胶带。

“艾拉！停下！”克利尔沃特先生对她喊道，艾拉当然没有理会。

然而，结果是她不得不停下，无论她愿不愿意。因为一只章鱼的触手从她身后伸了过来，温柔却又坚定地夺走了她手中的刀。

“你这么做太不明智了，艾拉。”露西说，她完美地伪装了这么久，我们都快忘记她的存在了。

就这样，今天的战斗终于真正结束了。

日 落 时 分

太阳还没下山的时候，大部分沼泽地学生已经被赶出了蓝礁中学。凯戈尔是暴动的领导者之一，他离开的时候满脸不甘，还想踢翻校门口的学校招牌。卡拉格的一声尖锐的嘶吼很快就打消了他的念头。

“都怪你的馊主意……巧克力喷泉怎么办？”一条在他旁边溜达的蟒蛇抱怨道，“我们再也见不到它了！”

“反正巧克力又不健康。”凯戈尔咆哮道。

“这里伙食不错，但吃完还要学习，太烦了。”另一只鳄鱼说着，朝大沼泽地走去。

“没错，沼泽里好玩得多。”另一只爬行动物说，我还没记住他的名字。

杰罗姆和汤姆金在我们班的时间比较长，但他们也不愿意留下来，所以也选择了离开。只有两个沼泽地学生似乎对将要结束他们的学校生活而感到沮丧。“我还想学习怎么烘烤奶油馅饼呢，”强健的鳄鱼变形人波丽说，她目前是人形，正裹着一条毯子，“还有变形啊作文啊什么的。太遗憾了。”人形的她有一头乌黑飘逸的头发，圆圆的脸上有一双好奇的眼睛。

“她伤害了谁吗？”杰克·克利尔沃特问大家。我们都摇了摇头，“那么你可以留下来，如果你愿意的话，波丽。”

“我也想留下来，”迪诺说，他在战斗中一直被奥利维娅压在身下，“我喜欢读书。”

“那么我们仍然欢迎你……如果你能在饮食习惯上多注意一下，”校长说，“这话也适用于你，波丽同学。”

“哇，克利尔沃特先生！”波丽说，“如果必须这样的话，好吧。”

“很好，那些家伙终于走了……虽然他们中的大多数人并不是真的很凶，只是有点愚蠢和吵闹，”朱娜说，她看起来仍是忧心忡忡的样子，“但现在钱的问题就更严峻了，不是吗？毕竟，缴纳的学费少了，杰克……呃，克利尔沃特先生？”

杰克·克利尔沃特低头看着朱娜，她比他矮一个半头，说：“我现在不在乎了，朱娜。”

托克和艾拉做出一副若无其事的样子，但还是可以察觉他们脸上的愤怒。一说起学费的事，艾拉就激动了起来。“你们等着瞧吧——如果我把这件事告诉我妈妈，你们要面临的可就不止钱这一个问题了！”她说道。

这时候一个男人的声音插了进来。

“你为什么把那些学生赶走？这太不合理了，你没有这个权利，克利尔沃特！”说话的是一个瘦高的男人，穿着不太正式的服装。准确地说，他穿着一条内斯特的游泳短裤，踉踉跄跄地走到沙滩上，走到我们面前站直了身子。“我的名字是斯坦利·威廉姆斯，我是蓝礁中学的新校长。太阳马上要下山了，所有学生该回到他们各自的宿舍了。所以，咻，咻，快走吧你们！”

“对不起，克利尔沃特先生。我们阻止不了他上岸。”诺亚和布璐在礁湖里报告说。

我听到了佩拉吉乌斯夫人的叹息。“趁我们一个不注意，他就从我们身边溜过去了。”

斯坦利·威廉姆斯听到后，反而向我们投来了严厉的目光。“怎么，你们都想挨处分吗？我说了，回宿舍去！ 而你，克利尔沃特，现在去收拾你的东西。”

“我可不这么认为。”杰克·克利尔沃特说。

我们好奇地看着这个陌生人，然后直接忽视了他。

“最好现在就去释放米萨奇小姐和诺克斯。”校长说完我们就开始行动了，“谁来帮我打扫学校？”

朱娜、奥利维娅和拉尔夫，以及几个二年级的学生都走了过来，虽然他们的疲惫显而易见，但还是一瘸一拐地跟在校长后面。

“你们是真正的英雄。”我说。

“哦，是的，确实是。”玛拉就站在威廉姆斯旁边，假装他是空气，“除了我，还有谁也饿了？我去厨房给大家拿点零食。”

“好主意，我们顺便查看一下那条牛鲨。”我说，接着就和莎丽、贾斯帕以及飞鱼姑娘伊兹一起走了。其他人有的踉踉跄跄地走向医务室，有的继续为开放日布置场地。很难相信明天就要举行开放日活动了，简直太不真实了。我们就这样把这个即将上任的校长单独留在海滩上，他爱干吗就干吗去吧。

“伊兹，告诉我……你之前在电话里对艾拉说要告诉她一些重要的事情，”我忽然想起了这一茬，“到底是什么事？如果我没听错的话，你们谈了很久。”

“我告诉她，我知道她对她母亲的感受。”伊兹回答说，“我爸爸做了很多我不以为荣的事情，比如以貌取人，或者恬不知耻地巴结一些可能对整形手术感兴趣的电影明星。他开着一辆大车子，满世界跑来跑去，真正为加速气候变化‘贡献了力量’。虽然我们经常为此争吵，但我仍然爱他，你知道吗？”

我点了点头，顿时无言以对。

“我还问她，她的父亲究竟是做什么的。”

“那么，她是怎么回答的？”我很好奇。在这之前，从来没有人提到过艾拉的父亲。

“他被烧伤后无法正常工作，就只是打打高尔夫球，在家里似乎没有什么事可做的，”伊兹说，“艾拉没法和他一起做点什么，他也帮不了她。因为他是一个浣熊变形人，艾拉的妈妈一直很庆幸她的女儿没有像他一样。”

莎丽和我交换了一个眼神。突然间，我为艾拉感到难过。虽然她的家庭非常富有，但她也有她的难处。

我关切地注视着牛鲨。它几乎没有游动，状态很慵懒，仍然没有进食。“这样它会撑不下去的。”我说。

莎丽咽了一口唾沫说：“恐怕是的。我们该怎么做，让它走吗？我们已经没有什么可以为它做的了。”

我点了点头，喉咙里像长了厚厚的肿块一样被哽住了。那些该死的动物格斗迷，毁掉了我的动物伙伴。我们松开了网，合力放了它。

过了一会儿，这条鲨鱼才意识到发生了什么。它慢悠悠地游走了，我默默地在心里说了一句“祝你好运”，我知道我不会再见到它了。希望它能在平静中死去，没有任何恐惧。

“顺便说一句，”利努斯宣布，他和其他几个人一起参与清理工作，“我已经决定不再孵化任何后代了。这个世界是如此糟糕，人们残忍又吝啬，不能让孩子们经历这些！”

“好决定！”几个同学都表示赞成。

“非常好！那么你就有时间照顾好最后 3 个了。”诺克斯说，听起来有点嘲讽。

朱娜怀疑地看着他说：“这个世界也没有那么糟糕，我不这么认为，坏事时有发生，但总不能因噎废食吧？”

“就是，就是，”我安慰她说，“孩子们会认为他们能来到这个世界是件好事，我想。”

当我还在想着我和我父母时，看到离开的人群中有一个人朝着相反的方向走来。那是一个高大的黑发男孩，我认出这是露西最好的朋友。他仍然背着他的行李包，但这次它是湿的，显得非常沉重。包里放的显然不是衣服。

“嗨，里昂。”我说，对他笑了笑。

从他脸上的表情我马上就能看出，他已经知道了这里发生的事。“这儿不是精神病院也不是主题公园，”他说，“或许是一个军事训练基地？”

“有可能，谁知道呢？”我回道，里昂笑了。

“对不起，这个笑话很蹩脚。我可以和学校的领导谈谈吗？”

“坏消息？”我惊恐地问，希望他不是来带走露西的。

“不完全是。”他说，贾斯帕、莎丽和我就像被磁力吸引了一样跟着他走向主楼。不知道为什么我有一种直觉，有一场惊喜在等着我们。贾斯帕在地上嗅来嗅去，用他的四只小爪子嗒嗒地跟在我们后面。

贝瑞的父亲威廉姆斯先生，也就是佩拉吉乌斯夫人在礁湖里一直阻挡的人，已经气冲冲地离开了。而此时，克利尔沃特先生、里昂、我和我的朋友们站在了校长办公室。

“克里斯和露西告诉我，你们现在很需要钱。”里昂有点不好意思地说道，“我想我应该能帮上点忙。我潜过几次水……作为喙鲸，我有非常好的回声定位技能。”

他把行李包里的东西倒在了地上。

我不解地盯着这些硬硬的块状物，它们显然来自大海，因为藤壶一类的东西附着在物体表面。

“我在海下 300 米处发现了这个，”里昂简单地解释道，“别担心，那是在国际水域，我可以在地图上标给你们看。你们可以把它保管好，然后卖掉。这些全都给你们，我不需要任何回报。”

“嗯，什么？为什么？”我问道，因为我完全没有搞清楚状况。

“那是什么？”莎丽小声地问我，但我和贾斯帕只是耸耸肩。我作为一个迈阿密市内的男孩，没怎么见过世面，我怎么会知道这些来自大海的东西是什么玩意儿？

但杰克·克利尔沃特似乎知道……他像刚被闪电击中了一样。“我的天啊。”他嘟囔着，给了里昂一个惊愕的眼神。然后他蹲下捡起一块，用圆珠笔在上面划着，刮掉了一些海藻。

我吸了一口冷气。

地上闪现出来的，是金子。

黄金和好成绩

半个小时后，蓝礁中学的所有学生都挤进了勉强还算整洁的入口大厅，兴奋地小声议论着。水族箱里也很拥挤，等在那儿的，除了几乎占据了整个空间、用几十个吸盘抓着玻璃的露西，还有诺克斯、朱娜、利努斯和他的小海马，还有一些二年级的学生，比如杰米，他正像寄居蟹一样爬过沙地。他抱怨说："哎呀，到处都是鱼粪，该轮到谁来清理了？"

"好啦好啦，我很快就来收拾。也许我们可以给学校带一条更干净的鱼来？"利努斯埋怨着说。

"你可以试试，但现在请别说话了，我想听听这到底是怎么回事！"诺克斯命令道。

其他人也这么想，只是我已经知道了。我沉浸在满足和期待之中，一会儿肯定会把口水滴到地板上。我靠在莎丽、芬妮和克里斯旁边的门上，等待校长宣布这个轰动的消息。他旁边站着老太太模样的佩拉吉乌斯夫人和一个心情很糟糕的秘书，她的额头上还留有紫色的口红。

杰克·克利尔沃特举起了手，大厅里顿时一片寂静。

"在更多的谣言出现之前我想我应该先出来澄清一下——是

的，这是真的，露西最好的朋友里昂发现了一个以前未知的沉船宝藏，可能是一艘有几百年历史的西班牙大帆船，”他说，尽量让自己听起来充满理性，“他给了我们大约一公斤重的金块。按照每克 50 美元左右的金价，我们不但能用这些钱完成所有的维修，还能剩余一部分。”

现场出现了短暂的难以置信的沉默，然后爆发出一片欢呼声，几乎震破了卡拉格、蒂卡妮和霍莉的鼓膜，他们用手捂住耳朵，但仍然满脸笑容。

几十只手拍着里昂的肩膀，他显得非常不好意思，朱娜、奥利维娅和其他人甚至拥抱了他。诺艾米以黑豹的形态，把两只爪子搭在他的肩膀上，舔他的脸颊，但里昂似乎并不喜欢被舔。

“你不需要给他洗脸，他经常去游泳就够了。”露西说，语气酸溜溜的。

“现在，我们必须马上做出决定。”

现场很快就又陷入了沉默。没有人敢乱动，所有的目光都集中在杰克·克利尔沃特身上。“明天的开放日怎么办？”他扫视了一下整个大厅，用手捋了一下头发，接着说：“我们可以不用依赖开放日了。经历这场硬仗之后，一切都结束了。如果我们撤掉入口处的路障，挂出取消活动的牌子，也就不会有人来了。”

莎丽和我互相看了看，有些沮丧。很多人会因此感到失望的，包括很多孩子。上次有些游客是从迈阿密专程赶来的，来回一趟要两个小时的车程。

诺亚举起了手，说：“我个人觉得我们还是可以举办的，要不我们投票？”

校长迅速地环视了一下，毫不迟疑地说：“有谁赞成明天举办开放日吗？”

大多数人都举起了手，包括我和三只海豚。

“好吧，那么提案通过！”他咧开嘴笑了，说道，“这和上次有点不同，上次的游客给我们制造了很多麻烦。”

“你知道吗？这次我甚至会让游客摸摸我，”贾斯帕低声对我说，“但只能是小朋友！”

“你确定吗？”我小声地回道。

“差不多，”他说，“最好不要拉我的耳朵。”

“可能小朋友想给你挠痒痒。孩子们就是这样的。”

我们这位小英雄显得很疑惑，说：“那我还是去柠檬水摊帮忙好了。”

玛拉开口了：“也许我们可以每月举办一次这样的开放日或其他活动，哪怕我们并不是急需用钱。实际上，上次还挺有意思的。很多人想看变成海牛的我，那种感觉还挺酷的。”

乐队队长雷奥诺娜点了点头，说：“这些演出对我们来说是很好的练习机会，上次观众们真的很喜欢。”

“对了，储备一点现金可能以后能派上用场呢。”莎丽说道，“飓风多久来一次？”

“每隔几年吧——所以这里没有车站什么的。”芬妮说。

“没错，”克利尔沃特先生兴奋地说，“我的建议是，我们从开放日的收入中提取一部分，为所有学生提供每周 10 美元的补贴。这样，大家的辛苦付出也算获得了一些回报，我还打算减少一些学费。”

这一提议在热烈的掌声中被接受了。

“那么，大家都去睡觉吧。我们已经度过了艰难的一天，还得应付忙碌的明天。我想告诉大家……你们都很棒。我非常乐意给你们所有人的‘战斗与生存’课一个好成绩。特殊情况特殊处理嘛。”

在最后一轮欢呼和掌声之后，我们接受了他的建议。在睡觉之前，我们向露西的朋友里昂告别，他又得上路了。

“先别让他走，”芬妮急忙嘱咐我，她把里昂、露西和我带到餐厅，我们站在及膝深的水中。

芬妮、贾斯帕和朱娜商量了一下，然后朱娜跑去她的宿舍，带着两个印有“鬼网手镯”的布袋回来了。她把一个递给里昂，另一个递给了露西。惊呆了的里昂将手伸了进去……然后掏出一个绿松石色的尼龙手镯，上面打了一个结，是用一个金属扣子固定住的。“这是用旧渔网制成的，这网曾让海洋生物处于危险之中，”朱娜说，露西兴奋地试戴着她的第一件也是唯一的首饰，“其实这是我为别人买的，但现在我想送给你们，作为临别礼物，也表达下对露西的感谢。你为我们做了这么多好事！”

我笑了。露西在飓风前就表现出很喜欢鬼网手镯，可能被芬妮无意中看到了。

“谢谢你，这简直……太海行范儿了！”里昂惊呼，他戴上了手镯，然后与我们一一拥抱告别。

他走后，我们用最后的力气爬上了床。克利尔沃特先生曾说过，战斗和生存……这让我不得不又想起了非法斗鲨的事情。我们虽然已经成功地解救了一个，但组织者可能已经在计划新的活动了。不幸的是，我不知道该如何阻止他们。我对警方并不抱太大的希望，因为雷诺克斯夫人和那个比特格林在接受问讯时否认了一切。也许史蒂夫和我能以某种方式设法给他们定罪？

想着这些，我慢慢睡着了。

半夜里，我被一个想法猛然惊醒。莎丽一直因飓风摧毁了她的贝壳收藏而难过——如果班上的每个同学为她寻找一个特别好看的贝壳，给她凑出一批新的收藏呢？我必须尽早与班长朱娜讨论下。

我的嘴角带着微笑，再次进入了梦乡。

这一次的开放日，除了吉他手兼乐队指挥雷奥诺娜出现了一次小小的局部变形失误外，整场活动几乎都很顺利。她不小心电到了蒂卡妮，导致她唱歌的时候头发全竖了起来。有点遗憾她没有变形为狼，不然这会是个大看点。火箭说这话的时候，变得有点儿不受欢迎了。

我在迈阿密和约翰尼、火箭一起度过了周日，火箭奶奶的吊床把我给冻坏了。晚上我的代理爸爸开车把我送回了学校。

我回来的时候，莎丽在等我一起去吃饭。她非常可爱。我们看到加西亚先生提着行李箱站在走廊里，像是刚刚回来，我们很好奇。他正在和一个中年妇女交谈着，她也拿着一个手提箱。我猜她可能是个税务会计或有机食品店的店员，尽管当我仔细想来，我还没有真正见过一个税务会计，也从来没有在有机食品店买过东西，因为我买不起。总之，这个女人穿着牛仔裤，外加一件花纹老式的上衣，显得有点害羞。等一下，这会是我们新的作战老师吗？她看上去像是踩到一个海胆就会晕倒的样子。

加西亚先生看到我，挥手示意我过去。“蒂亚戈，对了，这位是班尼特夫人，新来的老师。”

班尼特夫人对我笑了笑，说：“在你开口问我之前……我是一条刺鲀。”

“很高兴见到你。”我憋了一口气说。没有人能够取代怀特小姐，不管他们对我笑得有多友好！无论怀特小姐曾经做过什么，我都希望她在这里。我需要她。这就是为什么我发誓要找到她并把她带回来。

“这真的是我们的新作战老师吗？”莎丽小声问我，“刺鲀根本不打架，它们只是在害怕的时候把自己鼓起来，变成带刺的蓬蓬球。”

“让我们拭目以待吧。”我低声回道。

当班尼特夫人走到一楼的校长办公室时，加西亚先生把我带到一边，语气平静地说：“有件事你应该知道，非法斗鲨这件事我可没打算就这么算了。如果你告诉我的是真的——当你面临生命危险的时候，雷诺克斯夫人故意不回应你的呼救，那么她就应该受到惩罚。我从理事会获得了调查她的许可，我要找出真相。”

我默默地看着他。最后，我说：“嗯，这应该很有意思。”

“我想是的，”加西亚先生脸色严峻地说，“这一切都要等待合适的时机。我要打她个措手不及，因为我知道她非常善于防御。”

“所以这就像窃听她的手机一样，只针对她的思想？”我咽了一口唾沫，“这很危险，万一被她发现了……”

“我知道。所以祝我好运吧。”法林·加西亚说，我当场决定将他列在我喜欢的老师名单上的第二位。这是一个竞争很激烈的排名，杰克·克利尔沃特和佩拉吉乌斯夫人与他并列第二。谁规定第二名只能有一个名额？

“你知道警察是否发现了非法斗鲨吗？比特格林先生有没有承认他策划了这些活动？”

加西亚先生叹了口气，说：“当然没有。据我推测，他和雷诺克斯夫人一样，碰巧在‘战马号’上，不知道船要去哪里。可惜没有法律禁止在动物格斗赛上下注，只有举办这类比赛是非法的。”

“但他是动物格斗的组织者，我敢肯定！”我大声说——我仍然清晰地记得那个穿着灰色夹克的大块头黑帮老大。

“他对工作人员颐指气使，监督如何下注，等等……他百分之百就是组织者！至少是主谋之一！无论如何都是。”

“可你不能作为证人出来作证，因为你在整个事件中是鲨鱼的形态。”我的变形老师指出了这一点，“总之，这艘船是某个人租来的，据说这个人还是个失业者，警察和我都觉得他很可疑。他们正试图弄清楚这个人一开始是从哪儿搞到钱。我敢打赌，他只是一个傀儡。这些钱是幕后主使者给他的。”

“比特格林？”

“也许吧。他有一个破绽——警方从船上几个服务员那里得知，他们在为比特格林工作。潜水员的奖金是用现金支付的，好像是一个以前常为雷诺克斯做事的人接手了。”

为什么我不感到惊讶呢？“会不会她也参与了？以组织者的身份？”

“我希望我们能发现更多的线索……并抓住这些人！”

速　　度

经过这次关于斗鲨的讨论，我比以往任何时候都更坚定地想要阻止这令人厌恶的事件再次发生。加西亚先生似乎也有同感，他深呼吸了一下，说：“好了，换个话题。不要再想雷诺克斯夫人的事了——现在该想点开心的事了。”加西亚先生说完对我笑了笑，“飓风过后，你们一直都在非常努力地工作。”

“是……是的。”我迟疑地说。开心的事总是好的，但我不确定像他这样的老师是怎么理解的。一次搞笑的变形练习，让我们轮流出丑?

谢天谢地，还好不是。“你有兴趣坐快艇出游吗？爱德华和你好心地替我修好了‘威力鱼号’的发动机，”加西亚先生说，“你的朋友下次可以一起来，这次我们先带着我们的客人上船吧，恐怕已经快满载了。”

听到“快艇”一词，周围的人神奇地聚到了一起，发出了一阵惊叹。

我们的客人耳朵都很灵。

“一艘快艇！”霍莉以人的形态跳了起来，“这也太坚果了吧，诺亚和我正在考虑怎样能一起出海旅行。”

“不要让他们驾驶！”蒂卡妮警告加西亚先生说。

“你们每个人都可以驾驶，”加西亚先生承诺道，卡拉格和蒂卡妮听到后显得有些惊慌。

“你不相信我能开船吗？”霍莉感到被冒犯了，“走着瞧吧，我能搞定。加西亚先生，诺亚上船后能坐到我旁边吗？”

他笑了。“这一点我不能保证，他估计不想。冲浪才是他的爱好之一。”

“好吧。”霍莉说。我在想她和卡门去了哪里。没过多久，她带着一个奇怪的架子回来了，她坚持要带上船。那架子看起来像一个带有支架的风筝。

我们到了已修缮好的码头，大家纷纷上了“威力鱼号”快艇，坐在舱内的软垫长椅上，这个长椅是用白色塑料制成的，大约有5米长。

“我们什么时候出发？”这已经是布璐的第五次唠叨了。她和诺亚、莎丽以海豚的形态在船头等着，兴奋地来回游动，每隔几秒钟就浮出水面呼吸。

“现在出发！”加西亚先生说，然后把船开出了礁湖。发动机轻轻地咕噜着，当他把节流阀向前推时，笑容在他的脸上蔓延开来。“我们来啦！”

两个强大的舷外机轰鸣起来，快艇向前驶去。海风吹拂着我的脸，霍莉的头发被吹得乱七八糟的，就像一个拖把。

“耶！”海豚们在船头冲浪。他们平稳地在海浪中前行，身体被水流带动着，跃出一道浅浅的弧线，再轻盈地落回水中，几乎没有溅起什么水花。

“海行范儿！”莎丽欢呼道，“为什么我们不多这样玩玩呢？”

“如果你在下一次变形测试中得到 1 分，我就考虑考虑。”加西亚先生回答道，莎丽叹了一口气。

“你想掌舵吗？”加西亚老师向我喊道，我光着脚在潮湿的塑料地板上一边找平衡一边前进。船舵看起来像一个方向盘，操控船向左或向右看起来超级容易。当老师向我展示如何松开油门时，海豚们立即提出了抗议。

“你们在干吗？”

“快！更快！”

“船头的波浪要比刚才更高才行！”

“好的好的，别急。”我说完把操纵杆往前推了推。

加西亚先生羡慕地望着水中的海豚说：“恐怕我也想加入进来。”说完他就把 T 恤拉到了头上。几秒钟后，他以一只雄性海豚的形态在前面冲起了浪，就跟其他海豚一样优雅和健美。他和莎丽看起来就像父女一样齐头并进。

驾驶“威力鱼号”是一件非常有趣的事情。我径直驶向大海，享受着微风，小心翼翼地驾驶着，不让船离其他船太近。

“你能让我开一会儿吗？加西亚先生答应过我，说我也可以驾驶。”霍莉说。她的手突然出现在我旁边的船舵和油门上，我顿时就傻了。

“现在该转弯了！”霍莉说着朝我笑了笑，把舵转到一边。卡拉格和蒂卡妮用惊愕的目光紧紧地盯着船舷。“现在，回一点儿方向……”我们的快艇势头很猛，转弯时船身有点侧倾。

“啊！你在做什么，恐怖的小东西？”蒂卡妮喊道。

“蛇形走位！”霍莉宣布说，她像赛车手一样进入了弯道。我弯下腰，紧紧抓稳。水雾拍打着我的脸，还好我的脸没有变得像卡拉格的那么绿。很明显，他不仅讨厌水，还讨厌船。

“哇，慢点！”加西亚先生警告说，他仍然和海豚们在船头冲浪。

太晚了。在下一个转弯处，卡拉格似乎没有抓得很牢，侧身翻到了船外。

“坚持住！”霍莉有些惊慌失措，绕着他转起了圈。希望她不会用螺旋桨把他搅碎！

“空挡！空挡！”加西亚先生惊叫道。

蒂卡妮和我帮了点忙，船稍微平稳了些。我们跑到船尾，放下潜水梯，把美洲狮男孩救了起来。他划向小船，然后狼狈地爬上了甲板。“猫头鹰粑粑呀，这太可怕了！”卡拉格说，“可别再来一回了！”

“不会了，下次就我和诺亚单独出去。”霍莉咕哝着，然后亲吻了一下她最好的朋友的脸颊。卡拉格笑了起来。

“嗯，对此我想插一句。”加西亚先生恢复了人形，我把他的游泳短裤扔给他。接着，他也爬上了船，我们继续慢慢前行，直奔前方。

回去的路上我们也允许我们的客人来驾驶。卡拉格只用了

10秒钟就把方向盘交给了他的女友。她觉得很好玩，把船开得飞快，以至于船在波浪上不停地颠簸，发出沉重的撞击声，海豚也发出了叫声。

“那么，现在是特别节目，”霍莉宣布，她拿出了那个风筝，“谁能帮我绑上它？”不一会儿，一只热情的飞鼠在我们头顶上盘旋。着陆时，霍莉掉进了水里，全身都湿透了，但她一点儿也不介意，诺亚亲自用鼻子把她顶回了船上。

这是一次很棒的出游，当我们把“威力鱼号”停靠在码头时，我仍然意犹未尽。我突然意识到，这实际上是一次告别之旅，一下子又感到很悲伤。

“我们明天一早就走了，”蒂卡妮说，“我想我们最好现在就说再见。”

“谢谢你拯救了我们的乐队演出——你真的很有天赋。”我一边拥抱她一边称赞道，“你们有没有讨论过下次由谁来唱？”

“还是克里斯吧，像往常一样。”蒂卡妮说，她咧嘴一笑，“反正他不喜欢老是拍照。还不如和乐队一起表演呢。虽然这意味着他必须不断地冲到卫生间去换衣服。”

在场有两个人没有在听。霍莉的眼泪顺着脸颊流下来，她和诺亚像牛蒡一样黏在一起。“没有你，我可怎么办呢？”

“现在连海豚都有互联网了，”诺亚试图安慰她，把自己的额头靠着她的额头，这样他们的鼻子可以碰在一起。“我们可以随时用Skype[1]聊天，然后我给你讲海洋的故事，你可以给我讲

---

① Skype是一种互联网语音沟通工具。

你最喜欢的树，好吗？”

“那好吧。”霍莉说，用双手擦了擦脸，然后拥抱了诺亚。

卡拉格把我抱得特别紧。“你救了克利尔沃特先生的命，”我对他说，“我永远不会忘记的。这是我们欠你的，我们所有人。”

“不客气，我很乐意，”他平静地回道，“别担心，我不会像诺艾米对那个叫里昂的家伙那样舔你的脸。我已经作为人类生活了一段时间了。”

“你真的认为我害怕猫科动物的口水？”我问他。

“我怎么会知道你在害怕什么？”卡拉格戳了戳我。

不知怎的，我很想和这个美洲狮男孩一起在学校里闲逛、聊天。“去屋顶？”他提议。真是典型的猫科动物，他们总想上房。为了不让其他人产生同样的想法，我们非常低调地爬上了一楼，从那里可以通过梯子爬上天窗。

我们有些惊讶地发现学校的屋顶已经被占用了。在昏暗的黎明之光中，我们看到有一个人坐在太阳能板下，头埋在臂弯里。我从头发认出了那是杰克·克利尔沃特。

我们悄悄地退到了一楼，惊恐地看着对方。“他失恋了？”卡拉格充满怜悯地问。

“肯定是，”我说，“不仅仅是他和怀特小姐的约会泡汤了，他还可能再也见不到她了。我们都不会再见到她了。”

“你们想再见到她吗？”卡拉格问道，“我是说，在她的坏事被曝光后？”

我只能点点头，这可以被视为对两个问题的回答。我们能原谅她吗？在我们有机会与怀特小姐当面谈谈之前，我们也不知道。

金枪鱼月亮之下

卡拉格和我离开主楼，悄悄地往棕榈林走去。我迷迷糊糊地想，为什么我又感到如此纠结呢？事实上，我现在过得不错……但该死的，为什么我不能把自己的感情理清楚呢？

“我很敏感，即使作为一个人类。”卡拉格解释说，语气有些抱歉。

“是吗？呃，然后呢？”

“现在你有点害怕，换作蒂卡妮也会马上嗅到这个信号。如果我想问为什么，会不会显得很多嘴？”

“不，”我说，突然很高兴可以和他聊聊，和我真正信任的人在一起，“很多人都不再害怕我了……但我仍然害怕自己，害怕我的力量和有时突然爆发的愤怒。另外，我也很害怕我关心的那个女孩。”我的喉咙突然变得很紧，无法继续说下去。

“我的老天，你的声音听起来就像是陷入了一个偷猎者的陷阱。”卡拉格说，他从侧面瞥了我一眼，“关于这件事，我认为你的机会不小。”

“你知道我喜欢上了谁？”我可能快要脸红了。

“好吧，你没有透露多少，但林行者确实有很好的感知能力。我想说的是，她最近在你身边的时间可比其他海豚多得多，毕竟他们属于同一族群。这是好迹象，不是吗？”突然间，他忍不住笑了出来，“有趣的是，当时我和蒂卡妮的情况正好相反。我丝毫没有察觉到她喜欢我。”

“真的吗？”我的嘴角微微上扬，“你花了很长时间才搞清楚吗？”

“相当长的时间，”他说，“对了，在我忘记之前……如果我和蒂卡妮没有搞错的话，这所学校还有一个人很喜欢你。”

“哈？”我说。这可能不是最聪明的反应，于是我接着说：“你认为有人对我有好感？是谁？还是你在开玩笑？”

卡拉格将他的手放在心口，说：“我可没开玩笑。你没你自己想象的那么丑。我相信你可以自己想出我说的是谁。”

“这，我只是从没想过……”

“哎，哥斯达黎加的那个鳄龟校长要差得多，而且……”

传来一阵轻轻的脚步声，我们匆匆忙忙地噤了声，然后转过身去。

是莎丽。她的嘴角还留有巧克力的残渣，看来这次晚宴上又设置了巧克力喷泉。我温柔地替她擦去嘴边的巧克力残渣。“蒂亚戈，”她说，“我想告诉你一件事，你能到海边来一下吗？”

她想告诉我什么？哦，老天，会是什么呢？

“当然！”我声音嘶哑着说，与卡拉格交换了一个略显慌乱的眼神。他只是笑了笑，向我竖起了大拇指。

我回以微笑，跟上了莎丽。

“以前，我不知道陆地上的夜晚会有这么美，”我最喜欢的海豚女孩和我并排走着时说，“你不觉得现在的月亮看起来像金枪鱼的尾鳍吗？”好吧，可能这并不是她想告诉我的全部。

“呃，是呀，是呀。”我赞同地说，抬头看了看天空中刚刚升起的一弯新月，就像一把镰刀。但愿我不必向她承认，我只在比萨上看到过金枪鱼。

我感觉她是对的。日落之后，空气清新凉爽，金枪鱼形状的月亮在海面上投下银色的光亮，几只鹈鹕在那里徘徊。我们沿着海岸漫步，微风吹拂着棕榈树叶，细小的波浪舔着我的脚。

“你更愿意在哪里生活，海里还是在陆地上？”我把脚趾抠进湿沙，梦想着牵莎丽的手会是什么感觉。但我早就知道这行不通，她必须先迈出那一步。

“都喜欢，两种环境我都喜欢，”莎丽说，“我也喜欢你……但我总觉得你有事儿瞒着我。”

“哦，真的吗？”我的天啊，她说她喜欢我！她说她喜欢我！我的大脑还在忙着处理这个信息。然后咣当一声，后半句的质疑也是真的，我立马感到不堪重负。

“嗯……我……”

莎丽笑了出来，拉着我的手，就这么突然。我的心脏几乎要骤停。“嘿，我不是来拷问你的！如果你不愿意，就不必告诉我。”

是时候告诉她一切了。如果说了之后，她只把我当作众多仰慕者中的一员，那我也认了，至少她知道了我的心意。我深吸一口气，想告诉她，她对我有多么重要。

“莎丽！快下来！还在等什么？”布璐的声音从礁湖中传来，

同时我听到了海豚喷出气的声音。

当然，我尊重布璐，她是莎丽最好的朋友，但有时我也会想象自己将覆盆子糖浆慢慢地倒入她的出气孔会是什么样子。

“里昂想告诉我们那个藏有宝藏的沉船残骸在哪里，”诺亚说，“但是太深了，我们去不了。不过我们还是想告诉你。”

“哦！我马上来！”莎丽松开了我的手，疯狂地撕扯掉衣服，碎片向各个方向飞去，“太好了，他还是告诉了我们！你们可别丢下我先走。”

我早就知道，海豚不能长时间集中精力做一件事情，他们总是很容易分心。不过，我还是有些失望。她就不能是那百分之零点一的女孩吗？在这种情况下，她就不能为了一个重要的原因跟我好好聊聊，暂时放下对沉船宝藏的考察吗？

“蒂亚戈，你想一起去吗？跟我来吧！”

我默默地摇了摇头，莎丽显得很沮丧，但只有那么一瞬。随后，她没有再犹豫，跳进了水里。她在礁湖中挣扎了几分钟，咒骂着海藻、鱼鳍腐肉和自己的第二形态，然后她的背鳍就开始在水中划动。

“嗨，你在这里做什么？又是一条不需要太多睡眠的鱼？”

芬妮、雷奥诺娜和朱娜愉快地聊着天，在海滩上慢慢走着。

她们看到我时就停了下来，3 个人都坐在了我身边的沙滩上。我对她们笑了笑——只是因为班里大部分人不再害怕我了，这让我感到挺高兴的。

“说实话，我不知道鲨鱼需要多少睡眠，”我说，然后决定测试一下她们中是否有人害怕我，“但我认为，要是虎鲨吃了一整条蝠鲼或鳗鱼，可能就需要打一个消化盹儿了。”

芬妮在我面前咧嘴笑了，说：“我也这么认为。”

“你想被电击吗？”雷奥诺娜兴致勃勃地扬起眉毛。

“你有没有听说我们很快就能去实习了？”

“没有，不过这听起来很酷。如果我被选中的话。”

“我相信你会的！”雷奥诺娜说，她拍了拍我的肩膀——我不禁颤抖了一下，但紧接着，我觉得自己很傻——等一下，现在是我反过来害怕别人了？还好此刻没有感觉到什么电流。

或者有点吧，但是以另一种形式存在？几分钟后，我才想到卡拉格说的是否指这 3 个人中的一个。在震惊中，我注意到灰色的鲨鱼皮在我的手臂上展开。感情这件事复杂得要命，过去是，将来也会是。

“顺便说一下，我想到了莎丽收藏贝壳的事情。”我对她们 3 个说，告诉她们我在夜里想到的一个主意。

“超级有创意！”朱娜的脸亮了起来，“明天一早我就帮你整理，当然是秘密进行的，这样她就不会提前发现了。”

我决定为莎丽寻找最美丽的贝壳。单是想象一下我给她时她脸上的表情，就已经是一种享受了。

“好吧，我走了——祝你们有个美好的夜晚。”说完我站了起来，走向贾斯帕和我的小屋。

致　谢

我的儿子罗宾参与了这本书的编辑工作，他是出版这本书不可或缺的帮手，另外还有克里斯汀（化名最可爱的人）、安娜·布尔纳、萨宾娜·赫斯科恩、克里斯蒂安·塞斯和索尼娅，他们都给了我积极的支持，包括试读这本书。

感谢我的朋友兼同事伊莎贝尔·阿贝迪给我提供了灵感，于是我创造了《海行者》中的一个角色——糊涂的飞鱼伊兹。谢谢你，伊莎贝尔，现在我们扯平了（我送她的是伊索拉精灵那个角色）。

我还得感谢马克·吐温。在我写完诺亚出现在自己的葬礼上这一幕后，我才想起《汤姆·索亚历险记》中也有类似的场景。我的儿子坚持要把诺亚的场景保留下来，说这段描写是向一位伟大的美国作家致敬。

感谢我的实习生艾伦·吉费尔的协助。另外两名实习生西格里德·克里斯汀森和格尔特耶·格艾恩，想出了爬行动物变形人所开的关于人类的玩笑。我在“慕尼黑爬行动物中心”了解到爬行动物（真正的爬行动物！）的许多知识。非常感谢桑德拉·吉尔特纳的精彩采访，以及允许我给蟒蛇起艾拉这个名字！非常荣幸！

再次感谢阿瑞纳出版社的斯蒂芬妮·莱希特，感谢我的编辑弗兰克·格里斯海姆，还好这次他抱怨得不多。感谢克劳迪亚·卡尔斯一如既往的精彩插图，感谢我经纪公司的工作人员盖尔德·F.鲁姆勒和玛蒂娜·库舒克。

PS：顺便说一下，如果你想阅读更多关于露西的文章——她在我的小说《动物的呼唤》中扮演主角（当然，还有里昂）。

海洋垃圾，布瑞斯奈特公司和我

它是漂浮在水中的水母吗？当然不是，这是一个塑料袋。我不知道我在潜水和浮潜时发生过多少次这样的事情了（最糟糕的一次是在西西里岛）。我们乱扔了这么多垃圾，这让我感到愤怒和悲哀。海龟无法区分（可食用的）水母和（致命的）塑料袋。每当我听到抹香鲸被冲上岸，肚子里装满塑料垃圾而死亡的消息时，我都几乎心碎。这就是我在购物时尽量避免使用一次性塑料制品的原因，也是为什么《海行者》不仅仅是一套适合休闲时阅读的书籍，我也想通过这套书告诉大家，鲨鱼真的没有那么可怕。此外读者还能了解到很多关于海洋的知识，以及海洋现在所面临的危险。一大问题就是鬼网——渔民丢失或扔到海里的渔网。这些渔网会自行地、毫无目的地捕捞，给海洋生物造成威胁。在小说中，蒂亚戈就差点因为一张鬼网而死掉；在现实中，受害的其实是无数的海洋生物。当我研究这个课题时，我发现了布瑞斯奈特（Bracenet）公司，这家公司从海里打捞出来这样的渔网，然后把它们做成手镯出售。我觉得这是一件很酷的事情，于是立马买了几件。从那时起，我每次参加《海行者》朗读会活动的时候都会戴上我的 Bracenet 手镯，给大家介绍玛德琳·冯·霍恩塔尔和本雅明·温克这个团队的使命，并为海中又少了几张鬼网而感到高兴。我为每一个努力避免使用塑料制品和保护海洋的孩子和成年人感到高兴！

10 件你可以为大海做的事

1. 少用塑料！ 很不幸，许多塑料物品最终会进入大海，在欧洲也是如此，这些塑料会给海洋造成污染。我们的日常生活用品不一定要用塑料制成，天然材料的使用寿命更长，对环境的危害也更小。

2. 巧妙购物。当你去购物时，如果带着布袋、背包或篮子，那么你就不需要塑料袋了。购物时很难避免塑料包装，但是，其实你可以有所作为。比如，下一次聚会你可以选择购买可回收瓶子包装的饮料，而不是一次性瓶装的。你可以选择玻璃或纸质包装的产品。你的家人可以购买散装的水果和蔬菜，或者用自己带的网兜来装。

3. 收集岸边的垃圾。你家附近有小溪或河流吗？问问你的老师、同学是否可以组织活动一起清理河岸周围的垃圾。毕竟，河流里的塑料垃圾和其他垃圾一般都会流入大海。

4. 少吃点儿鱼。人类庞大的捕鱼船队几乎在各地把海洋资源捕捞殆尽，而沿海的养鱼场又污染了海洋。因此，少吃鱼或要求你的父母只买有机虾或有 MSC 标签的鱼，鱼产品上的 MSC 标签意味着这些鱼来自可持续发展的渔场。请避免食用大型掠食性鱼类（剑鱼、石斑鱼、梭鱼等）——这些鱼类经常出现在旅行的假日菜单上，因此它们都成了濒危动物。

5. 尽可能不要购买合成毛呢衣物。每次清洗毛呢衣物时都会有成千上万的微小塑料纤维脱落。这些纤维无法被污水处理厂过滤掉，最终会通过河流进入大海。在海里这些纤维会被海洋生物意外吃掉。购买棉花或羊毛制成的衣服要好得多。

6. 度假时不要购买任何由海洋生物制成的产品。例如由贝壳或珊瑚制成的东西。

7. 只使用对水生环境无害的防晒霜。“普通”的防晒霜含有对珊瑚礁和海洋生物不利的化学物质，这就是为什么夏威夷已经禁止使用此类防晒霜。同时，有一些专门开发的防晒霜，你可以通过“礁石安全”或类似的标志来识别它们。在德国，你可以买到例如Biotherm公司的“爱水防晒乳”或Caudalie公司的标有“保护海洋”的防晒霜。

8. 阻止全球变暖。全球变暖正在扼杀珊瑚礁，使海水的酸性变得更强。为了保护气候，你可以少开车、多骑自行车或乘坐公共交通工具。在冬天，穿上厚厚的毛衣，而不是选择打开暖气。

9. 参与环境保护或组织募捐活动。例如，你可以参加环保组织的青年团体。参加为海洋筹款的活动，在学校节日或跳蚤市场出售自制产品。或者你可以不送朋友“正常”的生日礼物，而是选择为保护海洋捐款。

10. 传授这些技巧。例如，你可以在学校就这一主题进行演讲，或就这一主题启动一个活动。或者在校报上发表文章也挺好的。

图书在版编目（CIP）数据

海行者.巨浪狂涛来袭 / (德)卡蒂亚・布兰迪斯著；(德)克劳迪亚・卡尔斯绘；马亚雯译. -- 福州：海峡文艺出版社，2022.11

ISBN 978-7-5550-3172-7

Ⅰ.①海… Ⅱ.①卡… ②克… ③马… Ⅲ.①儿童小说—长篇小说—德国—现代 Ⅳ.①I516.84

中国版本图书馆CIP数据核字（2022）第180933号

Written by Katja Brandis
Illustrated by Claudia Carls
Seawalkers.Wilde Wellen

www.arena-verlag.de
Chinese language edition arranged through HERCULES Business & Culture GmbH, Germany

版权登记号 图进字：13-2022-073

海行者：巨浪狂涛来袭

［德］卡蒂亚・布兰迪斯 著 ［德］克劳迪亚・卡尔斯 绘 马亚雯 译

出　　版：海峡文艺出版社
出 版 人：林 滨
责任编辑：陈 瑾
地　　址：福州市东水路76号14层
电　　话：（0591）87536797（发行部）
发　　行：北京浪花朵朵文化传播有限公司

选题策划：北京浪花朵朵文化传播有限公司
出版统筹：吴兴元
编辑统筹：尚 飞
特约编辑：宋燕群
营销推广：ONEBOOK
装帧制造：墨白空间・Yichen

印　　刷：天津中印联印务有限公司
经　　销：新华书店
开　　本：889毫米×1230毫米 1/32
印　　张：9.375
字　　数：135千字
版次印次：2022年11月第1版 2022年11月第1次印刷
书　　号：ISBN 978-7-5550-3172-7
定　　价：48.00元

读者服务：reader@hinabook.com 188-1142-1266
投稿服务：onebook@hinabook.com 133-6631-2326
直销服务：buy@hinabook.com 133-6657-3072
官方微博：@浪花朵朵童书